KB271652

시골 한의사 고은광순의

시골 한의사 고은광순의

힐링 Healing

힐링
Healing

삶도 죽음도 아름다운 공동체를 위하여

나는 사람이 오래 살기를 바라지 않는다. TV에 나오는 장수촌 노인들처럼 일하고 소통하고 웃으며 살 정도로 건강하다면 모르지만, 웬만큼 살았고 스스로 생존을 책임질 수 없다면 하루빨리 가는 것이 좋다고 생각한다. 더 생존할 의미가 없는데 억지로 타인의 힘을 빌려 목숨을 부지하는 건 민폐를 끼치는 일 아닌가.

그런데 내 마음대로 세상에 온 것이 아니듯, 가는 것도 내 의지대로 되지 않는다. 어떻게 가는 것이 잘 가는 것인가? 마지막 가는 길은 어떻게 해야 할까? 무엇을 어떻게 정리하고 가야 하는가? 나도 반세기 넘게 살다 보니 가끔 생각한다.

이 책은 2010년 가을 갑사 동네로 이사한 뒤 2012년 초까지 1년 남짓 '온라인이프'의 청으로 일주일에 한 번 쓴 칼럼을 엮은 것이다. 전반부는 치매로 말씀을 잃고 누워만 지내시던 어머니와 함께 산 이야기, 후반부는 어머니가 가신 뒤 충북 청산에 명상 공동체 마을을 세울 궁리를 하면서 시골 생활을 하는 이야기를 적었다. 떠나시기 전 반년 가까이 내게 곁을 허락해주신 어머니께 감사드린다. 주변 분들에게 이것저것 배우며 흙과 닭과 사는 재미가 쏠쏠했다. 내 남은 생에 회색빛 도시로 돌아가는 일은 없을 것이다.

사춘기가 몸과 마음에 가속페달을 밟는 것처럼 폭풍 성장을 하는 때라면, 갱년기는 브레이크를 밟듯이 몸의 여러 기능이 정지되고 약해지는 때고, 노년기는 근력뿐만 아니라 정신적·영적 능력이 쇠퇴하는 시기다. 하지만 나는 늘 부지런하고 똘똘한 내 어머니에게 그런 노년이 찾아오리라고는 생각하지 않았고, 변화를 눈치 채지 못한 채 어머니의 노후를 방치하다시피 했다.

2004년 아버지가 돌아가신 뒤 어머니는 미국의 형제들에게 갔다가 다시 우리 집에서 3년을 지내고 요양원으로 가셨다. 치매로 당신을 돌보지 못하셨는데, 아침부터 밤까지 바쁘게 사는 내가 가사도우미 신세를 진다 해도 어머니를 살뜰히 모실 수 없었기 때문이다. 그런데 요양원에 계신 어머니의 상태가 점점 나빠졌다. 6남매를 키우며 애쓰신 분인데, 그곳에서 남의 수발을 받다가 돌아가시게 하고 싶지 않았다. 어머니의 마지막 삶을 지키면서, 내가 쉰 넘어서야 안 것을 공유하고 싶었다. 2010년 가을, 나는 서울에 가족을 남겨두고 어머니와 함께 갑사 동네로 이사했다.

어머니와 관련한 많은 책들이 눈물 없이 볼 수 없을 만큼 희생과 헌신, 사랑을 다루지만 나는 그런 회한에 젖고 싶지 않다. 시작이 있으면 끝도 있는 것, 탄생이 아름다우면 죽음도 아름다운 것. 어머니 가시는 길을 옆에서 조용히 지켜드리리라, 박수 치며 보내드리리라 생각했다. 어머니는 천사같이 살지는 않았지만, 그래도 천사 같지 않은 딸에게 배웅 받을 자격은 충분했으니까.

어머니는 나와 함께 갑사 동네에서 반년 가까이 지내다가 2011년 3월 세상을 떠나셨다. 미련과 회한, 아쉬움, 분노가 있었다면 모두 벗고 가셨기를, 감사와 사랑의 마음만 안고 가셨기를…… 지금쯤 찬란한 빛의 세계에서 만물에 감사와 축복을 보내시리라 상상한다. 어머니, 마지막 가는 길에 곁을 허락해주셔서 참 감사합니다. 어머니 사랑해요.

명상 공부로 인연을 맺은 갑사 동네에서 어머니가 돌아가시기까지 반년 가까이 함께 지낸 건 참으로 다행스럽고 감사한 일이다. 편안하게 가셨고 편안하게 보내드렸다. 서울로 돌아오겠느냐는 가족의 질문에 아니라고 말했다. 남편과 성인이 된 아이들에게 내 손길이 반드시 필요한 건 아닐 테니까. 이 동네에서 어우렁더우렁 살면서 한 시간쯤 떨어진 곳에 공동체 마을을 일구려고 한다. 천박한 자본주의가 우쭐대지 않는 곳, 천사 같은 사람들이 서로 따듯한 손을 내미는 곳, 여자에게 무례한 가부장제가 판치지 않는 곳, 아이들이 마음껏 웃으며 뛰놀 수 있는 곳…… 우리가 살고 싶은 동네를 우리 손으로 만들 것이다. 그날을 준비하고 있다.

2012년 4월
고은광순

| 차례 |

봄,
어머니의 꽃마차

그리고 겨울,
오직 감사하다

가을,

우리 서로 보물이 됩시다

어머니와 나, 서로 보물이 되기를

작년 말경인가, 부쩍 컴퓨터 보기가 힘들어졌다. 모니터 보안기를 달아도 마찬가지. 밤에 운전할 때면 앞차가 켠 깜빡이 불빛을 견디기 힘들어 선글라스를 껴야 했다. 이제 서울을 떠나야 할까 보다 생각할 때 가끔 갑사 동네에서 명상을 함께하던 지인에게서 전화가 왔다.

갑사 동네 아주 작은 한의원 원장이 아이 학교 문제로 이사 간다는데 그리로 내려올 생각이 없느냐고. 내려갈 생각 없다고 전화를 끊고 나서 무릎을 쳤다. 아, 그리로 가면 어머니를 모시고 살 수 있겠구나. 산 아래 소나무로 둘러싸인 작은 그 집 말이다. 한의원 정리 때문에 여러 달 뒤에 이사해야 했지만, 곧바로 전동 휠체어와 전동 침대를 준비했다. 서울 집에 남을 세 남자는 팔다리가 건강하니 나 없이도 잘 살 것이다.

갑사 동네와 나의 인연은 2008년 여름에 시작되었다. 중학교부터 대학까지 기독교 재단에 속한 학교에 다녔기에 의무적으로 예배를 보았고, 한의원을 운영하며 근처 사찰의 불교대학에도 다녀보았다. 환희를 맛보기도 했으나 신앙심은 생겨나지 않았다.

그러다가 50이 넘어 지인이 권한 갑사 동네의 명상 캠프에 참여한 뒤에야 내가 찾는 것이 무엇인지 깨달았다. 지나온 시간과 체험이 모두 이것을 위해 필요한 과정이었구나. 부처와 예수와 성자들의 말씀이 다르지 않네. 그들은 모두 우리에게 말씀하신다. '너는 아주 귀한 존재다. 세상 만물이 모두 존귀하다.' 그렇구나. 좋은 세상을 만들어달라고 권력자에게 요구하지 말고, 함께 신성을 키우며 좋은 세상을 만들어 그곳에서 살면 된다! 오래전부터 생각해온 공동체를 언젠가 이룰 수도 있겠구나!

2010년 가을, 태어나 55년 넘게 살던 서울을 미련 없이 떠났다.

어머니, 돌아가실 때까지 막내딸이 곁을 지킬게요. 그곳엔 감나무도 있고 소나무도 있어요. 닭도 키워보자고요, 어머니. 그곳에서 자그마한 한의원을 열고 틈틈이 명상 캠프와 건강 캠프에 참여하면서 공동체 마을을 궁리해보겠습니다.

여자인 어머니의 삶을 추억하다 _

어머니는 1924년 전북 정읍에서 3남 3녀의 맏딸로 태어났다. 내 기억 속의 외할아버지(은정엽)는 수염을 기르고 늘 꼿꼿하게 앉아 계셨다. 깡말랐지만 위엄 있고 빈틈이 없어 보였다. 일제강점기에 목재상을 하며 맏딸에게 고등교육(전주여고)을 하셨으니 상당히 개화한 분이다. 외할머니(오엽순)는 불심이 깊고 늘 웃는 모습이 자애로우며 솜씨가 좋은 분이었지만, 어쩐 일인지 두 분이 살가워 보이지는 않았다.

어머니는 자랄 때 할아버지의 눈에 나무랄 데 없는 딸이었다고 한다. 생각이 깊고 예의가 바르며 솜씨 또한 좋았던 모양으로, 어머니가 처녀 적에 수놓은 모란꽃 무더기와 장닭은 감탄을 자아내게 했다. 삼촌과 이모들은 해방 후 집안의 도움 없이 일류대를 졸업할 정도로 모두 총명하고, 제 앞가림을 할 줄 알았다. 어머니에게 이상적인 남성은 당신의 아버지 같은 분이었다. 빈틈없고, 경우 바르고, 필요한 말만 하는 분.

아버지는 1919년 전북 용담의 농가에서 5남 1녀의 넷째 아들로 태어났다. 사진으로 뵌 할아버지는 잘생겼지만 팔도 난봉꾼이라던가. 할머니는 첩과 한집에 산 적도 있다는 이야기를 들려주셨다. 아버지는 형제 중 유일하게 고학으로 일본에서 대학을 졸업하고, 1944년에 초등학교 교사로 근무하던 스무 살 어머니와 중매결혼을 하셨다. 밖에서는 무골호인이라는 칭송을 들었지만, 살면서 어머니에겐 좋은 점수를 따지 못했다.

어머니는 존경해 마지않는 친정아버지와 여러 가지 면에서 너무나 다른 남편 때문에 불만이 많았던 모양이다. 아버지는 언제 어느 경우에도 코를 골며 잘 주무시고 식욕도 왕성해서 100킬로그램의 거구를 오랫동안 유지하셨는데, 늘 식욕이 없고 골머리가 아픈 어머니에게는 그것도 예쁘게 보이지 않았다. 뿐만 아니라 딸을 많이 낳았다고 며느리를 무시하는 시어머니, 어머니에게 함부로 대하는 시숙, 온갖 대소사에서 부딪히는 시집은 믿음이 가는 친정 분위기와 무척 달랐는데, 아버지는 그 틈바구니에서 친가의 입장을 옹호하며 그들의 말을 빌려 어머니를 공격했다. 어머니 입장에서야 그처럼 섭섭하고 서러운 일이 또 있을까.

어머니는 아들 하나를 낳고 연달아 딸을 넷 낳은 뒤 끝으로 아들을 낳았는데, 할머니는 둘째 딸을 낳은 때부터 앞으로 아들 낳기는 힘들겠다며 아버지에게 첩을 얻으라고 하셨단다. "손녀딸년들이 내 아들 등골을 빼 먹는다"는 말씀을 수시로 하셨는데, 딸을 넷이나 낳아 키우는 어머니 입장에서는 그런 식으로 네 편 내 편을 가르는 시어머니가 야속했을 것이다.

처녀 적 어머니는 바느질 솜씨가 얌전하기로 소문났는데, 친정에서 배운 대로 버선의 앞부리와 뒤꿈치에 한 겹을 덧대어 신다가 떨어지면 뜯어낼 수 있도록 만들어 시가에 가져갔다고 한다. 그러나 할머니는 알뜰하다는 칭찬 대신 근천맞다며 찡그린 얼굴로 휙 내던지더란다. 할머니는 언제 어디에서든 젓가락을 거꾸로 들고 식사하셨다. 남들 입에 들어갔던 것이라 씻어도 꺼림칙했기 때문이다. 100세 잔치를 하고 떠나신 할머니는 남존여비 사상이 골수에 박힌, 전형적으로 가부장제에 길들여진 시어머니였다.

형제가 많아서 나와 남동생은 부모님과 한방에서 잤는데, 일가친척의 대소사에 다녀오신 날은 거의 어김없이 부부 싸움을 했다. 아버지는 주위의 부추김으로 국회의원 선거에 나갔다가 낙선하신 적이 있고, 그 일로 어머니는 한동안 부채에 시달렸다. 아버지가 오랫동안 방송국의 중역으로 일하셨지만 자식 여섯을 교육하며 살자니 어머니에게는 살림이 버거웠을 것이다.

그런데 일가친척의 대소사며 종친회 등에서 아버지는 '체면' 때문에 청을 거절하지 못하는 일이 많았다. 사람들은 입에 침이 마르도록 아버지를 칭송했지만, 어머니는 실속 없는 사람이라며 못마땅하게 생각하셨다. 잦은 술자리에서 거나하게 취해 들어오신 아버지의 와이셔츠에 묻은 립스틱 자국 때문에도 싸움은 계속되었다.

"뱀을 독사 만든다." "부처도 돌아앉을 것이다." "내게 이런 끔끔수를 주냐, 폭폭하다(나를 이렇게 무시당하게 하느냐, 답답하다)."

어머니가 부부 싸움 뒤에 눈물 콧물 닦아가며 아버지를 원망하던 말이다. 어릴 때는 부모님이 이혼하면 어쩌나 걱정하고, 그런 상황이 벌어지면 어느 편에 설지 고민하기도 했다. 어느 부잣집에서 잃어버린 딸이라고 나를 찾으러 왔으면 좋겠다는 생각도 했다. 싸움은 대개 속 좋은 아버지가 능치고 사과하면 어머니가 마지못해 풀어지는 식으로 끝났지만, 남편에 대한 불만은 켜켜이 쌓였을 것이다. 두 분 의견이 유일하게 합치되는 부분은 자식에 관한 것이었다고 했다. 물질적 사랑은 두 아들에게 집중되었을지라도 여섯 자식에 대한 걱정과 사랑은 두 분이 다르지 않았다.

어머니가 복부인들의 활약에 자극을 받고 뒤늦게 뛰어든 부동산 투기에서 몇 차례 곤경을 겪자, 아버지가 그걸 약점 잡아 수시로 어머니를 공격하는 바람에 부모님의 말년은 점점 험악해졌다. 늙어가며 아버지는 어머니에게 더 이상 애교를 부리거나 능치지 않았다. 믿음, 신뢰, 사랑…… 이런 것은 더욱 메말라가는 것 같았다. 그러던 어느 날 내가 "어머니, 차라리 이혼해!"라고 말하자, 어머니는 "야가 미쳤냐?"며 펄쩍 뛰셨다. 여고 동창들을 만나고 오면 친구 중에는 남편 양복을 접어놓고 방망이질하는 이도 있다며 눈물이 나도록 웃으셨다. 지지고 볶고 살아도 어머니 세대에게 이혼은 낯선 단어였다.

어머니는 남편에 대한 불만과 답답함을 풀기 위해, 자식들의 행복을 빌기 위해 새벽마다 꼿꼿한 자세로 앉아 두 시간 가까이 불경을 외우셨다. 언제 그렇게 많은 양을 익히셨는지 나는 속으로 혀를 내둘렀다. 한편으로 내가 평생 할 수 없을 것 같은 일을 하시는 어머니에게 경외심이 들었다. 어머니가 만족스럽지 못한 결혼 생활 속에서도 그나마 건강하게 살아오신 건 아마도 하루도 빼놓지 않은 독경 때문일 것이다.

나는 마음에 맞지 않는 남편 때문에 고통 받는 어머니처럼 살지 않겠다고 다짐했다. 그래서 아버지 같지 않은 사람을 골랐다. 내 남편은 아버지와 다른 장점이 있지만 살다 보니 단점도 드러났다. 그러나 나는 어머니처럼 지속적으로 부부 싸움을 하거나 눈물 콧물 흘리지 않는다. 무엇보다 내가 풍족하지는 않아도 경제적으로 자립할 수 있고, 남편의 문제는 그가 해결할 문제지 나를 괴롭힐 수 있는 문제는 아니라고 생각했기 때문이다.

내 인생의 첫 기억은 네 살 터울의 남동생이 태어나던 날부터 시작된다. 나는 건넌방에서 언니들과 오글오글 모여 있다가, 안방으로 동생을 보러 오라는 말에 건너가 어머니 옆에 누인 동생을 아무 감동 없이 보았다. 건넌방에 돌아와 오빠, 언니들의 서열을 묻고 대답을 들은 생각이 난다. 아하, 오빠가 제일 위고, 이게 첫째, 둘째, 셋째 언니로구나. 그날은 어머니가 아들을 둘 이상 낳아야 한다는 숙제에서 해방된 날이기도 했다.

예닐곱 살 무렵인가 형제들이 모두 학교에 간 조용한 아침나절, 어머니는 나를 마당으로 불러내어 검은 흙을 들추고 뾰족하게 돋아나는 파란 새싹을 보여주셨다. 그때의 놀라움은 지금도 생생하다. 생명에 대한 외경심이 싹트는 순간이었다. 어머니는 그 밖에 살아가는 데 필요한 소소한 지혜를 끊임없이 가르쳐주셨다.

5학년이 된 어느 날 내 손목을 잡고 피아노를 가르치는 선생님 집으로 데려가셨고, 과외 공부 팀에도 넣었다. 중학교 입학 시험이 있던 때인데, 당시 나는 내 삶의 주체로 서지 못해 어머니가 이끄는 대로 따랐다. 단기간에 성적이 많이 올라 어머니가 기뻐하시던 모습이 선하다.

초등학생 때는 아버지가 사
초등학교 3학년 봄, 어머니가 왜 성장을 했는지 잘 생각나지 않는다.

놓은 세계소년소녀위인전집을, 중학생 때는 서가에 꽂힌 《사상계》에서 연재소설을 골라 읽었다. 어머니는 절에 다녀오면 인상 깊었던 설법을 우리에게 전해주셨다. "웃지도 말고 울지도 말아라" "깊은 강물은 소리를 내지 않고 흐른다" "일을 꾀하되 쉽게 되기를 바라지 마라" "덕을 베풀되 과보를 바라지 마라" 같은 말은 어린 내게도 깊은 영혼의 울림을 주었다. 내게 불의를 보고 참지 못하는 정의감과 인간에 대한 연민의 정이 있다면 모두 어린 시절에 부모님이 주신 관심 때문이리라.

어머니와 아버지는 60년을 함께 살았는데, 말년까지 티격태격하셨다. 화장실 불을 끄지 않고 나왔다거나, 젖은 수건을 펴서 걸지 않았다거나, TV를 켜놓고 잔다고 어머니가 지적하면 아버지는 어머니가 부동산 투기에 실패한 얘기로 궁지를 모면하려 했다. 그러나 상처 난 자존심에 거듭 상처를 주는 것은 좋은 전략이 아니었다. 아버지는 젊은 시절 어머니 눈에 '불성실'하게 보인 행동거지 때문에 늙어서도 '대접받을 만한 위인'이 되지 못했다.

그러니 두 분 사이에 사랑이나 애틋함, 존중, 믿음 등은 아득한 이야기가 되었고, 서로 바라보는 눈빛은 냉랭했다. 어머니는 혼자 몸이 되면 유럽 여행을 시작으로 날개를 달고 자유를 만끽하겠다고 버릇처럼 말씀하셨지만, 2004년 아버지가 돌아가시자 어머니를 제일 먼저 찾아온 건 치매 증상이었다. 유럽 여행은커녕 서울 시내에서도 길을 잃었다. 아버지에 대한 미움도 삶을 지탱하는 힘이었는가.

어머니의 치매를 부정하며 미국으로 모셔간 오빠는 반년이 지나면서 내게 이메일로 불평을 늘어놓기 시작했다.

어머니가 우리 집에 머무신 지 반년 남짓 되는데, 한 번도 레인지 위에 준비해놓은 국과 냉장고에 보관된 김치와 기타 반찬을 꺼내어 식사 한 끼를 혼자 해결하지 않는다. 이게 치매 증상이라고 보니? 근본적으로 누구한테 단단히 나쁘게 세뇌되었거나, 결심한 듯한 행동을 하시는데.

어머니를 보면서 울화가 치민다. 병 증세가 아니라 기본 마음의 자세다. 그렇게 경우를 중요시하는 우리 어머니가, 깍듯이 시어머니 행세를 계속하려는 태도를 보면서 비뚤어진 마음의 자세는 고치거나 나무랄 수밖에.

내가 치매의 증상을 정리해서 보내주며 어머니의 이상행동은 '증상'일 뿐이니 절대 '인격'으로 받아들여 어머니를 나무라거나 교정하려고 하지 말라고 부탁해도 오빠의 답변은 한결같았다. 삶을 관리하고 기획하는 것, 냉장고를 열어 먹거리를 꺼내는 것 등이 불가능해지는 것이 치매 증상이거늘.

평생 어머니에게 집안의 상전으로 보살핌을 받은 오빠는 어머니의 변화를 절대 '증상'으로 인정할 수 없었던 모양이다. '몹쓸 증상'이 아니라 '몹쓸 인격'이라고 판단한 오빠와 지내는 일이 쉽지 않았을 것이다. 가끔 전화하면 어머니는 울먹이며 전화를 받았다. 6남매 중 어머니에게 최고의 서비스, 최고의 뒷바라지를 받은 오빤데 어머니의 변화가 그리도 받아들일 수 없더란 말인가.

점점 피골이 상접, 뼈만 남은 어머니 _

어머니는 미국에서 큰아들과 큰딸, 둘째 딸, 막내아들 집을 전전하며 1년 반을 보내고 2006년 3월 한국의 내 집으로 오셨다. 아파트 단지 안의 노인정에 가시면 돌아오는 길을 잃는 일이 자주 생겼다. 신기 쉽게 슬리퍼를 사드렸지만 자꾸 발이 미끄러지고, 고무신을 사드리니 혼자 신지 못하셨다. 경비 아저씨가 인터폰으로 어머니를 밖에 내보내지 말아달라고 했다. 땅을 밟고 살지 못하신다고? 18층 공중에 갇혀 계시게 하란 말이야? 나는 서둘러 아파트를 전세로 내놓고 다시 전세로 단독주택을 얻었다.

숟가락으로 밥을 들던 어머니는 점차 고개를 숙여 식사하셨는데, 숟가락 들 힘이 없어져 그런 것임을 나중에야 알았다. 평소 우리가 대수롭지 않게 쓰던 관절의 움직임이 알고 보면 신경과 근육이 고도로 협업한 결과인 모양이다.

그렇게 3년을 지내셨는데, 주인집 여자(나)가 늦도록 바쁘게 나다니는 집에서 가사도우미 아줌마는 어머니를 제대로 돌보지 않았다. 기저귀를 썼지만 집 안 여기저기에서 지린내가 났고, 일찍 귀가한 남편은 아줌마가 김치 한 가지로 어머니 식사를 챙겨드리는 장면을 보았다고 했다. 집에서도 대접받지 못하신다면 차라리 요양원이 낫지 않을까. 거기라면 음식도 다양할·테고, 여럿이 함께 지내면 심심하지도 않을 것이다.

2009년 2월, 형제들의 동의를 구하고 둘째 언니가 사는 강화도의 정갈한 요양원에 어머니를 모셨다. 음식도 훌륭해서 만족스러웠다. 가끔 면회 가서 걸음마 연습이라도 시킬라치면 수녀님은 위험하다며 만류했다. 부축을 받고 걸어 들어가셨지만, 1년이 지나자 어머니는 걷지도, 서지도 못했다. 말도 전혀 하지 않는다고 했다. 그 무렵이다. 갑사로 이사해야겠다고 결정한 것이.

"어머니, 가을에 어머니랑 나랑 둘이서 갑사로 이사 갑시다. 한의원을 정리할 테니 조금만 참아주세요." 어머니는 탈옥을 준비하는 죄수처럼 요양사들이 보지 못하게 눈짓하며 고개를 끄덕이셨다.

그런데 누워서만 지내니 방광에 잔뇨가 있고, 그것이 결석이 되어 요로를 막았던 모양이다. 혈뇨 때문에 병원 응급실에 다녀온 뒤 어머니는 점점 피골이 상접했다. 밥을 씹을 힘이 없어 죽으로 바꿨지만, 가래 때문에 사레들려서 죽도 삼키기 힘들어하셨다. 요양원의 간호부장이 코로 호스를 넣어 가래를 뽑았다. 어머니, 갑사로 이사 갈 때까지 살아 계셔야 해요.

 1년 8개월 요양원 생활을 끝내고 87세 어머니를 갑사 동네로 모시는 날, 나는 간호부장에게 코로 호스를 넣어 가래 뽑는 법을 배웠다. 눈 뜰 힘도 없이 기진한 어머니를 운전석 옆에 태우고 남아 있는 시간 동안 나는 어머니에게, 어머니는 내게 '보물'이 되기를 희망했다. 우리가 그동안 천사 같은 어머니로, 천사 같은 딸로 살아오지 못했을지라도 말이다.

어머니의 표정, '넌 누구냐?'

10월 9일, 주말이라 길이 막혀 강화에서 서울을 거쳐 갑사 동네로 오는 데 거의 여섯 시간이나 걸렸다. 따가운 가을 햇볕에 차 안이 더웠지만 에어컨은 틀지 않았다. 양기가 떨어진 어머니에게 에어컨 바람이 좋을 리 없으므로.

요양원에서 웅크린 자세로 침대에 누워 있는 어머니는 손발이 항상 차가웠다. 토시를 사다드렸지만 면회 갔을 때나 잠깐 끼워주는지 방에 가보면 차가운 맨발로 누워 계시기도 했다. 혈뇨 때문에 응급실에 다녀오신 뒤로 가끔 열이 난다고 했다. 한방에서는 열이 날 때 따뜻하게 해서 땀을 내는 방법으로 치료한다고 설명한 뒤 보온에 신경 써달라고 부탁했지만, 요양원 간호부장은 자기네 지침은 열이 나면 해열제를 쓰는 것이라며 달리 방법이 없다고 했다.

이사 온 첫날부터 가래가 없어지다 _

요양원에 면회 가서 식사 수발을 하는 동안 가래 때문에 수시로 사레들려 기침하시는 모습을 보는 건 정말 고통스러웠다. 보는 우리도 힘든데 어머니는 얼마나 고통스러웠을까. 한 번 배운 실력으로 요양원 간호부장처럼 가래를 뽑는 일이 쉬울 것 같지 않았다.

나는 담(가래)을 삭이는 약재(반하, 남성, 길경, 형개, 연교, 만형자, 건강 등)를 끓인 물로 죽이나 간식을 장만했다. 입안에서 곤죽이 되어야 삼키는 식습관 때문에 한 끼 식사하는 데 한 시간 정도가 걸리다 보니 죽이 식으면 몇 번이라도 다시 데웠다. 참으로 감사하게도 이사 온 첫날부터 가래는 어머니를 괴롭히지 않았다. 내려오는 차 안에서 몸이 따뜻해진 것도 한몫한 모양이다. 가래 뽑는 기계를 사지 않아도 되는구나. 에헤라 디여~

가래가 생기는 원인은 여러 가지가 있지만, 어머니는 생명력이 쇠한데 팔다리 등 몸을 차게 하여 한담寒痰이 생긴 것이다. 열이 나는 것은 면역 기능을 높이고자 몸이 스스로 혼신의 힘을 다하는 것이니 감사해야 할 일인데, 해열제로 열을 내리고 양말도 벗기는 등 수족을 차게 한 다음 그 결과 생기는 가래는 코로 호스를 넣어 빼냈으니 쇠해가는 몸이 얼마나 힘들었을까.

요양원에서 일하시는 선생님들께

기저귀 갈고, 식사 수발하고, 목욕시키고…… 힘든 일 하시는 거 정말 감사드립니다. 그런데 노인들 수족이 차가워지면 안 된다는 거, 꼭 좀 신경 써주시면 더 감사하겠네요.

어머니를 곁에서 관찰하며 요양원에서 잠깐씩 휠체어에 앉혀놓고 식사 수발할 때는 모르던 사실을 알았다. 왼쪽 팔다리는 조금씩 움직일 수 있지만, 오른쪽 팔다리는 거의 움직이지 못할 뿐만 아니라 움직일 때 심한 통증을 느끼시는 모양이었다. 언제, 어쩌다가 이리 되셨을까. 한쪽으로 누워 계셔서 그랬을까, 아니면 목욕할 때나 기저귀 갈 때 무리하게 움직이게 해서 그랬을까.

요양원 생활 1년 8개월 동안 어머니는 빠르게 쇠약해지셨다. 면회 간 나에게 "밥 먹고 가!"라고 반기던 게 불과 몇 달 전인데, 이제는 한마디도 못 하시고 얼굴엔 아무런 표정이 없다. 어머니, 내가 막내딸인 건 알아요? 음식을 떠먹이는 나를 보는 어머니의 표정은 딱 이거다. '넌 누구냐?'

'글래머 할머니'가 됩시다 _

어머니는 기력이 너무 쇠하셨는지 식사 중에도 잠에 빠져드는 경우가 많았다. 나의 첫째 목표는 피골이 상접한 어머니를 글래머(!)로 만드는 거였기 때문에 준비한 양을 다 드시게 해야 했다. 에너지가 있어야 의식도 조금씩 돌아올 것 아닌가. 잠에 빠져드는 어머니를 깨울 수 있는 노래로 뭐가 좋을까? "뜸북뜸북 뜸북새 논에서 울고 뻐꾹뻐꾹 뻐꾹새 숲에서 울 제……" 어머니는 눈을 가늘게 뜨고 뜸북뜸북 뻐꾹뻐꾹에 강세를 넣느라 고개를 쳐들어

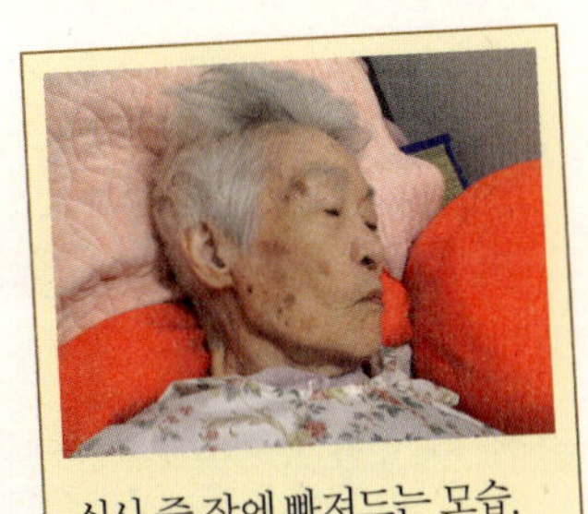

식사 중 잠에 빠져드는 모습.

가며 소리 내는 나를 이상하다는 눈빛으로 바라보신다. 이 틈에 얼른 한 숟가락 더.

예전에 기차를 타고 서울로 올라올 때 앞자리에 앉으신 할머니를 보았다. 할머니는 옆자리 총각에게 당신이 용산역에서 내리니 꼭 가르쳐 달라고 부탁하셨다. 젊은이는 그러마고 공손히 답했다. 잠시 뒤 할머니는 젊은이에게 같은 말을 반복했고 잠시 뒤에 또다시, 잠시 뒤에 또다시…… 마침내 젊은이는 자리를 떠나 다른 곳으로 가버렸다. 나는 그 할머니가 참으로 이상한 사람이라고, 타인을 피곤하게 만드는 사람이라고 생각했다. 아, 그 할머니도 치매가 오고 있었구나. 이상한 할머니가 아니었구나.

치매 5대 증상

1. 기억력이 감소한다.

2. 하고 싶은 말이 즉시 나오지 않는다.

3. 방향감각이 사라진다.

4. 계산 능력이 떨어진다.

5. 성격이 변한다.

한 사람이 가방을 들고 걸어간다. 가방을 든 손이 뒤로 가면 "어, 내 가방이 어디로 갔지?" 손이 앞으로 오면 "아, 여기 있군!" 가방을 든 손이 다시 뒤로 가면 "어, 내 가방이 어디로 갔지?" 다시 앞으로 오면 "아, 여기 있군!"……. 어린 시절, 이 만화를 보며 얼마나 깔깔댔는가. 그런데 이제 이 만화가 우습지 않다. 인간은 그럴 수도 있는 거다.

어머니, 마당엔 이렇게 예쁜 꼬맹이 국화가 피었답니다.

어머니가 식사하실 때, 나는 가끔 어머니가 가방을 든 바보 아저씨 같았으면 좋겠다는 생각을 한다. 조금 전 받은 숟가락을 잊어버리고 첫 숟가락인 양 반갑게 계속 받았으면, 지금은 절벽처럼 갈비뼈에 붙어버린 젖이 내가 어릴 때 어머니 배에 발을 올리고 조몰락거리던 그때 젖처럼 커졌으면 좋겠다. "어머니, 많이 먹고 똥도 많이 싸고 오줌도 많이 싸서 글래머 할머니가 됩시다!"

어머니는 여전히 같은 표정으로 나를 보신다. '넌 누구냐?'

에구구, 엄니 미안해요

'넌 누구냐?' 어머니 지금 그런 생각 하시남?

나, 막내딸 광순이에요~

매일 아침 기저귀를 갈고 물수건으로 얼굴 닦고 침대의 식판에 음식이 담긴 쟁반을 올려놓을 때, 어머니는 머리를 자꾸 벽 쪽으로 기대며 경계하듯 곁눈으로 나를 그렇게 보신다.

뜨거운 죽을 식기도 전에 입안으로 넣어 화가 나셨수? 젖은 기저귀를 갈아주지도 않고 밤새 옆에서 코 골며 잔 딸이 미운 거유? 밤에 침대에서 떨어지게 해서 화가 나셨수? 내가 여기저기 옮길 때 어머니를 떨어뜨려 화가 나신 거유?

자연의 아름다움을 어머니와 함께 나누고파 _
내가 이곳으로 어머니를 모신 것은 돌아가시기 전에 춘하추동 계절의 변화를 지켜보며 자연의 아름다움과 세상의 아름다움을 함께 나누고자 한 것이었으므로 나는 틈만 나면 어머니를 나무와 산이 보이는 거실의 소파로 모시고 나왔다. 방 안 침대에서 거실 소파까지 6~7미터를 움직일 때는 바퀴 달린 의자를 사용했다.

침대에서 의자로, 다시 의자에서 침대로 어머니를 옮기는 건 환자 수발에 무지한 내게 무척 힘든 일이었다. 그러나 나보다 힘든 건 어머니였을 것이다. 방 안으로 들어가던 중 어머니를 의자에 앉혀놓은 채 잠깐 엉덩이 닦을 물을 데우려고 가스 불을 켜고 와보니, 어머니가 그새 의자에서 미끄러져 바닥에 머리를 부딪혔는지 이마에서 피가 나오는 게 아닌가. 외마디 비명도 못 지르고 아프다는 표정도 짓지 못한 채. 에구머니나 세상에! 엄니, 미안해요. 시간 좀 절약하려다가 엄니만 다치고 말았네요.

아침에 한 번이라도 시원하고 느긋하게 대소변을 보시라고 이동 변기에 앉히고, 자꾸 기울어지는 왼쪽에는 커다랗고 푹신한 베개로 받침대를 끼워놓았다. 안심하고 쓰레기를 버리고 와보니 이번에는 상체가 옆으로 잔뜩 기울어졌고, 어머니는 운신이 가능한 왼쪽 팔로 반대쪽 팔걸이를 움켜쥐고 안간힘을 쓰고 계셨다. 에구구, 엄니 미안해요. 다시는 어떤 의자에도 엄니 혼자 앉혀두지 않을게요.

방 두 개는 진료실로 쓰고, 좁은 방에서 둘이 자느라 나는 어머니 침대 아래쪽에 요를 깔고 반대쪽으로 누워 잔다. 어머니가 쓰는 전동 침대 양쪽에는 탈착이 가능한 난간이 있는데, 밤에 틈틈이 기저귀를 확인하기 위해서는 내가 누운 쪽의 난간을 빼놓는 것이 편리했다.

어느 날 밤인가 욕창 방지를 위해 옆으로 누인 어머니의 상체가 내 다리 위로 떨어졌다. 옆에 아무도 없었다면 무슨 일이 벌어졌을까. 아이고 엄니, 얼마나 놀라셨을까. 이번에는 난간을 상체 쪽으로 꽂아두었다. 그랬더니 어느 날엔가는 다리가 침대 밖으로 떨어졌다. 아이고 엄니, 미안해요.

이러다가 내가 먼저 가는 거 아녀? _

어머니는 다른 곳에서도 다른 이유로 힘든 경험을 하셨는지 벽 쪽의 난간을 꼭 잡고 주무셨다. 저렇게 긴장을 하면 깊은 수면에 방해가 될 텐데……. 나는 안전과도 무관하니 필요 없겠다 싶어 벽 쪽의 난간을 빼버렸다. 그런데 웬걸, 어머니는 전동 침대를 세울 때나 누일 때 바닥의 깔개를 움켜쥐고 불안해했다. 그래요, 양쪽 난간이 모두 필요하군요. 내 편리함보다 엄니 안전, 엄니 마음 편한 것이 우선이지요.

피골이 상접했다 해도 나(키 160센티미터, 구두 235밀리미터)보다 큰 어머니(키 163센티미터, 구두 245밀리미터)를 혼자 힘으로 일으키고 앉히고 침대와 의자로 옮기는 건 쉽지 않은 일이다. 기저귀를 가는 것 또한 버겁다. 하루에 쓰는 기저귀는 큰 것 2~3개, 소변용으로 안에 넣는 일자형 7~8개. 일주일이면 100리터짜리 쓰레기봉투가 기저귀로 가득 찬다. 환경론자에게는 미안한 말이지만 나는 성인용 기저귀 없이 누워서 생활하는 사람을 돌보는 것은 불가능하다고 생각한다. 정말 기저귀 만드는 분들에게 엎드려 절하고 싶을 따름이다.

요즘 키 작은 남녀를 '루저'라 부르고, 엄마들은 아이 키가 자라게 하기 위해 일찍부터 병원에 찾아다닌다지만, 그들 대부분 언젠가 누워서 앓다가 돌아갈 것. 키가 커서 다리뼈가 긴 환자를 수발할 사람들이 나는 벌써부터 안쓰럽다. 키가 작고 몸무게가 덜 나가는 사람이 지구

33

전동 휠체어를 타고 요양사와 산책하러 가는 길. 날이 차가우면 가래가 생겨 요즘엔 못 나간다.

촌에 해를 덜 끼친다고 체구가 작은 학생들에게 학점을 더 잘 주는 교수가 있다는데, 요즘은 그 교수가 백 번 천 번 옳은 일을 한다는 생각이 든다.

하루에 7~8번씩 기저귀를 가는 일, 오줌에 젖은 침대 시트를 바꾸는 일, 거실과 방으로 어머니를 옮기는 일, 죽과 간식을 만드는 일, 하루에 4~5번 한 시간씩 걸리는 식사 수발을 하는 일은 초보인 내게 정말 벅찼다. 대소변 처리를 하거나, 다음 숟가락을 들이밀기 위해 어머니가 입안의 음식을 삼키는 순간만 기다릴 때 환자들이 찾아오기도 한다.

어머니와 함께 산 지 열흘도 안 되어 내 심장은 가만히 있을 때도 콩닥거렸다. 이러다가 내가 먼저 가는 거 아녀? 부랴부랴 노인 요양 센터 문을 두드려 요양사를 소개받았다. 주 5회 도움을 받기로 했다. 월요일부터 목요일까지는 네 시간, 금요일은 세 시간. 알고 보니 그녀는 고등학교 동기 동창이다. 요양사는 차를 몰고 정확한 시간에 나타난다. 에헤라 디여~

기쁜 것도 잠시, 또 하나 골칫거리가 생겼으니 바로 욕창이다. 바람이 통하지 않아 생기는 상처. 욕창은 사람들과 소통하기 힘들어져 생기는 우울증과 같다. 통해야 하는데…… 항문 바로 위 꼬리뼈 끝 부분은 항상 기저귀 속에 갇혀 있는 곳이다. 이를 어쩐담.

욕창, 꼭 아물게 하고야 말리라

깔개 욕蓐, 상처 창瘡.

움직이지 않고 오래 누워 있으면 등과 엉덩이 쪽으로 눌리는 부분이 생긴다. 혈액순환이 잘되지 않고 숨을 쉬지 못하는 피부는 질식한다. 통하지 않으니 상처가 생겨 아프다. 상처에 이차감염이 되면 뼈가 드러나며 골수염이 생기고, 이로 인해 사망할 수도 있단다. 치료 방법은 바람을 통하게 하는 거다.

급히 인터넷으로 욕창 방지 매트와 연고, 상처에 붙이는 밴드 등을 샀다. 욕창 방지 매트는 플러그를 꽂아두면 24시간 교대로 공기를 주입한단다. 그러나 소용없었다. 왕골 매트와 대나무 매트를 시트 밑에 깔았지만 역시 소용없었다. 욕창이 생긴 부위는 꼬리뼈 끝 부분이다. 24시간 기저귀에 가려져 있고, 많은 시간 오줌에 젖은 상태다.

기저귀를 확인하기 쉽게 하의는 입히지 않고, 허벅지까지 올라오는 토시를 끼우고 양말을 신겼다. 바깥쪽 큰 기저귀는 양쪽을 테이프로 고정하지 않고, 속에 넣는 일자형 기저귀에는 망사로 커버를 만들었다.

욕창은 쉽게 사라지지 않았다. 식사할 때는 등을 기대고 한 시간이나 앉아 있어야 하니, 엉덩이가 깡마른 상태에서 꼬리뼈 끝에 있는 욕창 부위는 계속 압박을 받는다. 그것도 모르고 어머니가 식사할 때 진땀을 흘리며 몸을 한쪽으로 기울이고 왼팔을 춤추듯 너울거리는 것을, 밥 먹을 땐 자세가 곧아야 한다며 자꾸 곧추세워 앉혔다. 그동안 얼마나 아프셨을까.

꼬리뼈 끝 부분, 항문 바로 위에 있으며 좀체 변화가 없는 콩알만 한 욕창은 지금 내게 제일 큰 과제다. 언젠가 아물게 하고야 말리라.

오! 저 장닭을 어머니가 보셔야 해

시골에 살면 닭장을 만들어 닭을 키우고 싶었다. 암탉만 키워야지. 알을 낳으면 꺼내 먹는 게 얼마나 재미있을까. 수탉이 있으면 유정란이 될 거고, 꺼내 먹기가 좀 미안할 것 같았다. 게다가 대장 노릇 하는 수컷 한 마리에 암컷이 여러 마리인 건 꼴사납지 않은가. 남편을 불러내려 닭장을 완성했다.

그러나 이인면 구암리에서 닭을 키우는 스님을 찾아가 닭장 안을 들여다본 순간, 나는 대뜸 장닭 한 마리를 선택하지 않을 수 없었다. 어머니가 처녀 적에 수놓은 것이라며 장롱 속에서 꺼내 보여주신 화려하고 멋진 닭이 바로 거기에 있었다. 오! 저 장닭을 어머니가 보셔야 해. 그리고 알을 잘 낳는다는 자그마한 회색 암탉 두 마리와 아직 다 크지 않은 오골계 두 마리.

장닭은 토종이 맞지만 회색 암탉은 토종이 아니라기에 며칠 뒤 바구니 속에 병아리를 까서 품고 앉아 있는 암탉 가족을 한꺼번에 사왔다.

닭장에 풀어놓으니 어미 품속에서 나온 병아리는 모두 다섯 마리. 병아리들은 삐약삐약 하며 물도 먹고 모이도 쪼았다. 이렇게 예쁠 수가! 미리 와 있던 닭들이 엄청나게 텃세를 부렸지만, 어미 닭은 대차게 맞섰다. 잘난 척하던 장닭도 어미 닭을 누르지 못했다. 그래서 이름 붙였다. 너는 *꼬꼬왕*이야.

병아리 한 마리가 신통치 않았다. 병아리 가족을 모두 욕조에 넣어 재우고, 낮에는 마당에 풀어놓았다. 신통치 않은 한 마리만 따로 방 안에 들여놓고 빨대 급식을 한 뒤 저녁에는 욕조에 넣어 어미가 품고 자도록 했다. 어미 닭과 병아리들의 나들이를 지켜보는 재미를 어찌 말로 표현할 수 있으랴.

그러나 일주일 뒤 꼬맹이는 저세상으로 갔고, 욕조를 일찍 들여놓지 않은 어느 날 한 마리가 사라졌다. 이튿날 같은 시각 찾아온 누런 고양이를 잘 쫓아냈지만, 그다음 날 아침 방심한 사이에 다시 한 마리가 사라졌다. 두 번 다 누렁이 소행이 분명하리라. 찾아온 친구는 누렁이의 소행을 성토하는 내게 녀석도 육식을 해야 하는 유전자 때문에 그리한 것이니 미워하지 말라고 했다. ㅜ.ㅜ

병아리 다섯 마리 중 한 마리만 살아남아 _

회색 암탉들은 이사 온 뒤 보름쯤 지나자 교대로 아주 작은 알을 낳기 시작했는데, 그중 한 마리가 병아리들을 이끌고 다니는 *꼬꼬왕*에게 자극을 받았는지 알을 품었다. 병아리들의 수난을 겪은 뒤라 "안 돼! 가을 병아리는 키우기 힘들어. 봄이 되면 품게 해줄게" 다짐하며 알 위에 주저앉은 닭을 쫓아내고 알을 꺼냈다.

마당에서 노는 닭들.

꼬꼬왕과 하나 남은 병아리는 고양이를 피
해 닭장 안에서 산다.

며칠 뒤 아침, 쫓겨난 암탉이 털을 세운 채 눈을 감고 조는 걸 봤는데 오후에 가보니 뻗어 있는 게 아닌가. 아아, 내 탓일 거야. 어미가 되고 싶어 알을 품고 있는데 냉큼 가져가서 맘이 아팠니? 정말 미안하다, 미안해.

자유는 위험을 동반한다며 다시 닭장에 넣어둔 병아리 두 마리 중 한 마리가 며칠 뒤 돌돌 말린 철망 귀퉁이에 갇혀서 죽은 채 발견되었다. 이제 병아리 다섯 마리 중 한 마리만 살아남았다. 한 달 사이에 생명 있는 열한 마리 중 병아리 네 마리, 암탉 한 마리가 사라졌다. 생명 있는 것들과 함께 사는 것이 즐거운 일만은 아니구나. 자식을 넷이나 잃은 꼬꼬왕은 얼마나 가슴 아플까. 꼬꼬왕, 부디 잘 견뎌다오.

내가 요즘 부러운 것은 타워팰리스도, 명품 핸드백도 아니다. 요양사 선생님 집에는 두엄 더미가 있다는데, 거기에 구더기가 들끓어 닭들이 쪼아 먹느라 정신이 없다는데, 우리 닭들에게도 그런 거 먹이면 좋겠는데……

어머니, 벌써 때가 온 건가요?

요양사 선생님은 월요일부터 금요일까지 어머니의 점심 식사 수발을 담당하고, 아침저녁과 주말의 식사는 모두 내가 준비한다. 월요일 저녁과 화요일 아침에는 쇠고기, 달걀, 감자, 양파를 잘게 썰어 볶음밥을 만들었다. 그런데 어머니가 점심에 호박죽을 거의 안 드신다고 했다. 요양사 선생님이 식사 수발을 좀더 적극적으로, 요령 있게 해주었으면 좋겠다는 생각을 했다. 그날 저녁, 어머니는 내가 드린 호박죽을 모두 드셨다.

어머니는 음식이 입안에서 곤죽이 되어야 삼키니까 오랫동안 우물거린다. 그때 작은 숟가락으로 홍시를 떠서 입에 가져가면 입안의 음식을 삼키는데, 홍시를 삼키자마자 입술이 열렸을 때 다음 숟가락을 들이밀어야 한다. 숟가락을 들이밀 타이밍을 만들거나 입술이 살짝 열린 때를 놓치지 않아야 하니까 식사하시는 한 시간 동안 신경을 곤두세운다. 그래도 죽 그릇을 다 비우면 얼마나 반가운지. 언젠가 하향 곡선을 그리는 날이 오겠지만, 파도타기를 할 때 과거의 파도나 미래의 파도를 걱정할 필요 없이 오직 발밑의 파도를 즐기라 하지 않았나. 바딤 젤란드의 《리얼리티 트랜서핑》에 나오는 이야기처럼 현재 잘 드시는 상황만 감사하기로 했다.

그런데 웬걸, 수요일 아침이 되자 어머니는 거의 안 드셨고, 점심에도 저녁에도 식사할 생각을 안 하고 잠에 취해 계셨다. 갑사 동네에 이사 온 지 한 달 보름. 이런 적이 없었는데⋯⋯. 혹시 화요일 저녁에 호박죽을 무리하게 드렸나 싶어 목요일 아침에는 눌은밥을 준비했다. 그래도 조금만 드시고 점심에도 아주 조금, 토요일까지 식사를 거부하고 거의 잠에 취해 계신다. 이럴 수가, 이럴 수가⋯⋯.

이제 물이나 우유를 담은 젖병을 드려도 입을 꼭 다물고 계신다. 혹시 숟가락을 들이밀어도 닫힌 입은 열리지 않는다. 하루 세 번, 겨우 한두 숟가락 성공할 뿐이다. 언젠가 이런 날이 올 줄 알았지만 너무 갑작스럽다. 이곳에서 춘하추동 1년을 나랑 함께 살자고 했는데⋯⋯. 그건 내 소망이고 계획이지 어머니의 계획은 아니었나 보다. 어머니는 당신 나름대로 여정이 있을 것이다. 어머니, 벌써 때가 온 건가요?

울먹이는 내게 건너편에 사는 타샤 아줌마(이곳에 와서 만난 소중한 이웃. 그녀의 삶을 보자마자 미국의 유명한 타샤 할머니가 떠올라 붙인 별명이다)가 임종이 되면 해야 할 일과 준비할 것 등을 이야기해주고, 낮이고 밤이고 좋으니 자기에게 바로 연락하라 당부하고 돌아갔다.

연평도에 진돗개 하나가 떴다면(2010년 11월 연평도에서 남북 간 사격으로 '진돗개 하나'가 발령되었다), 우리 집에는 극락조 하나가 떴다. 타샤 아줌마 말대로 가지고 있는 하얀 천으로 온몸을 감쌀 수 있는 원피스를 만들었다. 만드는 길에 빨간 천으로 짧은 원피스도 만들었다. 하얀 원피스는 임종 직후 수의 입기 전에 입으실 것이고, 빨간 원피스는 돌아가시기 전에 욕창 때문에 벗어버린 바지 대신 엉덩이 쪽을 오려내고 입으실 옷이다. 노인에게 웬 빨간색이냐고?

서울에서 주 1회 명상 모임을 할 때 후배의 아버지가 참여하셨다. 80이 넘고 보니 해야 할 일은 마음공부뿐이더란다. 그 연세에도 신문 주식시세보다 글씨가 작은 메모를 가지고 다녔다. 자기 체질에 맞는 음식을 먹고, 자기에게 맞는 방위를 향하며, 의복과 물건도 자기에게 맞는 색을 사용하신다고 했다.

그분이 딸을 한의대에 보낸 이유는 독학으로 한의학을 공부했지만 면허를 딸 수 없었던 자신의 한계 때문이다. 그러나 집요하게 파고든 덕에 사람마다 태어난 해에 따라 에너지를 받는 방위와 색상이 있다는 것을 알게 되었단다. 자신의 고질병도 그렇게 관리해서 나았다는데, 그분 말대로 오링 테스트를 해보면 신기하게도 확연한 차이가 드러났다. 지식경제부에 등록도 했다는데, '천기누설'이라며 절대 다른 이에게 발설하지 말 것을 당부하셨다.

빨간 원피스와 임종 직후 입으실 하얀 원피스.

그분을 통해 안 것이 나는 서쪽과 흰색에서 에너지를 받고, 어머니는 남쪽과 빨간색에서 에너지를 받는다는 것이다. 내가 흰색과 빨간색 천을 준비해서 이사 온 것, 어머니에게 빨간색 베개 커버와 스카프를 만들어드린 이유다. 애석하게도 방의 구조상 남쪽으로 발을 뻗을 수 있게 해드리지는 못했다.

갑자기 터지는 울음은 대체 뭐란 말인가 _

어머니가 돌아가셔도 눈물은 흘리지 않을 거라 생각했다. 87세면 아쉬운 연세는 아니다. 병으로 약봉지를 끼고 사시지도 않았다. 삶이란 저 멀리 찬란한 곳에서 온 것, 그곳으로 돌아가는 것이니 슬플 이유는 없다. 삶과 죽음은 동전의 양면 같은 것이며, 삶이 있으니 죽음이 있고 죽음이 있어야 또 다른 삶이 태어나 살 수 있는 거니까. 지구상에 65억 명이 산다는 건 65억 명이 죽을 거라는 말이기도 하다. 그런데 어머니가 음식을 거부하자 갑자기 터지는 울음은 대체 뭐란 말인가.

부랴부랴 해금을 꺼냈다. 이사 가면 모든 사회 활동을 접고 어머니와 조용히 해금 연주나 하며 살려고 석 달간 레슨을 받았지만, 이곳으로 온 뒤 해금을 꺼낼 여유가 없었다.

어머니 어머니 우리 어머니 내 몸과 내 동생 낳아주시고 사랑과 수고로 길러주셨네. 울 밑에선 봉선화야 네 모양이 처량하다. 길고 긴 날 여름날에…… 꽃잎은 하염없이 바람에 지고 만날 날은 아득타 기약이 없네. 엄마가 섬 그늘에 굴 따러 가면 아기는 혼자 남아 집을 보다가…… 뜸북뜸북 뜸북새 논에서 울고…….

어제는 온종일 어머니 곁에 붙어 있었다. 코를 골다가 금방 실눈을 뜨고 주변을 둘러보시고, 코를 골다가 금방 또 실눈을 뜨고…… 나는 아름다운 소리도 내지 못하면서 틈틈이 해금을 켜고, 손바느질을 했다. 그런데 오늘 아침, 어머니가 북엇국으로 만든 죽을 다 비우셨다. 에헤라 디여~

어머니, 연평도의 진돗개 한 마리는 짖지 말았으면 좋겠습니다. '서동요'처럼 "지혜로운 자 평화 일구고 멍청한 자 전쟁 부추긴다"는 말이 멀리멀리 퍼졌으면 좋겠습니다. 우리 집에 떴던 극락조 하나는 이제 가버린 건가요? 미래의 파도는 걱정하지 말아야지. 현재 내 발밑의 파도를 사랑하고 감사할 일이다.

어머니, 마당의 수도는 얼어붙었지만 처마 밑에 핀 노란 꼬맹이 국
화는 여전히 꿋꿋합니다.

말로 다 할 수 없는 생명의 신비여!

이사 온 지 얼마 안 되었을 때, 건너편 밭에서 일하던 아주머니가 막 딴 거라며 늘씬한 가지 몇 개를 가지고 오셨다. 아주머니네 뜰에 여러 가지 약초를 심었다기에 곧바로 따라나섰다. 시골집 마당에 얌전하게 깔린 금잔디가 아름다워 놀랐는데, 바구니에 담긴 가지를 보고 또 놀랐다. 근사한 가지는 내게 주고, 꼬부라지고 못생긴 가지를 자기 몫으로 챙겨놓은 것이다.

집 안에는 여러 가지 약초를, 밭에는 배추와 양배추, 무, 땅콩, 파, 케일 등을 심어놓았다. 케일에 연두색 벌레가 있다고 말하자, 아주머니는 툭툭 털어내곤 그만이었다. 그럼 금방 다시 기어오를 거라고 내가 걱정하자 "냅둬유, 쟤들도 얼마 못 살아유. 나는 왠지 죽이고 싶지 않네유" 해서 또 한 번 놀랐다.

채소에 화학비료나 농약을 전혀 사용하지 않는 건 물론, 넓은 닭장에 키우는 닭도 항생제나 호르몬제가 들어 있는 산란용 사료 대신 쌀겨와 싸라기만 먹인단다. 자식들은 주말에나 들른다는데 혼자 사는 집

에는 한약재와 민간요법에 관한 책이 수백 권은 되는 듯싶었고, 장독
대에는 혈액을 맑게 하는 효과가 메주보다 몇 배나 높다는 청국장으로
담근 간장과 된장 항아리가 즐비했다. 나는 아주머니에게 미국의 유명
한 타샤 할머니를 따서 '중장리 타샤 아줌마'라는 별명을 붙여주었다.

나도 미련한 딸이구나 _

간병인 생활을 20년 넘게 했다는 타샤 아줌마는 지난주 우리 집에
극락조 하나가 떴을 때(어머니가 여러 날 음식을 거부해서 비상이 걸렸음)
찾아와 임종 환자들을 무수하게 지켜보았다면서, 대개 그런 상황이 되
면 딸들이 문제라고 했다. 마지막까지 물 한 모금, 밥 한 숟가락이라도
더 드리려고 하는 건 딸들인데, 그게 돌아가시는 분을 위하는 길이 아
니라는 얘기다.

미련한 딸들, 맞는 말씀이다. 돌아가시는 분에게 물이나 음식이 무
슨 도움이 되겠는가. 고통스러운 시간만 늘어날 것을……. 그러고 보
면 나도 미련한 딸이다. 요양사 선생님이 어머니 식사 수발에 좀더 적
극적이기를 바랐지만, 어찌 보면 악착같이 정해진 양을 드시게 한 나
보다 훨씬 현명한 처사였는지 모른다. 그러나 언제가 임종인지 어떻게
안단 말인가. 임종 시기를 미리 안다면 나도 현명한 딸이 되어 며칠 전
부터 아무것도 드리지 않을 것이다.

어찌 되었건 극락조 하나가 지나간 뒤, 나는 다시 미련한 딸이 되어
뚝배기 대신 젖병에 죽과 주스를 담아 열심히 드리고 있다. 고무젖꼭
지 구멍을 크게 뚫었건만, 젖꼭지를 빠는 것은 아기들의 본능이지 노
인의 본능은 아닌 모양이다. 어머니는 젖꼭지를 질겅질겅 씹기만 하

셔서 앞쪽 아랫니가 두 개나 부러졌다. 그래도 젖병 가득 주스나 묽은
죽을 드릴 수 있으니 극락조가 폈을 때보다는 상황이 훨씬 나아진 셈
이다.

장례식 준비를 시작하다 _

극락조 하나가 폈을 때, 장례식도 내가 준비해야 한다는 것을 실감
하고 계룡면 농협 장례식장을 찾아갔다. 법정스님은 "장례식이나 제사
같은 것은 아예 소용없는 일, 번거롭고 부질없는 검은 의식이 만약 내
이름으로 행해진다면 나를 위로하기는커녕 몹시 화날 것"이니 장례식
도 하지 말고 관도 짜지 말고 입은 채로 다비하고, 재는 평소 가꾸던
오두막 뜰의 꽃밭에 뿌릴 것을 유언하셨다고 한다. 내 장례라면 그리
하고 싶지만, 어머니하고야 그런 일로 상의한 바가 없으니 최소한 절
차를 마련해야 할 것이다.

미국에 사는 오빠와 남동생에게는 살아 계실 때 뵈라고 해서 최근
다녀갔으니 장례식에는 오지 않을 것이다. 두 언니는 한국에 자주 들
어와 뵈었으니 급할 것 없다. 세 언니 중 둘은 돌이 안 된 손주들을 보
느라 경황이 없다. 서울에 친인척이 많지만, 최근 수년간 왕래가 적었
고 멀리 떨어져 있으니 모두 연락하고 싶지는 않다. 조의금은 받지 않
을 것이며, 아주 소박하고 조용하게 보내드리고 싶다.

농협 장례식장에서는 다행히 집에서 염하고 입관한 뒤 바로 화장터
에 갈 수 있도록 진행해준다고 했다. 아, 강화도 요양원에서 나와 운전
하는 내게 자꾸 기울어지며 지나온 코스모스 핀 그 길을 이제 어머니
는 영구차에 실려서나 다시 달리시겠구나.

어머니, 이건 오빠가, 이건 큰언니가, 이건 둘째 언니가, 이건 셋째
언니가, 이건 막내가 보낸 거예요. 광조야, 광옥아, 광림아, 광희야,
광순아, 광로야…… 부르던 거 생각나시죠?

죽은 다음에 국화꽃이 무슨 소용이겠는가. 인터넷을 뒤져 오빠 이름으로 꽃 배달을 주문했다. 다음 날은 큰언니와 둘째 언니 이름으로, 그 다음 날은 셋째 언니와 나와 동생의 이름으로 카드에 한 마디씩 적어서. '어머니 사랑합니다' '어머니 평화로우시기를' '어머니 주신 사랑 잊지 않겠습니다' '어머니 감사하고 또 감사합니다'……. 연이어 배달된 꽃다발의 의미를 어머니는 아시려나?

큰 콩알만 하던 욕창이 이제 쌀알 크기 정도로

극락조 하나가 뜬 와중에도 욕창 치료는 계속되었다. 가장 중요한 것은 오줌에 젖은 기저귀가 욕창 부위에 닿지 않도록 하는 일. 짧게 접은 일자형 기저귀가 몸에 밀착되도록 망사로 커버를 만들고, 허리 고무줄에는 찍찍이(벨크로)를 붙였다. 상처 치유에 좋다는 맥반석 가루도 발랐다. 욕창 부위에 햇볕을 쬐라는 말에 힌트를 얻어 적외선 조사기도 틈틈이 쬐었다.

오, 드디어 큰 콩알만 하던 욕창이 점점 줄어 이제 쌀알 크기 정도가 되었다. 에헤라 디여~ 극락조 하나가 뜬 상황에서도 꼬리뼈의 세포들은 부지런히 재생 작업을 하고 있었나 보다. 감사하고 또 감사한 일이다. 말로 다 할 수 없는 생명의 신비여.

겨울,

날마다 천국

죽음도 감사한 것이다

타샤 아줌마는 임종이 다가왔는데도 악착같이 물이며 음식을 드리는 딸들의 행태가 문제라고 했지만, 뚝배기에 죽을 쑤어드리다가 '극락조 하나' 이후 젖병으로 급식하면서 큰 변화가 생겼다. 소변을 본 기저귀 색이 연한 노랑으로 변하고, 냄새가 나지 않았다. 요양원에 계실 때부터 소변이 검다는 이야기를 들었지만, 방광에 남아 있는 결석 부스러기 영향이라고 생각했다. 냄새도 지독해서 빼내자마자 집 밖의 쓰레기 봉투로 날라야 했다. 그런데 젖병으로 급식을 하면서 달라진 것이다.

뚝배기에 죽을 쑤어드릴 때, 먼저 물이라도 떠 넣으려면 어머니는 입술을 앙다물었다. 할 수 없이 죽과 홍시만으로 수분을 섭취했는데, 이제 젖병으로 매번 300밀리리터 정도 묽은 음식을 드시니 수분이 제대로 공급되는 모양이다. 소변이 갈색인 원인은 수분 섭취가 부족해서다. 어머니가 입을 앙다물고 있다고 해서 물 드리기를 포기하면 안 되는 거였다. 그러니 젖병 가득 묽은 음식을 악착같이 먹이는 '미련한 딸'이 선방할 수도 있는 거다.

마침내 욕창이 말끔히 나았다 _

　말도 못 하고 반응도 보이지 않는 어머니가 하루하루 연명하시는 상황이 과연 옳은지, 어머니에게 부담이 될 수도 있는 식사를 공급하는 게 옳은지 재고해보라고 말하는 형제도 있다. 그러나 수면 중에도 침대 난간을 꼭 잡고 계시는 걸 보면, 미련한 딸의 역할을 쉽게 포기할 수는 없다.

　아무리 정성을 쏟아도 어차피 가실 분 아니냐고? 맞다. 그러나 오늘 태어난 아기도 언젠가 가게 마련이다. 주어진 시간이 다를 뿐이다. 학창 시절 시험 보던 때를 생각해보라. 시작종이 울리고 시험 감독이 들어오기까지 분치기, 초치기로 책과 공책을 들여다보지 않았는가. 가장 집중이 잘되는 때가 바로 1분 전, 1초 전이 아닌가. 어머니가 나와 함께 그런 시간을 보내기 바란다.

　지금 생각해보면 청록파 시인이며, 벼락이 친 거리 계산이며, 미적분이며, 순열이나 수열이 뭐 그리 중요했는지 회의가 든다. 음식 만들고, 바느질하고, 망치질하고, 시 쓰고, 씨 뿌리고 갈무리하고, 사랑하고 나누고, 욕창 치료하는 법을 배워야 하는 거 아니었을까. 다양한 방법을 시도한 덕분에 쌀알만큼 남았던 어머니의 욕창이 모두 사라졌다. 에헤라 디여~

어머니, 눈이 오니 실컷 보세요 _

　눈이 제법 왔다. 펑펑 쏟아질 때 어머니를 급히 거실로 옮겼다. 어머니는 짧은 순간이지만 분명 놀란 표정을 지으셨다. 어머니, 어느새 겨울이에요. 눈이 옵니다. 이곳에 오실 때 나랑 춘하추동을 보내자고 했

캔디와 함께 창밖의 설경을 보시는 어머니.

잖아요. 가을, 겨울을 경험하셨으니 이제 봄과 여름도 겪어봅시다.

우리가 함께 산 지 14년이나 되는 캔디는 암컷 시추다. 입양할 때 엄마 아빠와 떨어져 살게 된 강아지에게 외로워도 슬퍼도 울지 말라고 이름을 캔디라고 지어주었다. 서울 집에서 코 박고 잠만 자며 주말에나 사람 구경하는 캔디가 안쓰러워 이곳으로 데려왔다. 서울 식구들은 더 쓸쓸해졌다지만, 이제 24시간 보살핌 속에 살게 된 캔디는 노후 복이 터진 거다.

대소변을 모두 밖에서 해결하니 한결 개운할 것이다. 피부를 긁던 버릇도 현저히 줄었다. 그뿐인가. 할머니가 식사하실 때 홍시 껍질, 남은 죽이라도 얻어먹으려고 방문을 밀고 들어와 조용히 옆에 앉아 기다리며 김영동의 음반 〈생명의 소리〉에 있는 '나를 닦는 108배'나 아난다가 부르는 명상 음악 'Devi Prayer'를 들으면 캔디의 영혼도 틀림없이 맑아질 것이다.

음식을 곱게 갈아주는 믹서, 거실과 침대 사이를 이동할 때 쓰는 바퀴 달린 의자는 필수품이다. 어찌 이뿐이랴. 전동 침대, 냉장고, 가스레인지, 식기, 이부자리, 기저귀, 쓰레기봉투, 걸레, 지붕과 벽…… 세상천지에 감사한 것뿐이로구나. 에헤라 디여~

우주의 어머니 데비에게 바치는 찬팅. 나마스타씨에 나마스타씨에 나마스타씨에 나모나마하.

우리의 감사가 어찌 저 멀리 떨어진 여신에게 한정될 것인가. 병아리를 가슴에 품은 암탉, 눈에 덮여서도 푸른 잎으로 태양을 받아들이는 소나무, 내년의 발아를 기대하며 말라버린 들깻잎 사이에 안긴 들깨 알갱이, 지구가 탄생할 때부터 있었을 저 돌멩이와 물. 계곡으로 흘렀다가, 짐승의 몸에 들어갔다가, 다시 구름으로, 비와 눈이 되었다가 내 몸에도 들어온 물. 세상의 모든 어머니와 나, 아니 우주 속 한 덩어리가 되어 너와 나를 구별할 수 없이 변하는 모든 존재. 그들에게 감사하고 또 감사할 따름이다.

김영동의 '나를 닦는 108배'는 종교와 관계없이 108배를 통해 나를 낮추고 감사 속에 세상과 사랑을 나누며 평화롭게 공존하는 것을 이야기한다.

내 생명의 샘물과 우주 뭇 생명의 기원이 내 안에 살아 있음을 느끼며……
나의 생존의 경이로움과 지금 끊임없이 생성되는 경이로움에 감사하며……
뭇 생명들과 함께하는 평화를 기원하며……

생명은 죽음이고 죽음은 생명이구나_
문득 죽음을 앞둔 존재에게는 '생명에 대한 감사'가 의미 없을 수도 있겠다는 생각이 들었다. 생명만 감사한가? 생명만 귀한가? 아니다. 죽음도 감사하다. 죽음도 귀하다. 아니 생명은 죽음이고, 죽음은 생명이구나. 때마침 이유명호 선배가 메일로 인디언의 시를 보내주었다.

나는 천 개의 바람입니다

내 무덤가에 서서 울지 마세요
나는 그곳에 없어요
나는 잠들지 않았답니다

나는 이리저리 불어대는 천 개의 바람입니다.
눈 위에 다이아몬드처럼 빛나는 반짝임입니다.
익어가는 곡식 위로 내리쬐는 햇빛입니다.
고요한 아침
당신이 깨어날 때 부드럽게 내리는 가을비입니다.

나는 무리 지어 하늘을 선회하던 조용한 새들의
빠르게 박차 오르는 날갯짓입니다.
깜깜한 밤하늘에 빛나는 부드러운 별빛입니다.

그러니 나는 그곳에 없어요.
나는 죽지 않았으니
내 무덤가에 서서 울지 마세요.

어머니, 눈이 녹으니 집 앞 솔밭에 아름다운 안개가 끼네요.

"옴마!" 어머니가 소리를 냈다!

아직 어미 품을 파고들지만 이제 머리와 꽁지는 감출 수가 없다. 그 품을 떠나야 할 날이 곧 오리라.

병아리 다섯 마리를 품은 암탉이 우리 집에 온 것이 11월 1일이니 한 달 반이 지났다. 병아리는 병약해서, 고양이에게 잡혀서, 철망에 갇혀서 이래저래 죽고 한 마리밖에 남지 않았는데 어느 틈엔가 갈색 털이 자라면서 털갈이를 시작했다. 가을 병아리는 빨리 자라지 않아 사고를 당한다며 애태웠는데, 시간이 흐르니 다 변하게 마련이구나.

이번에는 눈이 더 많이 내렸다. 어머니를 바퀴 달린 의자에 앉혀 거실 소파로 옮기다가 의자를 돌려 눈이 쌓인 창밖을 보여드렸다. "옴마!" 놀란 표정으로 어머니가 소리를 냈다. '옴마'는 어머니가 오래전부터 놀랄 때 쓰던 감탄사다. 이곳에 와서 처음 듣는 어머니 소리다.

세상에…… 옴마라고 말을 하셨네. 그러나 소파에 눕히자 무표정하게
창밖을 잠시 바라보더니 이내 코를 곤다.

나의 어머니, 은예동 여사 _

　어머니 은예동 여사의 고향은 전북 정읍. 중매로 아버지를 만나 스
무 살에 결혼하셨다. 그리고 60년 넘도록 서울에 사셨지만 어머니의
전라도 사투리는 쉽게 사라지지 않았다. 거시기, 그랬당게로, 얼레(어
처구니없을 때), 옴마(놀랐을 때)……. 그 옴마가 쌓인 눈을 보자 튀어나
온 것이다. 어머니, 다른 말도 조금 더 해보시구려.

　옴마, 야야 눈이 왔구나아.

　옴마, 밥이 아직도 안 되았냐.

　옴마, 죽이 뜨겁당게로. 기저귀 갈아달랑게. 더웅게 이불 좀 치워라.
야야, 옆으로 뉘랑게. 반듯이 눕히랑게. 나마스타씨에보다 108배 씨디
가 좋다닝게. 거그 좀 닭어봐.
야야, 여그가 아프당게로…….

　어머니는 지금 내게 하고 싶
은 말이 얼마나 많을까요. 얼마
나 많은 간절한 요구를 못난 딸
년이 모른 체하는 걸까요.

　24시간 어머니 옆에 붙어 있
을 수 없으니 때로 어머니는 눈
을 뜨고도 혼자 계실 때가 많을
것이다. 소리 내어 딸을 부를 수

모처럼 딸들이 모였을 때 크게 웃으신 어머
니. 어머니가 보인 마지막 웃음이다.

도 없는데, 혼자 방 안에서 눈을 뜨면 얼마나 답답하실까. 우선 한복 입은 어머니의 사진을 천장에 붙였다. 이태 전, 요양원으로 가시기 전에 미국 사는 언니 둘이 들어와 모처럼 딸 넷이 모두 모였는데 어머니는 우리가 웃자 의미도 알지 못한 채 크게 따라 웃으셨다. 그게 우리가 기억하는 어머니의 마지막 웃음이다. 그때 영정으로 쓰려고 찍은 사진이지만, 이제 천장에 붙어 있다. 어머니, 자신이 누구인지 잊지는 않으셨겠지요?

새해 1월 1일, 한의원을 열기로 하다 _

살고 있는 이곳이 국립공원 관리 구역에서 해제되었지만, 자연환경 보전지역에 속하기 때문에 한의원을 운영할 수 없다는 사실을 안 건 이사를 결정한 뒤였다. 이곳에서 한의원을 운영하던 사람도 속사정이 복잡했던 모양이다. 급히 대체할 곳을 찾아보았지만 휠체어가 자유롭게 드나들 수 있는 곳, 명상 도반들이 오다가다 쉽게 드나들 수 있는 곳을 찾기가 쉽지 않았다. 그래서 우선 이사했고, 공주시의회며 공주시 게시판을 드나들며 불합리한 실정에 대해 질의했다.

어찌하여 국립공원인 산과 더 가까운 곳에서는 식당이며 민박, 여관, 노래방이 운영되는데 국립공원 관리 구역 해제 지역으로 더 멀리 떨어진 이곳에서 오염 시설도 아닌 한의원 개설이 불가한가? 국립공원에서 해제한 이유는 해당 지역 주민의 삶을 좀더 풍요롭고 자유롭게 하려는 것일 텐데, 규제가 더 심하다면 이게 말이 되는가?

공주시에서는 "2011년 본예산에 도시 관리 계획 수립에 필요한 용역비를 확보하여 국립공원 관리 구역 해제 지역에 대한 도시 관리 계획 수립 용역을 발주할 계획이며, 용역 기간은 2년 정도 소요될 것으로 예상된다"는 답변을 주었다.

이 사람들을 상대로 실랑이할 일이 아니었다. 자연환경보전지역의 경계를 물어 그곳을 벗어난 지역에 한의원 자리를 알아보았다. 교통이 좀더 편하고 집에서 멀리 떨어지지 않은 곳. 아, 그런 곳이 있었다. 집에서 차로 5분 거리. 맥반석 찜질장에서 부대 시설로 이용하려고 지은 건물인데, 현재 비어 있다. 주말이면 주차할 공간도 없이 사람이 많단다. 맥반석 찜질장 주인은 그러잖아도 한의원 할 사람을 기다리고 있었다며 반색한다. 에헤라 디여~

서울에서 한의원을 정리할 때 세무사가 연내 개원은 세금 문제가 좀 복잡해질 거라고 했다. 그렇다면 조금 기다리지 뭐. 2011년 1월 1일 개원이 확정되었다.

나는 왜 이리 오지랖이 넓을까

시골 노인들이 원할 거라고 해서 중고 물리치료기도 더 준비했다. 3년마다 만드는 계룡면 전화번호부가 이번에 교체될 때라고 해서 전화번호부에 실을 광고도 준비했다. 환자로 오신 분이 보건소에 가면 외국에서 시집온 여자들이 고된 시집살이 문제로 울면서 하소연하는 일이 많더라고 하기에 전화번호 광고 하단에 '가족·인간관계로 고민하시는 분 무료 상담'이라는 문구도 넣어달라고 했다. (나는 왜 이리 오지랖이 넓을까. 그러나 무력하게 울고 있는 여자들을 모른 척할 수는 없는 일이다.)

진료 시간은 요양사 선생님이 방문하는 시간 앞뒤로 한두 시간을 포함해서 화요일부터 토요일까지 오전 10시~오후 5시다. 일요일과 맥반석 찜질장이 쉬는 월요일은 휴진. 1월부터는 신발 끈을 더욱 조여야 할 것이다.

한의원 인테리어에 새로 돈 들일 일은 없다. 대신 신문 기사 글 몇 개를 벽에 붙이려고 코팅해두었다. 파도타기 사진 아래 다음 글을 붙였다.

과거의 파도? 가버리고 여기 없다!

미래의 파도? 안 왔으니 걱정 없다!

현재의 파도! 감사하며 즐겨라!

30분마다(11:00, 11:30, 12:00, 12:30······) 다른 사람이 나보다 먼저 치유되라고 명상합시다. 그러면 나도 빨리 낫는답니다.

솔빛한의원

옴마! 어머니, 눈 녹은 물이 처마 아래로 떨어지네요. 한 방울의 위
력이 결코 작지 않다닝게로.

엄니, 기침이랑 가래는 제게 주세요

아침에 일어나 본격적으로 어머니를 대면하는 건 죽을 끓여서 침대 옆 의자에 앉을 때다. 우리는 매일 같은 인사말로 하루를 시작한다.

"어머니, 오늘은 2010년 12월 1일입니다. 엄니나 나나 남은 생에서 가장 젊고 예쁜 날이지요. 하하."

그런데 최근 들어 식사 시간에는 부쩍 긴장한다. 어머니의 가래가 다시 발동했기 때문이다. 가래 때문에 기침이 시작되면 눈물이 고이고, 얼굴이 시뻘게지고, 온몸에 땀이 날 정도로 심한 고통이 따른다. 요양원에서 발동한 담이 몸을 차게 해서 생긴 한담寒痰이라면, 최근 다시 어머니를 괴롭히는 가래는 조담燥痰이라 할 수 있을까? 난방 때문에 기도가 건조해서 그런 모양이다. 젖은 수건을 항상 걸어두고 가래를 삭이는 약재를 달여 음식에 섞어 드리지만, 기침이 시작되면서 가래가 그렁거리면 식사 시간은 고통의 시간이 된다. 죽을 담은 숟가락을 든 채 속수무책으로 함께 고통스러워하던 내 입에서 나도 모르게 이런 말이 나왔다.

"계룡산 신령님, 계룡산 성자님, 엄니 기침 가래는 제게 주세요."
계룡산 근처에 살면 계룡산의 신령스러운 기운에 저절로 '비이성적'
이 되는 걸까? 내가 생각해도 어처구니없다.

_

방학을 맞은 첫째가 내려온다던 날, 마당을 서성이다가 하늘에서 이
상한 광경을 보았다. 처음에는 제트기가 지나간 흔적이라고 생각했는
데 시간이 흘러도 하얀 선이 흩어지지 않아 얼른 카메라를 가지고 나
왔다.

음, 저건 뭐야? 저 산이 성인봉이라는데 성인들이 구름 타고 속속 모
여 회의라도 하시남? 다음 식사 시간에 어머니의 기침이 또 터졌을 때,
나는 이렇게 외치고 있었다.

"백두산 신령니~임, 금강산 성자니~임, 태백산 신령니~임, 설악
산 성자니~임……."

인간은 절박한 심정이 되면 그
어디엔가 있을 거라고 생각되는
선한 에너지, 고급 영master spirit,
신에게 매달리는구나. 그래서 부
엌에도, 뒷간에도, 나무에도 오색
헝겊을 걸고 정화수를 떠놓고 빌
었구나. 세상 모든 것에 선한 에너
지가 깃들었다는 믿음에 어찌 돌
을 던질 수 있을까. 계룡산 아래

오후 5시 11분에 찍은 하늘.

살다 보니 나도 '도'와 친숙해지는(?) 모양이다. ^^

농사꾼에겐 자기 논에 물 들어가는 것과 자식 입에 밥 들어가는 게 가장 신통한 일이라더니, 지금 내겐 어머니가 기침하지 않고 가래의 방해 없이 꿀꺽 삼키는 것이 가장 신통한 일이다. 기침 없이 제대로 삼키면 "아이구 예뻐라, 아이구 예뻐. 엄니 따봉!" 소리가 절로 나온다.

어머니, 기침과 가래도 극복해봅시다. 봄에는 휠체어 타고 산책도 나가보자고요.

만 개가 넘는 도시락을 싸주신 어머니

어려서 어머니에게 당한 설움(아버지랑 말다툼하며 언니 머리를 땋아주던 어머니가 뜬금없이 언니 뒤통수를 때렸다든가)이 수십 년이 지난 지금까지 생각난다는 언니도 있지만, 어머니 처지를 헤아려보면 마음에 흡족하지 않은 남편과 티격태격하며 6남매를 키우는 일이 결코 쉽지 않았을 것이다.

게다가 아들 하나가 있는데도 둘째 딸을 낳은 뒤 줄곧 아버지에게 첩을 얻으라고 권하셨다는 할머니. 넷째 딸이 태어나고 다섯째 딸까지 태어났으니 그 스트레스가 얼마나 컸을까. 그래도 어머니는 내 아래로 태어난 다섯째 딸이 얼마 안 되어 병으로 세상을 떠난 것을 회고할 때면 항상 한숨을 쉬고 마음 아파하셨다.

어머니의 아들 낳기 숙제는 둘째 아들을 얻은 뒤에야 끝났다. 스물에 결혼해서 서른다섯에 막내를 낳았으니 어머니는 15년간 임신과 출산을 반복했고, 여섯 자식의 육아와 교육, 취업, 막내의 결혼에 이르기까지 신경 쓸 일투성이였을 것이다. 오롯이 어머니 자신을 위한 시간

1956년 돌 지난 나를 비롯한 네 딸과 함께 활짝 웃는 어머니. 벌써 55년 전 일이다.

을 엄두라도 낼 수 있었을까.

6남매가 부모와 함께한 추억, 사건, 기억은 모두 다를 것이다. 5원에 전차표 두 장을 주던 시절, 일반 버스 요금이 5원이고 좌석 버스 요금이 15원이던 시절, 나는 어머니 서랍에서 돈을 훔쳐 만화를 봤다. 가끔 대범하게 100원짜리 지폐를 훔치면 거스름돈을 감당할 수 없어 친구에게 맡기기도 했는데, 친구 엄마가 이를 알고 어머니에게 귀띔했는지 형제들이 지켜보는 가운데 회초리로 엄청 맞았다. (하지만 어머니, 내가 지금까지 책을 좋아하고 속독할 수 있는 게 그때 본 만화 덕이라는 거 아세요? 만화가 김세종은 어린 나에게 인생의 처연함도 가르쳐주었지요.) 돈 훔치는 버릇을 고친 것도, 개념 없이 털레털레 학교에 다니다가 어느 날 하루 무릎 꿇고 모질게 구구단을 외운 것도 어머니의 회초리 덕분이다.

추운 겨울이 지난 뒤 손가락으로 마당의 검은 흙을 헤집어 연두색 예쁜 새싹을 보여주며 여섯 살 된 딸을 깜짝 놀라게 한 것도, 피아노 레슨을 받게 해준 것도, 5학년 때 과외 공부하는 곳에 끌고 가 72등 하던 나를 한 달 만에 24등으로 만들어주신 것도 어머니다(나는 내가 80명이 넘는 반에서 72등인지도 모르고 학교에 다녔다).

내가 몸이 허약하다고 행상 아저씨에게 망둥어인지 개구리인지 사서 한참을 고아 먹였고, 경옥고와 꿀, 달걀노른자 기름, 미삼 달인 물뿐만 아니라 밥맛을 돋운다고 쓰디쓴 익모초 즙을 짜서 우리에게 먹였다. 하나가 소풍을 가면 모든 형제의 도시락에 김밥을 싸주었는데 6남매에게 초등학교 3년, 중·고등학교 6년 동안 싸준 도시락이 1만 개(6명×200일×9년=10,800개)가 넘는다.

세상의 모든 어미는
자식에게 존경과 사랑을 받아야 마땅하거늘 _

생각해보면 받은 사랑이 적지 않은데도 우리 딸들은 아들인 오빠나 동생에게 더 많은 사랑을 주고, 더 많은 투자를 한다고 수시로 불만을 터뜨렸다. 어머니는 "깨물어 안 아픈 손가락이 어디 있느냐"며 볼이 부은 우리 앞에서 한숨을 쉬곤 하셨다. 세상의 모든 어머니는 생명을 주어 이 세상을 경험하게 해준 것만으로도 자식에게 존경과 사랑을 받아야 마땅하거늘……. 차별했다면 그것 역시 어머니가 살아온 세상에 휘둘렸을 뿐이다.

그러고 보면 어머니는 마지막까지 제게 '깨달음의 시간'을 주기 위해 분투하고 계신 거네요. 마지막 가시는 길 함께하면서 내가 깨달은 것을 어머니와 나누고 싶다고 글머리에 적었지만, 그게 얼마나 건방진

어머니, 해가 저뭅니다. 2011년에도 우리 씩씩하게 가보자고요.

생각이었는지요. 사실은 어머니가 제게 주고 또 주시는 겁니다. 어머니와 함께하는 이 시간과 공간이 제게 보물입니다.

오늘 아침 어머니는 담 삭이는 약 달인 물과 홍시로 만든 죽을 가래와 기침의 방해받지 않고 다 드셨다. 에헤라 디여~

내가 며느리라면 이렇게 할 수 있을까

시골에서 새날을 알리는 것은 보통 닭 울음소리지만, 우리 집에선 '침묵'으로 새날을 연다. 어머니는 코를 크게 골며 주무신다. 아무 소리도 들리지 않는 건 어머니가 깨어 있다는 말이고, 깨어 있다는 말은 뭔가 불편하다는 것이고, 내가 일어나 기저귀를 갈아야 한다는 뜻이다. 어머니가 침묵을 지키고 있을 때 내가 지체하면 어머니는 축축하고 불쾌하기 짝이 없는 물체를 계속 깔고 누워 있어야 한다. 그럴 수는 없는 일이다. 새벽 3시, 4시…… 대중이 없다. 일어나 기저귀를 갈고 곧 다시 잠에 빠질 수 있으면 좋을 텐데.

　병원에서 퇴원한 어머니가 걷는 것은 물론 말도 유창하게 하셨다. 새벽에 잠깐 눈을 붙였나 보다. 일주일 전에도 꿈에 머리가 검은 어머니가 걷고 말하는 걸 보았다. 반세기 전 사진을 인화해놓고 보았더니 자꾸 그런 꿈을 꾸는 모양이다.

어머니는 빨간색과 남쪽에서 에너지를 받는다고 들었다. 어머니와 내가 쓰던 작은방은 따뜻하고 아늑하지만, 남쪽으로 발을 향하게 해드릴 수 없었다. 큰방에 있던 한의원 물건을 새로 마련한 한의원으로 모두 내가고, 어머니 침대를 큰방으로 옮겼다. 나는 서쪽으로, 어머니는 남쪽으로 발을 향하게 침대를 배치했다. 2주 전 '옴마'라는 감탄사를 듣고 대오 각성한(︿︿) 딸은 어머니의 눈요기를 위해 침대 상하좌우에 이런저런 사진을 붙였다. 누워서나 앉아서 볼 수 있는 곳에는 가족사진을 붙였다.

작고 낡은 가족사진을 다시 카메라로 찍어 컴퓨터 프로그램을 이용해 선명하게 보정하고, 큰언니가 오래전 보내준 '친구에게to my friend' 파일을 카메라로 찍은 뒤 서랍 속에 잠자던 인화 할인권을 이용하여 인터넷으로 주문했더니 며칠 뒤 크고 예쁜 사진들이 도착했다. 세상에…… 내가 이런저런 일로 분주하게 사는 동안 사람들은 컴퓨터로 사진을 보정하고, 확대나 축소도 하고, 공간 상관없이 앉아서 보내고, 받아보는 기술을 개발했구나. 그래서 이렇게 마술 같은 일이 벌어지는구나. 에헤라 디여~ 생각할수록 감사한 일이다.

아침 식사를 위해 침대 등받이를 올리는 동안 어머니는 왼쪽의 가족사진들을 발견하고 한참 바라보셨다. 방해하지 않으려고 숨죽이고 있었는데, 어머니가 눈에 쌍

등받이를 올리자 사진을 보고 눈을 떼지 못하는 어머니.

꺼풀이 생길 정도로 힘을 주고 한참 동안 보시는 게 아닌가.

어머니, 뭔가 생각나세요? 무슨 말이 하고 싶어요? 그래요, 사진 속의 젊은 여자가 어머니예요. 여섯 아이들을 모두 어머니가 낳았어요. 어머니가 먹이고 입히고 가르치셨어요. 오빠는 상균이와 주희를 낳았고, 큰언니는 재성이와 재윤이를, 둘째 언니는 유진이와 수진이를, 셋째 언니는 용재와 선주를, 나는 석원이와 석윤이를, 막내는 승균이와 의균이를 낳았지요. 그중에 상균이와 유진이와 용재는 아기를 얻었으니 어머니는 증손주도 서너 명이나 보셨습니다. 한국에서, 미국에서 어머니의 후손들은 그렇게 또 후손을 퍼뜨리겠지요. 아들이나 딸이 낳은 손녀 손자 모두 어머니의 후손입니다.

이제 이문열들은 가라! _

이문열은 여자를 가리켜 "아들의 아들의 아들을 통해 영원히 사는 신령스러운 암컷"이라고 말했지요. 집안의 며느리가 제사 지낼 시루떡에 김이 오르지 않는다고 목매단 걸 보면 '섬뜩한 아름다움'이 느껴진다나.

그렇게 무식하고 이기적이고 폭력적인 남자들은 21세기에 완전히 사라졌으면 좋겠습니다. 어찌 보면 그들도 무지와 허세에 휘둘린 희생자일 수 있겠네요. 배를 잔뜩 부풀리다가 터져버렸다는 개구리 같은…….

성씨가 달라야 한다며 남의 집 여자를 데려다가 그녀가 낳은 자식에게 아비 성만 쓰게 하고, 결혼한 딸은 족보에서 빼버렸으며, 며느리는 아들을 낳아 남자 집안의 대를 이어야 하는 도구로 여겨온 세월. 모든 딸은 남자 집안의 며느리가 되어 어진 어미와 아내(현모양처)이기만 강요받던 세월. 남녀 모두 반쪽 씨앗을 생산한다는 것을 모르던 무지한 세월…… 그런 세월이 가고 있습니다.

어머니 세대가 마지막 희생양일 겁니다. 어머니 가시는 길에 내가 드릴 것은 '사랑'밖에 없네요. 작은 사랑이지만 세상이 어머니에게 강요한 서러움, 분노, 허망, 회한을 조금이라도 누그러뜨릴 수 있기를 바랍니다.

젖은 기저귀를 빼낼 때 어머니는 유난히 신경을 곤두세우고 내 안색을 살피는 듯한 느낌을 자주 받는다. 수발드는 자의 됨됨이를 파악하려는 건지, 미안한 마음이 들어서인지 모르겠다. 이런 때는 눈을 마주치지 않고 얼른 콧노래를 부른다. 내게 대소변 처리가 아무 문제없다는 걸 표현하는 데는 '아파트'나 '님과 함께' 같은 노래를 껄렁껄렁하게 흥얼거리는 게 최고다. 새 기저귀를 채우고 앙상한 궁둥이지만 몇 번 토닥인다.

그러다 문득 '내가 며느리라면 이렇게 할 수 있을까' 자문해본다. 쉽게 그렇다고 못 하겠다. 오랜 시간 이어온 *끈끈한 추억*, 기억이 작동해야 이렇게 일방적인 관계도 기꺼울 수 있다. 예전엔 이런 걸 며느리에게 강요했지. 그리고 채찍 뒤 당근으로 열녀문을 세우고 효부상을 줘? 참으로 교활한 가부장제다.

어머니, 창밖의 가녀린 덩굴에 달린 열매를 먹으러 새가 날아왔어
요. 우리는 새의 자유를 부러워하지만, 새는 황량한 겨울을 지내기
위해 사투를 벌이네요.

5학년 남자아이를 집에 들이다

작고 아늑한 방에서 지내다가 큰방으로 옮겨서일까. 어머니의 가래가 심해져 식사하기 힘들 정도다. 열이 나더니 설상가상 기저귀에 혈뇨까지…… 오 마이 갓! 다시 작은방으로 옮길까 생각했지만, 한의원을 개원한 뒤 요양사 선생님과 나는 함께 있지 못한다. 혼자서 무거운 전동 침대를 옮기는 건 불가능한 일. 어쩔 수가 없다. 낮이나 밤이나 한 사람이 돌보니까 이런 상황도 벌어진다.

작년 봄, 요양원에 계실 때 혈뇨가 심해 병원 응급실로 가셨다. 출혈이 방광에서 기인한 것임이 밝혀졌고, 방광에 혈액이 남아 있으면 증상이 호전되지 않는다며 엄청나게 많은 식염수를 주입하고 다시 붉은 기운이 보이지 않을 때까지 오줌을 빼냈다. 여러 가지 검사를 거치는 과정에서 다행히 콩알보다 큰 돌이 빠져나왔다. 그것이 요관을 막고 장기에 상처를 내서 출혈을 유발했는데, 의사는 아직도 방광에 자잘한 돌이 있고 당시로서는 별다른 해결책이 없다고 했다.

그 뒤 열 달 남짓 소변 색이 짙다는 것 외에 특별한 문제가 없었고,

최근에는 젖병으로 수분이 많은 유동식을 드려서 소변 상태가 아주 좋았다. 그런데 느닷없이 혈뇨가 다시 등장하다니. 배뇨할 때 통증도 있을 텐데……. 가래도 심하니 병원에 가서 폐와 방광 검사를 받고 한 번 더 방광 청소를 해야 할까. 우선 숨 쉬는 것조차 방해하는 가래라도 빼낼 수 있다면 좋을 텐데……. 고통스럽다고 말도 못 하시는 어머니. 아, 가시는 길이 순탄하면 얼마나 좋을까.

쇠약한 몸도 끝없이 노력한다 _

가래 흡입기를 사려고 알아보다가 간병 경력인 20년인 타샤 아줌마에게 있다는 것을 알았다. 그런데 흡입관이 없단다. 간단한 기구니까 공주 시내 의료기 상점에 있으리라 생각하고 찾아갔으나, 모두 고개를 젓는다. 발을 동동 구르다가 공주의료원으로 들어가 응급실 간호사에게 아쉬운 소리를 하고 두 개 얻었다. 앞뒤로 차 없는 길을 운전하며 한적함을 만끽했지만, 이런 일을 겪고 보니 소도시 언저리에 사는 게 마냥 좋지만은 않다는 걸 알았다.

아침에 출근 준비하랴, 어머니 수발하랴 정신없는 통에 셋째 언니에게서 전화가 왔다. 다른 형제가 도울 수 있는 처지도 아닌데 애쓴다며 그렇게 연장하려고 노력하지 말고 금식하다가 보내드리는 것도 생각해보란다. 내가 지금 병원을 알아보는 건 가시는 길에 고통을 줄여드리기 위해서지 수명 연장을 위해서가

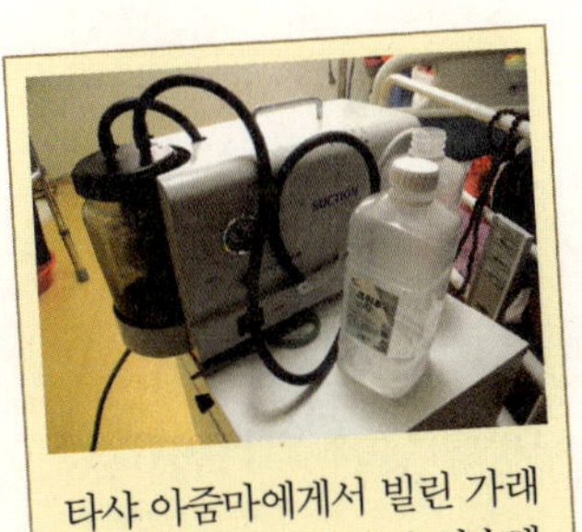

타샤 아줌마에게서 빌린 가래 흡입기. 어머니나 나나 익숙해지고 있다.

아니라며 뚝뚝하게 전화를 끊어버렸다.

한참 동안 차도가 없던 가래와 동반되는 기침은 과일 죽에 섞어드린 한약재 때문인지, 큰방에 적응이 되어선지 차츰 줄었다. 엊저녁에도 혈뇨가 나왔는데 오늘 아침에는 다시 맑아졌다. 한의원을 쉬는 일요일과 월요일을 틈타 병원에 가려고 구급차도 알아두었는데, 당장 병원에 갈 상황은 아니다. 어머니의 몸은 쇠약하지만 정상화를 위해 끊임없이 노력하시는 모양이다. 그래, 살얼음을 딛고 천천히 가보자.

어머니, 감사합니다. 다시 한고비 넘겨봅시다.

새로운 식구가 생기다 _

이 와중에 식구가 늘었다. 이석영(가명). 5학년을 마치고 개학할 때까지 겨울방학을 우리 집에서 지낼 것이다. 얼마 전 대전에서 한의원을 하는 후배가 놀러 와 꼬마 환자 이야기를 한참 했다. 부모와 떨어져 할머니 집에 사는 아이. 할머니 손에 이끌려 후배의 한의원을 찾은 아이는 구토와 두통을 호소했고, 늑골 두 대에 금이 갔으며, 엉덩이는 멍 투성이였다고 한다. 대체 석영이에게 무슨 일이 있었을까.

석영이는 직업군인인 아버지를 따라 이곳저곳으로 이사하느라 1년 반에 한 번꼴로 학교를 옮겨야 했다. 그러다가 위험한 곳으로 발령이 난 아버지는 안정적인 교육을 위해 올봄 석영이를 할머니에게 맡겼다. 할머니와 할아버지는 휴일 없이 여기저기 시장을 옮겨 다니며 도넛, 찐빵을 만들어 파는 이동 도넛 장사다.

방과 후 집에 가면 무직으로 집에 죽치고 있는 큰아버지와 단둘이 있다. 석영이의 표현을 빌리면 그는 술 마니아다. 그는 녀석에게 식칼을 던지기도 하고 앞차기도 했다. 석영이는 늑골에 금이 가고, 몸에 멍이 들고, 구토와 두통이 생겼다. 그를 피해 도서관 등으로 떠돌다가 할머니가 장사를 마칠 즈음 집에 들어갔다. 그런데 방학이 되면 하루 종일 밖으로 떠돌기가 힘들다. 안타까움을 전하는 후배에게 말했다.

"그럼 방학 동안 우리 집에 있으라고 해."

할머니, 할아버지는 짬을 낼 수 없다며 후배가 어제 일터로 석영이를 데리고 왔다. 가래떡 한 상자를 들고 왔는데, 녀석은 자기가 제일 좋아하는 간식이라며 긴 떡 한 줄을 게 눈 감추듯 먹어 치웠다.

후배가 돌아가고 나는 슬슬 호구조사(^^)를 시작했다. 성적을 물었더니 1학년부터 5학년까지 연말 평균 점수를 적어준다. 나쁜 성적은 아니다. 가족도 점수로 매길 수 있느냐고 물으니 할머니 98.2점, 할아버지 39.5점, 아빠 50점, 엄마 50점, 일곱 살 아래 동생은 10점, 문제의 큰아버지는 -100점이란다.

지금까지 석영이가 부딪힌 세상은? _

아빠 가족에게서 분리된 석영이. 엄마에 대해서는 아직 자세한 말을 하지 않는다. 노골적으로 폭력적이면서 집에서 죽치고 있는 큰아버지, 큰아들에게 폭력성을 물려준 듯한 할아버지, 유일하게 감싸고 사랑을 주지만 낮에는 만날 수 없는 할머니. 태어나서부터 지금까지 석영이가 부딪힌 세상은 어떤 것이었을까. 방학이 되자 녀석은 빨리 갑사 동네로 데려다달라고 하더란다.

어머니가 입원해야 할 정도로 나빠져서 내가 감당 못 할 형편이 되면 어쩌나 했는데, 당분간 그런 일은 없을 듯하다. 모두 무탈하기를.

우리 집에 오자마자 컴퓨터게임에 몰입하는 석영이. 저녁을 먹고 우리는 컴퓨터(TV 겸용) 사용 시간에 관해 의견을 나누고 시간표를 만들었다.

그래야 이 오지랖 넓은 여자, 가쁜 숨 쉬지 않아도 되리니.

미래에 올 파도는 걱정하지 말자. 현재의 파도를 감사히 여기고 즐기면 될 일. 그대 또한 전생에 내게 도움을 주었거나 내가 해결하지 못한 숙제를 해결하도록 돕는 천사일지 모른다. 그래, 나는 네게 또 다른 보물이 되고 너는 내게 또 다른 보물이 되자꾸나.

덩치가 큰데도 겁이 많은 녀석은 우리와 한방에서 자기를 청했다. 캔디를 보자마자 빠져들더니 추운 거실에서 재울 수 없다며 기어이 끌어안고 자겠단다. 큰방에서 어머니와 나, 석영이, 캔디의 동숙이 시작되었다.

우리는 잠들기 전, 각자 잠자리에 누워 함께 소리 내어 기도했다.

"큰아버지 가슴속에 있는 새끼 부처, 새끼 예수가 커지기를…… 커지기를……."

어머니, 집 앞의 겨울나무들입니다. 황량해 보이지만 몇 달 뒤 나올
푸른 잎이 숨어 있어요.

게임 중독과 식탐, 아…… 석영아!

녀석이 집에 온 지 일주일이 지났다. 우리 집에 도착한 첫날 저녁부터 컴퓨터(TV 겸용) 책상 의자에 앉은 녀석은 사나흘 동안 먹고 자는 시간을 빼고는 그 자리를 떠나지 않았다. 함께 컴퓨터 사용 시간표를 짰지만, 녀석은 게임에 중독된 상태였다.

내가 쓸 차례라고 끌어내면 녀석은 휴대용 게임기나 휴대폰에 내장된 게임에 빠져들었다. 책을 보라고 몇 권 주었지만 만화책 말고는 보지 않는단다. 아니 보기 힘들단다. 밥은? 식신이 강림하셨다. 얼마 전 달걀 한 판을 사놓았는데, 녀석이 수시로 꺼내 프라이를 해 먹더니 금세 동났다. 아, 내가 어쩌자고 저런 놈을 집에 들여놓았는고.

컴퓨터 코드를 뽑다 _

목요일 아침, 녀석이 일어나기 전에 종이 오른쪽에 살아가며 필요한 것 22가지를 적었다. 주변 사람과 사랑하기, 약속 지키기, 자비심, 정

의감, 청결·협동·헌신의 시민 의식, 직
업을 갖기 위한 전문 지식, 자기 절제, 자
기 관리, 나이에 맞는 언어와 행동, 친절,
평화로운 세상 만들기, 자유로운 세상 만
들기, 인생 계획 짜기, 인생 계획 맞춰
준비하기, 감사한 마음 갖기, 축복하는
마음 갖기, 시련 극복하기, 희망찬 내일
준비하기, 용기, 다른 사람 이해하기, 영

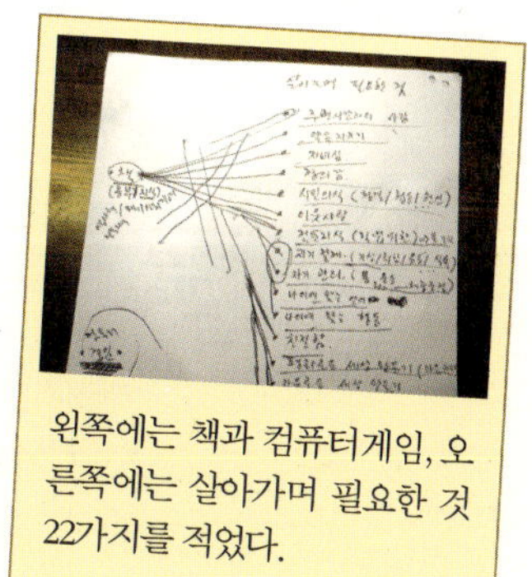

왼쪽에는 책과 컴퓨터게임, 오
른쪽에는 살아가며 필요한 것
22가지를 적었다.

혼의 성장, 말과 행동의 일치. 왼쪽에는 책(신문, 공부, 지식)과 컴퓨터
게임을 적고 잠에서 깨어난 녀석에게 종이를 내밀었다.

줄긋기를 해보라니까 녀석이 "컴퓨터게임에는 해당하는 게 없네요"
한다. 그럼 있을 줄 알았느냐, 이놈아? 집으로 돌아가는 날까지 다 기
억하면 상을 주겠노라고 했다. 녀석이 자기는 창의력 영재지 암기력
영재가 아니란다. 녀석은 4학년 말, 영재 학교 입학 허가를 받았단다.
부부 싸움 뒤에 아빠가 입학 서류를 찢어 무산되었고, 바로 대전 할머
니 집에 와서 5학년으로 편입학했다는 것이다. 이놈아, 외우라는 게 아
녀. 유관순, 에디슨, 이순신, 나이팅게일, 헬렌 켈러를 생각해서 그들
의 장점을 창의적으로 생각하면 될 거 아녀.

그날 저녁, 집에 놀러 온 명상 도반들은 TV에 빠진 녀석의 행태를
보고 특단의 조치가 필요하다고 의견을 모았다. 컴퓨터 코드를 뽑아야
겠네요. 선생님들 의견이 정 그러시다면야……. 대엿새 실컷 게임과
만화영화에 빠졌던 석영, 이제 우리 집에서 컴퓨터와 TV는 할 수 없
다. 땅. 땅. 땅.

모니터가 꺼지고 도반들이 돌아갔다. 책상 아래 들어가 웅크린 채

툴툴거리던 녀석은 주둥이가 댓
발 나와서 방에 오더니 이불을
뒤집어쓴다. 음…… 저러니 중독
이라지. 네 상태가 그러니 선생님
들이 사람 되라고 코드를 뽑은 거
야, 이놈아. 녀석은 금방 자리에서
일어나 환한 표정을 짓는다.

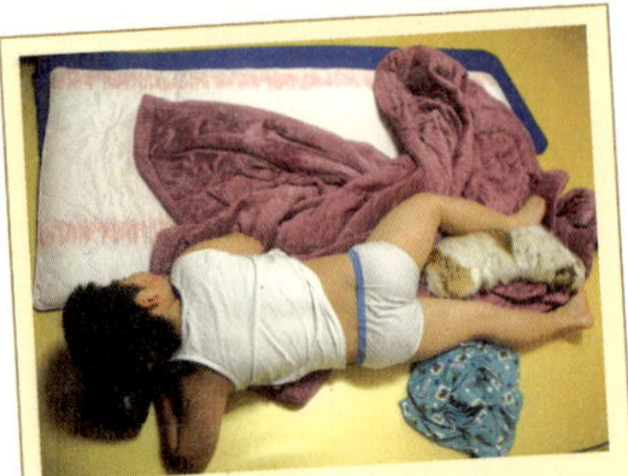

TV 프로그램 〈스타킹〉에서 보니 호
랑이 할매가 밤이면 손을 내놓고 자
는 아이들 손을 잘라간단다. 그래서
자기는 반드시 이불 속에 손을 넣고
잔다던 녀석이 잠든 지 몇 시간 뒤.

　"기분이 나빴는데 캔디가 위로
해주니까 나아졌어요. 캔디는 왜
자꾸 내 팔뚝을 핥지요?"
　"돼지 껍질이 쫄깃쫄깃하고 짭조름한 것이 맛있잖여."
　녀석은 숨을 깔딱대며 데굴데굴 구른다.
　"기도하고 자야지."
　"큰아버지 가슴속에 새끼 부처, 새끼 예수가 커지기를…… 커지기
를……."
　"네 가슴속에도 새끼 부처, 새끼 예수가 커지라고 해. 게임 중독 마
왕도 사라지라 하고."
　그건 싫단다.

아이를 키우는 데 온 동네가 필요하다 _

　컴퓨터 코드를 뽑은 다음 날, 석영이 할머니가 두 번째 방문하셨다.
할머니는 내가 없는 새 500피스 퍼즐, 버터 쿠키와 함께 갈치, 고등어,
치즈, 참치 통조림, 김, 냉동 만두, 떠먹는 요구르트를 사서 냉장고에

넣어놓고, 돼지고기가 절반인 김치찌개를 한 냄비 끓여놓고 가셨다. 녀석은 김치찌개로 저녁을 먹고 나서 버터 쿠키 한 상자를 해치웠다. 석영이가 이래서 할머니에게 98.2점을 주었다면 두 사람 다 문제다.

다음 날 석영이 할머니에게 전화해서 보러 오시는 건 언제라도 환영하지만, 빈손으로 오시라고 부탁드렸다. 식탐이 문제니 이러시면 안 된다고.

"맞아요, 그래요. 그럴게요."

할머니는 쉽게 동의하셨다. 이동 도넛 장사를 하며 손자에게 늘 그렇게 해주셨다지만, 오히려 손자의 건강을 망치고 있다는 걸 심각히 받아들여주시면 좋겠다. 석영이가 강압 없이도 식탐과 게임 중독이라는 두 가지 문제를 뛰어넘을 수 있다면 좋으련만.

11시부터 네 시간 동안 있다 가시는 요양사 선생님은 무서운 분이니 그 시간에는 절대 게임을 하지 말아야 한다는 초기 경고를 잊지 않았는지, 녀석은 시간이 되기 전에 캔디를 데리고 명상 도반들이 있는 산장에 가서 점심을 (때로는 저녁까지) 얻어먹고 온다. 마침 놀러 온 아이들이 있으면 함께 눈썰매도 타고, 짓다 만 유령 호텔 탐험도 한다고 한다. '아이를 키우는 데 온 동네가 필요하다' '아이들은 집 밖에서 더 잘 큰다'는 말이 실감 난다.

도시 아이들은 저마다 스케줄에 따라 방과 후 뿔뿔이 학원으로 흩어지고, 함께 모여 울고 웃을 시간도 공간도 없다. 그러니 각자 휴대폰이나 휴대용 게임기에 빠져 게임 마왕이 되어간다. 살아가며 필요한 것은 앞에 적은 22가지가 넘을 텐데, 멍청한 지도자들은 경쟁 구도를 통해 1등만 대접해주겠단다. 얼마나 많은 아이들이 석영이처럼 희생되고 있을까. 얼마 전 한 아이가 게임 하다가 말리는 엄마를 살해하고 자살

했다는 뉴스를 듣고 쯧쯧 혀를 차고 말았지만, 이건 성격 이상한 몇몇 아이들의 문제가 아니다.

　나중에 명상 도반들과 함께 공동체를 꾸리면 아이들이 절대로 이런 저런 탐심에 휘둘리지 않게 하리라. 무한한 하늘의 평화와 자유와 사랑을 느끼게 하리라. 여아 남아 모두 헌걸차게, 호연지기를 키우며 살게 하리라. 석영아, 너도 그렇게 해보자.

컴퓨터 사용 중단 이후 종이접기를 하는 석영이. 녀석의 가슴속에 있는 식탐 마왕, 게임 마왕이 사라지고 하루빨리 새끼 부처와 새끼 예수가 자라기를, 아니 모든 사람들의 가슴속에서 새끼 부처와 새끼 예수가 무럭무럭 자라기를……

석영이가 보름 만에 갔다

어제 녀석이 갔다. 설과 개학이 다가오니 할머니가 데리러 오겠다고
한 날이 오늘인데, 석영이를 소개한 후배가 집에 왔다가 짐도 있고 하
니 자기가 하루 먼저 데리고 나가겠다고 한 것이다. 녀석과 함께 지낸
15박 16일, 휴우~

　녀석의 문제는 식탐과 게임 중독뿐만 아니었다. 가학성. 석영이 엄
마는 검도 할 때 쓰는 죽도로 머리를 몇 번이나 내리쳤단다. 아빠와 엄
마가 합해서 100대를 때렸다나. 큰아버지의 폭력성은 말할 것도 없다.
녀석의 늑골에 금이 갔을 정도라니. 그런데 녀석도 어느새 그런 폭력
성을 배웠나 보다.

　　　　　　　　　　　　산장 출입 금지령을 받다 _
어린아이를 괴롭힌 적도 있다고 할머니가 내게 이야기했을 때, 녀석
은 올 들어서는 한 번도 그러지 않았다고 반박했다.

"이놈아, 새해 들어 일주일도 안 돼서 우리 집에 온 거 아녀."

왜 어린아이를 괴롭혔느냐고 물으니 돼지라고 놀리고 도망가더란다. (음…… 화가 날 만도 했겠네.) 그러나 이것이 녀석의 자기 합리화임을 아는 데는 오래 걸리지 않았다.

낮에 명상 프로그램이 열리는 산장에 놀러 다니던 녀석에게 출입 금지령이 떨어졌다. 어린아이들을 괴롭힌다는 것이다. 얼굴에 모기 잡는 스프레이를 뿌리기도 했단다. 엄마를 따라온 아이들이 녀석이 싫다며 먼저 가버리는 일도 생겼다. 하 아저씨 컵라면을 훔쳐 먹었다니 아저씨와 스프레이 뿌린 아이 엄마께 사과하고 오라고 했다. 녀석은 사과하고 왔다고, 두 분 모두 괜찮다고 했다고 했다. 나중에 확인해보니 아이 엄마는 모르는 일이란다.

할머니와 통화하는 모습을 보면 천사도 그런 천사가 없다. 상냥하고 싹싹하고 고분고분하고. 매일 누워 있는 원장님 할머니께 드린다고 종이꽃을 접기도 하고, 읽기 힘들다던 책을 보기도 한다. 그런데 돌아서면 식탐, 게임 중독, 거짓말, 가학성, 덜렁거림(나갈 때 문을 닫으라고 주의를 주면 예쁘게 '네~' 하고 1초도 지나지 않아 문을 열어놓고 나간다)이 도를 지나친다.

산장에 출입 금지령이 떨어지자 심심해진 녀석은 걷기에는 먼 거리인 한의원에 몇 차례 나타났다. 음료수를 사달라, 배가 고프다고 떼를 쓰고, 찜질장을 경험해본다며 돈을 빌려달란다. 6학년이 될 녀석이 주변에 사람들이 있어도 아랑곳없다. 먹고 싶은 게 있으면 훔쳐서라도 먹고, 하고 싶은 게 있으면 앞뒤 살피지 않고 떼를 쓰는 놈. 본능에 지독히 충실한 놈. 천사와 악마가 공존하는 놈.

치료 차 한의원에 들른 스님이 녀석을 보시더니 할머니나 개인의 힘

으로 녀석을 가르칠 수 없겠다며 동자승들이 산다는 절을 소개해주셨
다. TV 프로그램 〈인간극장〉에 나온, 지속적으로 자비로운 훈육이 가
능한 공동체……. 감사합니다!

어제 아침 모처럼 TV를 연결해서 녀석과 함께 동자승들의 모습을
담은 〈인간극장〉 5부작을 보았다. 자기도 그곳에 가고 싶은데 지금은
아니란다.

"갈 거면 하루라도 빨리 가서 익숙해지는 게 좋아."

석영이도 새로운 천국을 찾기를……

녀석은 영재 학교를 기웃거렸다는 것이 이상하지 않을 정도로 이해
력이 빠른 면모를 보이기도 했다. 큰아버지가 감사하단다. 덕분에 우
리 집에 왔으니. 걸림돌이 결국 디딤돌이 되기도 한다며. 황토방 아궁
이에서 불을 때다가 데이비드 호킨스의 《의식 혁명》에 나오는 '의식의
지도' 프린트한 것을 보고 약간 설명해주자 "선생님, 이건 태우지 말아
요" 하며 호킨스 박사에게 지대한 관심을 보이기도 했다. 나중에 그의
책은 모조리 찾아보겠단다.

"장발장처럼 생존이 달린 것도 아닌데 살찐 놈이 배가 고프다고 남
의 라면을 훔쳐 먹는 건 의식의 지도에서 5점, 10점이나 될까나?"

"빵점이겠지요, 뭐."

미국의 정신과 의사 데이비드 호킨스는 수십 년 연구한 끝에 운동역
학을 근거로 인간의 의식에 점수를 매길 수 있게 되었다. 의식 레벨은
0인 식물인간에서 1000인 예수와 부처같이 깨달은 자에 이르기까지
다양하다. 지인이 강력 추천한 《의식 혁명》은 나도 다른 이들에게 가장

추천하는 책이 되었다.

책상 위에서 '아이들아, 내 제사는 지내지 마라' 서명 용지를 본 녀석과 격렬한 토론을 벌이기도 했다. 녀석은 제사에 대단한 자부심이 있었는데, 답답해 죽겠다며 닭장에 물을 주고 와서 이어지는 설명을 들은 뒤에는 모르던 것을 알게 되었다며 가슴속에 터질 듯한 기쁨이 느껴진다고도 했다.

그래, 또래가 모여 있고 지속적으로 자비로운 훈육이 가능한 공동체라면 너의 뛰어난 능력이 연마되고 빛을 발할 수 있을 것이다. 거짓말, 탐심, 덜렁거림, 가학성이 통제되거나 사라져 이중성이 극복되면 너는 헌걸찬 인재로 성장할 수 있을 것이다.

석영이가 가고 두 아들에게서 연달아 전화가 왔다.

"내 아들들아, 정말 고맙다. 너희가 얼마나 훌륭하게 커주었는지 어미가 미처 몰랐구나. 고마워서 눈물이 날 지경이여."

둘째가 문자를 보냈다. '나도 고맙습니다.'

어머니, 어머니께도 감사를 드립니다. 거짓말, 탐심, 덜렁거림, 가학성…… 우리를 이런 것과 멀게 키우셨지요. 절에 다녀오면 '울지도 말고 웃지도 마라' '깊은 강물은 소리 내며 흐르지 않는다'는 설법을 전하며 우리가 내공이 깊어지기를 바라셨지요. 어미 새가 새끼에게 먹이를 물어 나르듯 좋은 말, 좋은 충고를 물어 나르셨습니다. 감사하고 또 감사합니다.

석영이가 돌아가고 집 안에 고요가 찾아왔다. 컴퓨터와 TV도 자유롭게 켤 수 있게 되었다. 황홀한 고요, 위대한 평화, 무한한 자유. 어머니, 우리 다시 천국에서 살 수 있어요. 석영이도 새로운 천국을 찾기를.

어머니와 맞잡은 손이 늘 따듯하기를 희망합니다.

늙어가며 할 말은 오직 '감사하다'

일을 마치고 집에 돌아와 주차하려는데 밖에 나와 있는 장닭이 보였다. 이게 웬일이람? 부랴부랴 닭장으로 가보니 문이 열렸다. 아침에 모이를 주고 문단속을 제대로 하지 않은 모양이다. 이놈 저놈 몰아 닭장 안으로 넣는데 꼬꼬왕이 보이지 않았다. 뽁뽁이(삐약삐약 하던 병아리가 중닭이 되니 뽁뽁 소리를 낸다)를 두고 어미가 어디 갔을까.

웃기는 건 뽁뽁이다. 어미가 없는데 찾지도 않고, 아래 횃대로 올라가더니 이내 제일 꼭대기 횃대에 올라가 자리를 잡고 앉았다. 어쭈, 저놈이 겁도 없이……. 늘 바닥에서 어미 날개 밑을 파고들던 놈이 아닌가. 그런데 꼬꼬왕은 뽁뽁이를 두고 어디 갔을까. 타샤 아줌마가 최근에 닭 한 마리를 잃었다는데, 꼬꼬왕도 동네 고약한 고양이들한테 당한 건 아닐까.

한숨을 쉬며 집 안으로 들어서려는데…… 오오, 거기에 있었다. 꼬꼬왕은 무리를 떠나 홀로 집 출입구 나무 데크에 앉아 있었다. 뽁뽁이와 늘 붙어 다니더니 모녀 사이에 무슨 일이 있었는지 녀석은 쉽게 닭

장으로 돌아가려 하지 않았다. 자동
차 밑으로, 산으로 한참을 도망 다니
며 나를 골탕 먹이다가 힘들게 닭장
으로 돌아갔다. 그리고 **뻑뻑이**가 잡아
놓은 꼭대기 횃대로 올라가 앉았다.
10월 말에 병아리를 깐 뒤 어린 병아
리들을 건사하느라 석 달을 땅 위에
살던 *꼬꼬왕*. 10월 초부터 알을 품기
시작했을 테니 넉 달을 땅에 살던 *꼬꼬*

횃대에서 잠을 청하는 *꼬꼬왕*과
뻑뻑이. *꼬꼬왕*은 넉 달 만에, 석
달 전에 태어난 **뻑뻑이**는 처음으
로 차가운 땅바닥 잠을 면했다.

왕이 드디어 분발한 **뻑뻑이**를 따라 횃대에 올라간 것이다. 삶의 질이
달라질, 커다란 전환을 맞은 **뻑뻑이**와 *꼬꼬왕*에게 축복 있으라. ^^

이제는 변기에 꼿꼿이 앉으신다 _

　유일하게 알을 낳던 회색 닭은 열흘 전쯤 엉덩이에 원인 모를 부상
을 당하고 생을 마쳤다. 외부 침입자의 흔적은 없었다. 양계장 아저씨
말로는 다른 닭들에게 공격을 받아 그리 될 수도 있단다. 심한 울음소
리에 뛰어나가면 어느새 상황 종료, 닭들은 아무 일도 없었다는 듯 멀
뚱멀뚱 쳐다본다. 닭장에서 대체 무슨 일이 벌어지는지 CCTV를 설치
해보면 알까.

　석영이가 돌아가던 날 아침에 냉동 만두를 끓여 먹은 것이 잘못 되
었는지 이틀 동안 고열이 나고 온몸이 쑤셨다. 심하지는 않았지만 복
통과 설사가 일주일이나 계속되었다. 고열 때문인지 입술 안쪽이 터졌
다. 충분히 자는 것 외에 아무 조치도 취하지 않았으나, 몸은 빠르게

회복되고 있다. 감사하고 또 감사한 일이다. 어머니도 날로 쇠약해지는 몸이지만 쉼 없이 원상회복을 위해 노력하지 않는가. 가래가 현저히 줄었고, 기저귀에 묻던 혈뇨는 다시 예쁜 연노란색이 되었다. 어머니는 요양원에서 처음 이곳으로 왔을 때 이동 변기에 앉히면 중심을 잡지 못하고 힘없이 옆으로 쓰러졌지만 이제는 꼿꼿하게 앉아 계신다. 에헤라 디여~

서울에서 한의원을 할 때 노인들이 오시면 치료하면서도 회의가 들었다. 치료하면 무슨 소용인가. 저무는 태양, 저들에게는 이제 죽음만 남은 것을. 그러나 명상 공부를 한 뒤 노인들에게 기쁜 마음으로 할 이야기가 생겼다.

"늙어가며 할 이야기는 한 마디뿐이더라고요. '감사하다!' 아무 걱정도 하지 마세요. 큰아들 사업이 어쩌고, 둘째 손자 성적이 어쩌고……. 걱정은 그들에게 아무 도움이 되지 않습니다. 걱정하면 우주에서 걱정거리가 몰려온대요. 하루 종일 감사하다, 한 마디만 되뇌세요. 하늘이 안 무너져서 감사하다, 땅이 안 꺼져서 감사하다, 비바람을 가릴 천장과 벽이 있어 감사하다, 입을 옷이 있으니 감사하다, 거리에서 아이들 웃음소리가 들리니 감사하다, 꽃의 색이 예쁘고 새의 지저귐이 예쁘니 감사하다…… 그렇게 감사하다, 감사하다 연발하다가 생을 마치면 이번 생은 '남는 장사' 하시는 거래요."

노인뿐인가. 10년 넘게 누워 있는 남편을 간호하며 직장 생활을 하는 아주머니도 있다. 아주머니는 젊어 속 썩이다가 늘 누워 있는 남편이 밉고 돌보는 것이 짜증스러웠는데, 감사하다고 생각을 바꾸는 순간 남편을 수발하는 시간이 괴롭지 않더란다. 그러다가 남편이 편안하게 저세상으로 갔단다. 자기가 계속 짜증을 내며 수발하다가 남편이 죽었

다면 남은 세월 엄청난 자책과 후회로 고통스러웠을 텐데, 감사하다는
말이 마법과 같았다며 내게 감사하다는 말을 수없이 했다.

도처에서 일어나는 일이 모두 기적 _

한 달 전쯤 지인의 소개를 받고 찾아온 사람이 있다. 시민운동을 해
왔는데 최근 심신이 지쳐 병이 들었고, 머리 좋은 것만 믿고 까부는 큰
아들(6학년)이 힘들게 한단다. 아이는 유치원 들어갈 때부터 7년째 틱
을 앓고 있다고. 가족이 한방에서 잔다는 말을 듣고, 자기 전에 아이들
손을 잡고 '감사 게임'을 해보라고 했다. '나는 ○○가 감사해'라고 돌
아가며 말을 잇는 게임이다. 며칠 뒤 그녀에게서 연락이 왔다.

"큰 녀석이 감사 게임을 아주 좋아해요."

형광등, 쓰레기통, 옷걸이, 시계, 연필, 연필의 나무, 나무를 키워준
바람과 별빛과 달빛과 구름과 태양, 나무를 베어낸 나무꾼, 베어낸 나
무를 공장으로 운반한 기사, 연필을 만드는 기계를 설계한 기술자, 그
기술자를 낳아준 부모…… 세상에 감사하지 않은 게 없네.

얼마 전 그녀에게서 문자가 왔다. '선생님, 큰아이의 틱이 기적처럼
사라졌어요.'

어머니, 처마 밑의 고드름이에요. 구름이 눈을 만들고, 눈이 녹아 고
드름이 되고, 고드름이 녹아서 떨어지면 지하에 모였다가 우리 입
으로 들어와 혈관 속의 피가 되겠지요. 알고 보면 도처에서 일어나
는 모든 일이 기적입니다.

암탉 소리 용납 못 하는 수탉

알 낳던 회색 닭 두 마리가 모두 가버려 다시 구암리의 스님에게 알을 낳는 암탉 두 마리를 샀다. 얼마 전 읽은 책에 보니 새로 산 닭을 밤에 닭장에 넣으면 먼저 있던 닭들이 텃세를 부리지 않는다고 한다. 그대로 해보았지만 웬걸, 아침이 되자 먼저 있던 닭들은 새내기들이 모이통에 접근하지 못하도록 공격을 해댔다. 세상에, 병아리 출신 뿍뿍이마저 새내기를 괄시하며 털을 뽑아놓았다. 하얀 털에 꼬리만 까만 새내기(언니 백설이와 동생 백설이라고 이름 붙였다)들은 공격당할 때마다 도망 다니기 바쁘면서도 이전의 얌전한 암탉들과 달랐다. 횃대에 올라앉아 수시로 목청을 높여 꼬꼬댁거렸다.

정말 꼴불견은 일곱 마리 중 유일한 수컷이다. 이놈은 언니 백설이와 동생 백설이가 목청을 높일 때마다 자기도 목청을

장닭은 울 때마다 목청을 높여 암탉의 소리를 제압하려 한다. 못난 놈.

높여 새내기들의 울음소리를 묻히게 한다. 암탉의 소리가 담장을 넘지 못하도록 제 목청으로 덮어버리라는 사명감을 가지고 이 땅에 태어난 듯 구는 것이다. 어찌 한 번도 암탉의 울음소리를 용납하지 않는단 말인가. 으음…… 봄에 깨어나는 병아리 중에 수컷이 있으면 그걸로 바꿔야지.

요령 피울 줄 모르는 둘째, 과연 엄마 아들이다 _

남편이 논산에서 군 복무를 마치고 전역하는 둘째를 부대 앞에서 태워 이곳으로 데리고 왔다. 서울 가기 전에 엄마와 할머니를 보러 온 것이다. 둘째는 논산에서 군 생활을 시작했고 논산에서 마쳤다. 신병으로 입대한 뒤 몇 번째 휴가였나, 의무대 신세를 졌다는 걸 우연히 알게 되었다. 목에서 피가 나왔단다.

"아니, 목에서 왜 피가 나와?"

"구령 붙이다 보니 피가 나왔어."

옆에서 듣던 큰놈이 거들었다.

"인마, 군대에선 립싱크 하는 거야."

"다들 립싱크 하니까 나라도 크게 소리 질러야 해."

상사들은 둘째에게 몇 주 더 훈련을 시킨 다음 논산에 남아 조교로 복무하게 했다.

그래, 네가 엄마 아들이다. 꾀부릴 줄 모르고, 인내심 많고. 엄마도 할머니에게서 그렇게 배웠지. 우리가 가볍게 굴거나 못나게 굴 때, 어머니는 항상 "어허이……" 한마디로 제동을 걸어주셨다. 부모 곁에서

어머니, 한의원의 난초가 한 달째 황홀한 향기를 뿜고 있습니다. 신이여, 그것이 당신의 향기임을 내가 압니다.

가장 오래 산 나는 자식들을 떠나보내고 한가해진 어머니가 수년간 하루도 빠지지 않고 새벽마다 한두 시간씩 불경을 외우시는 걸 보았다. 어머니의 그 끈기와 성실함을 나는 흉내도 낼 수 없을 것이다. 내가 조금이라도 닮고, 내 자식들이 조금이라도 닮아가기를……. 어머니 감사하고 또 감사합니다.

논산에서 제대하고 아빠와 함께 엄마 집에 들른 둘째.

어머니의 88세 생신,
내 생애 가장 반가울 봄을 기다리며

음력 정월 초이레, 어머니 생신이다. 1924년에 태어나셨으니 우리 나이로 88세. 마지막 생신이 될지도 모를 일이다. 퇴근하고 공주로 나가서 케이크와 꽃다발을 준비했다. 집에 와서 저녁을 준비해놓고 기다리던 도반 경아 님, 정향 님, 진환 님이 함께 어머니의 생신을 축하해주었다.

어머니, 그동안 자식들 키우느라 고생 많이 하셨습니다. 감사합니다. 어머니의 삶도 행복한 것이었으면 좋겠습니다. 제게 어머니를 돌볼 기회를 주셔서 감사합니다. 남은 시간 동안 미소와 친절함과 따듯함만 즐기다 가소서.

어머니, 88세 생신을 축하합니다. 남은 시간 동안 평안하시기를……

가래가 뜸해졌지만 머리를 감은 뒤 심해지기도 했다. 그래서 요양사 선생님에게 겨울이 지나갈 때까지 씻기는 건 대충 생략해달라고 부탁드렸다. 가래가 심해지면 밤에도 여러 차례 일어나 빼내야 했는데, 수요일 저녁과 목요일 아침에는 웬일인지 거의 고생하지 않고 죽을 넘기셨다. 이게 웬 떡인가 싶어 떠먹는 요구르트를 하나 더 드리고, 요양사 선생님에게 가래가 줄어 감사하다는 메모를 남기고 출근했다.

그날 오후, 요양사 선생님은 어머니가 식사하실 때 가래가 많고 상태가 조금 나빠져서 타샤 아줌마와 교대하고 퇴근한다고 전화했다. 부랴부랴 들어와 타샤 아줌마에게 이야기를 들었다. 요양사 선생님 전화를 받고 와보니 어머니의 턱이 강직되고 호흡이 불규칙했으며, 심한 부정맥이 나타났다고 한다. 쇼크 상태였다는 것이다. 손가락 발가락을 주물러 풀렸지만, 쇼크가 한 번 오면 자꾸 올 수 있으니 주의해야 한다고 했다.

요양사 선생님을 직접 만나 이야기를 듣지 못했으니 어떤 상황에서 쇼크가 발생했는지 알 수가 없다. 가래 빼는 과정에서 무리가 있었을까. 죽을 드시다 가래 때문에 사레들려서 그랬을까. 아침에 내가 드린 것이 무리가 되어 체하셨나.

타샤 아줌마는 내게 홍시죽을 드렸느냐며 감은 성질이 차서 좋지 않다고 했다. 영양을 생각해서 이것저것 드리지 말고 미음을 아주 묽게 쒀서 드리란다. 가시는 분에게 영양분을 공급하는 건 오히려 해가 된다는 것이다.

휴…….

그동안 멸치 달인 물에 된장을 풀고 양파, 버섯, 무, 양배추를 넣어

끓인 뒤 마지막에 참치 통조림을 넣고 갈아 기본 수프를 만들어두고, 끼니마다 찹쌀가루를 넣어 죽을 쑤었다. 우리 집 닭이 낳은 달걀을 노른자위만 풀고(알끈과 흰자위는 쉽게 응고해 목에 걸리는 경우가 있다) 고소하라고 들깨 가루도 넣었다. 젖병에 넣을 때 먼저 찬 우유를 20밀리리터 정도 부으면 영양도 챙기고, 죽도 식힐 수 있다.

홍시죽은 가래 삭이는 한약재 달인 물에 찹쌀가루를 약간 넣고 끓인 뒤 키위, 감귤, 사과, 바나나 등을 번갈아 넣고 믹서에 곱게 간 것을 홍시에 섞어서 드렸다. 고백하면 맛이 시큼할 때는 분유도 넣었다.

이런 걸 모두 중단하라는 얘기다. 쌀가루만 넣고 아주 묽게 끓여서 목을 축일 정도로 드리라고, 가시는 길 편안히 보내드리라고……

어머니가 해답을 알려주셨다 _

도반 하나가 소걀 린포체의 《삶과 죽음을 바라보는 티베트의 지혜》에 나오는 '작별 인사 나누기'를 어머니와 미리 하면 어떠냐고 했다.

내가 여기에 당신과 함께 있습니다. 나는 당신을 사랑합니다. 당신은 죽어가고 있지만 그것은 아주 자연스러운 일입니다. 당신이 나와 함께 이 세상에 더 머물기를 바라지만 이제 당신을 괴롭히지 않겠습니다. 우리가 함께 보낸 시간은 충분합니다. 나는 그 시간을 언제까지나 소중히 마음에 담아두렵니다. 삶에 더 이상 애착을 두지 맙시다. 내 마음 깊은 곳에서 당신이 떠나도 된다고 허락하겠습니다. 지금 그리고 언제까지나 당신은 혼자가 아닙니다. 당신은 내 사랑의 전부입니다.

나는 어머니께 죽을 드리며 '고자질'하듯 말했다.

어머니, 홍시도 우유도 달걀도 드리지 말라네요. 영양을 생각하지 말라네요. 그게 어머니를 돕는 게 아니래요. 정말 그렇게 해야 할까요.

서러움 같은 것이 몰려왔다. 그러나 어렵게 생각할 일이 아니었다. 다시 침대 난간을 잡은 어머니의 손을 본 것이다.

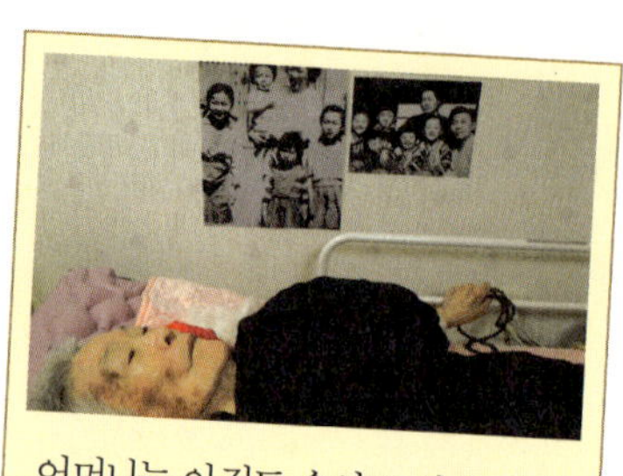

어머니는 아직도 수시로 침대 난간을 잡는다. 어머니가 해답을 알려주셨다.

그래요, 어머니가 좋아하는 홍시죽 계속 드릴래요. 죽에 우유도 섞고, 갓 낳은 달걀의 노른자위도 넣겠습니다. 봄에 휠체어 타고 나가서 바람에 날리는 꽃향기를 맡아보고, 연둣빛 촉촉한 새잎을 만져봅시다. 맑고 고운 새소리를 들어봅시다. 아, 새롭게 태어나는 병아리도 볼 수 있을 거예요. 바람이 따듯해져 가래를 부추기지 않을 때까지 어머니, 그때까지 에너지를 비축하자고요. 방 안에만 누워 있다 가시지 말라고요.

어머니가 침대 난간 잡을 힘도 없어지면 그때는 타샤 아줌마 말대로 하지요. 홍시도, 달걀도, 우유도, 참치 통조림도, 멸치 국물도 준비하지 않겠습니다. 더는 어머니를 괴롭히거나 애착을 갖지 않겠습니다. 그러나 아직은 아니에요.

이제 나는 생에 가장 반가울 봄, 가장 아름답고 찬란할 봄을 기다린다. 간절히.

어머니, 뒤늦게 난초 화분을 집 안에 들여놓았습니다. 난초는 죽어
버린 모양이지만, 거기에 다른 생명이 싹을 틔웠네요.

날마다 천국이랍니다

한의원 진료를 하는 날은 화요일부터 토요일까지. 일요일과 월요일은 쉰다. 요양사 선생님에게 2월부터는 월요일에도 와주십사 부탁했다. 처음으로 홀가분하게 움직일 수 있는 2주 전 월요일, 갑사에 있는 약사여래불을 찾았다. 어머니의 가래와 기침이 심해 떠먹이는 사람이나 받아먹는 사람이 무척 고통스러웠을 때다.

"약사여래 부처님, 저 여인의 청을 들어주소서" _

갑사 뒷산 중사자암에 있던 것을 대웅전 근처 작은 동굴 안으로 옮겨놓았단다. 약사여래불의 특징은 왼손에 약합을 든 것인데, 12가지 서원이 있다고 한다.

내가 다음 세상에 보리菩提(팔리어와 산스크리트어에서 수행자가 최종적으로 도달할 수 있는 '깨달음' 혹은 '앎'의 경지)를 증득할 때, 많은 중생이 ○○하다가도(시달리다가도) 나의 이름을 듣고 진실한 마음으로 부르고 생각하면 누구나 단정한 몸을 얻고 모든 병이 소멸되고 몸과 마음이 안락하고 근심과 고통에서 해탈하여 마침내 보리를 성취한다.

이런 형식을 갖춘 12가지 서원에는 갖은 병고가 소멸되게 하려는 원, 내 몸과 남의 몸에 광명이 비치게 하려는 원, 중생이 바라는 바를 충족해 모자라지 않게 하려는 원, 여인으로 태어나 온갖 괴로움에 부대껴 여인의 몸을 버리기 원하면 남자로 태어나게 하려는 원 등이 포함된다.

가난, 질병, 폭력, 차별, 무지…… 중생이 힘든 삶에 시달려 고통으로 허우적댈 때, 성자들의 원은 이렇게 한결같았을 것이다. '참회하고 진실한 마음으로 나에게 의지하면 성취하리라.' 그중에서도 약사여래불은 약합을 들었으니 병고에 시달리는 사람들은 누구보다 약사여래불을 찾지 않았을까.

약사여래불 가까이 가니 한 남자가 서성거리고, 아내로 보이는 여인은 예불단 위에서 큰 소리로 뭔가 읊조리며 수없이 절하고 있었다. 무슨 사연이기에 저토록 간절할까.

반배를 하고 예불단 위로 조용히 올라가 향을 피운 뒤 삼배를 올렸다. 맨 처음 나도 모르게 입에서

약사여래불 상반신. 왼손에 든 것이 약합이다.

107

이런 서원이 나왔다.

"약사여래 부처님, 저 여인의 청을 들어주소서."

어, 나도 어머니의 기침과 가래 때문에 약사여래를 찾은 것 아닌가. 맞다, 내가 자유 시간을 얻어 처음으로 약사여래를 찾은 건 어머니의 기침이 심해서다. 나도 모르게 다른 서원이 먼저 튀어나온 것은 갑사 동네에서 배운 대로 남을 먼저 위하고, 배려하고, 생각하는 것이 익숙해졌기 때문일까? 오! 감사하게도…….

밤에 자다가도 몇 번씩 가래를 뽑아내야 했지만 최근에는 횟수가 부쩍 줄었고, 오늘은 처음으로 가래 배출 없이 아침을 맞았다. 에헤라 디여~ 약사여래 부처님, 관세음보살님, 계룡산 성자님, 따듯해지는 날씨여, 감사합니다.

"이 돈으로 노인 일곱 분에게 무료 치료를……"

한의원은 잘 돌아가고 있다. "용하시다고 허길래……" 하며 들어오시는 분들이 늘었다. 감사할 따름이다. 가까운 곳에 있으니 다가오기 쉽고, 그러니 효과도 잘 나타나는 것이겠지. '내 몸을 통로 삼아 하늘의 밝고 따스한 기운을 받아들여 여러분께 전해드릴 뿐입니다. 건강한 몸으로 만물에 감사와 축복을 나누시기를…….'

퇴근 무렵 오신 할머니 한 분이 침을 맞은 뒤 "환자도 없고 하닝게 노래를 하나 불러드리겠다"며 연달아 세 곡을 부르신다. 행복해지는 방법을 안다는 것은 얼마나 감사한 일인가. 그러나 내가 짜라잔짠짜짠 장단을 맞추면서도 혼자 계실 어머니 생각에 자꾸 시계를 보는 건 모르셨을 거다.

어머니, 갑사 안의 고목입니다. 뚫린 구멍으로 건너편이 내다보이
지만, 봄이 되면 어김없이 촉촉하고 예쁜 연두색 잎을 틔우겠지요.

어제 오신 체구 작은 스님은 치료를 마치고 동전 소리가 쨍그랑거리는 걸망을 자꾸 뒤지더니, 치료비 외에 1만 500원을 꺼내어 책상 위에 놓았다. 노인들 치료비가 1500원이라니 이 돈으로 일곱 분에게 무료로 치료를 해드리라는 거다.

청추~운을 돌려다~오~.

입고 오신 누비 두루마기를 보니 겨드랑이 쪽은 나달나달하고, 팔꿈치며 소매 언저리 등 해진 곳을 기웠다. 에고, 스님…… 감사합니다. 일곱 분이라지만 스님의 따듯한 마음은 70분, 700분에게 전해지고 남을 것입니다.

명상 프로그램에 참가한 도반이 물었다.

"지금쯤 시골 생활에 슬슬 진력이 날 때가 되지 않았나요?"

아이고 웬걸요, 날마다 천국이랍니다.

봄,
어머니의 꽃마차

여성의 내공이 높아져야
새로운 세상을 만들 수 있다

올 들어 처음으로 비가 내린다. 꾸준히 내리는 비에 닭장 뒤편 산으로 올라가는 골짜기에 겨우내 쌓여 있던 눈이 사라졌다. 봄비다!

해가 길어지니 매일 서너 마리가 알을 낳는다. 닭의 생체 시계가 오묘하게 작동하는 모양이다. 꼬꼬왕이 땅 위에서 **뾱뾱이**를 품고 자다가 횃대로 올라가더니 얼마 뒤 알을 낳기 시작했고, 뒤늦게 이사 온 언니 백설이와 오골계가 알을 낳는다. 짚으로 엮은 둥지를 구하려 했지만, 플라스틱 콩나물시루가 알을 품기 좋다기에 구해서 방 네 개를 준비하고 짚을 깔았다. 준비 완료!

첫 경험이다. 병아리 탄생을 이렇게 준비하고 지켜볼 수 있다니. 공장에서 부화되어 자란 닭은 알을 품지 않는단다. 어미의 사랑을 받고 자란 병아리들이 어른이 되면 알을 품어 다시 병아리를 돌보는 것이다. 받은 사랑을 잊지 않고 전하는 생명의 아름다움이여…….

괜한 짓인지 몰라도 꼬꼬왕이 낳은 알, 오골계가 낳은 알, 백설이가 낳은 알을 따로 모으고 있다. 날이 더 따듯해지면 통에 자기가 낳은 알

새장 속 알은 백설이가 낳은 것, 왼쪽 알은 꼬꼬왕이 낳은 것, 오른쪽 알은 오골계가 낳은 것이다. 녀석들이 자기 알을 알아보려나?

을 품을 수 있게 넣어줄 것이다. 아니면 몇 개씩 섞어 백설이가 오골계 병아리 어미가 되고, 까오(까만 볏 오골계)나 빨오(빨간 볏 오골계)가 노란 병아리의 어미가 되어 돌보는 것도 나쁘지 않을 듯싶다. 아, 그날이 꼭 오리라. 따듯한 봄볕 아래 어린 생명들이 분주히 꼬물거릴 날이.

여성 건강 교실을 열다 _

지난달 마지막 주 금요일부터 일요일까지 2박 3일간 갑사 아래 산장에서 도반들과 함께 '고은광순과 함께하는 여성 건강 교실'을 시작했다. 앞으로 꾸준히 이어갈 계획이다. 신청자들은 기혈 순환 체조, 마사지, 자연 치유력 원리에 대한 강의, 치유 명상 프로그램에 참가하며 충분한 휴식을 취한다.

앞에서 끌어주는 안내자와 참가자 모두 여성이다. 우리는 여성의 내공이 높아져야 새로운 세상을 만들 수 있다고 믿는다. 내공이 높아진 여성은 공격, 경쟁, 정복, 선점, 지배 등 남성적 가치가 지배해온 세상을 나눔, 협동, 돌봄, 배려, 평화, 사랑 등 여성적 가치가 주를 이루는 세상으로 바꾸는 일을 할 수 있을 것이다.

남성이 우위를 점하던 대한민국에서 학교와 사회는 여성호르몬인 에스트로겐이 남성호르몬인 테스토스테론보다 생화학적으로 진화된 물질이라는 것을 가르치지도, 주목하지도 않는다. 나눔과 돌봄이 경쟁

과 선점보다 아름답고 진화된 가치라는 것을 가르치지 않는다. 그러니 우리가 할 수밖에. ^^

여성 건강 교실에서는 밝고 긍정적인 마음과 정신으로 우리 몸의 기운을 정화할 것을 강조한다. 내공을 키우는 방법에 대해 이야기하고, 지혜로워져서 더는 상처를 주지도 말고 받지도 말 것에 대해 이야기한다. 원수를 사랑하라는 말을 실천에 옮기려면 막막하지만, 세상 만물에 깃든 것처럼 미운 사람의 가슴에도 있을 새끼 부처, 새끼 예수가 커지도록 소망하는 것은 어렵지 않다. 그가 좋아지면 나도 좋을 것이다.

프로그램이 끝나면 참가자들은 비로소 자기 몸과 영혼을 사랑할 수 있게 되었다며 기뻐한다. 주변 사람들을 더욱 사랑할 수 있겠노라고, 이제 두려워하거나 긴장하거나 겁먹지 않겠노라고. 아, 이토록 아름답게 빛나는 사람들인 것을……

질 낮은 인간 드라마에 휘둘리지 맙시다 _

며칠 전 강연장에서 만난 지자체 여성 의원은 '여성의 적은 여성'이라는 말 앞에 주눅 든다는 고민을 털어놓았다.

예전에 여자 손바닥에 아래부터 위로 죽 올라가는 운명선이 선명하면 팔자가 사납다고 했다. 집 밖에서 여자가 할 수 있는 일은 기생이나 무당밖에 없었으니까. 대다수 여자들이 좁은 집 안에서 부딪히니 그런 말이 나온 것이리라. 그러나 세상은 넓고 여자들이 할 일은 많다. 수많은 남자들이 강력 범죄를 저지르고, 정치·경제적으로 사건을 만들어내지만 '남자의 적은 남자'라는 말은 하지 않는다. 그러니 그 따위 말에 절대로 주눅 들지 마라.

어머니, 며칠 전만 해도 앞뜰에 눈이 있었는데 어느새 출입구 나무
데크 아래 새싹이 돋았네요.

18세기 일본에 존경받는 하쿠인白隱 선사가 있었다. 옆 동네 처녀가 임신을 했는데, 추궁하는 부모에게 처녀는 애아버지가 하쿠인 선사라고 말했다. 쫓아와 욕을 퍼붓는 부모에게 하쿠인 선사는 한 마디 했다. "그런가?" 아기가 태어나자 처녀의 부모는 하쿠인 선사에게 던져놓고 갔고, 하쿠인 선사는 아무 말 없이 아기를 받아 사랑으로 키웠다.

1년 뒤 처녀는 애아버지가 푸줏간 젊은이라고 이실직고했고, 부모는 하쿠인 선사에게 머리를 조아리고 사죄하며 아기를 데려갔다. 이때도 하쿠인 선사는 "그런가?" 한 마디뿐이었다. 내공이 높은 하쿠인 선사는 인간 드라마에 휘둘리지 않았다.

내공이 높은 사람은 절대 상처를 주거나 받지 않는다. 언제 어떤 경우에도 주눅 들 일이 없기 때문이다. 무한한 평화와 자유, 사랑은 우주와 하늘의 본질이고, 우리의 내부에도 그대로 있다. "나는 애초에 푸른 하늘이었으니 언제 어디에서도 끄떡없다!"고 되뇌며 살아보자.

살얼음 위를 걸으며 다섯 달을 보내다

어머니와 함께 이곳에 살면서 몇 차례 고비가 있었다. 두 달을 넘길 수 있을까, 해(2010년)를 넘길 수 있을까, 100일을 넘길 수 있을까…… 살얼음 위를 걸으며 어느새 다섯 달이 되었다.

요양원에서 방 안에 갇혀 지내신 게 안쓰러워, 이곳에 오면 수시로 휠체어를 이용해 산책을 나갈 계획이었다. 그래서 짐을 줄이고 줄이는 와중에도 겨울 산책에 대비해 30여 년 전 큰올케가 혼수로 어머니께 사드린 밍크코트도 챙기고, 넉넉한 양털 부츠도 샀다. 그런데 웬걸, 기침과 가래 때문에 가을이 깊어가면서부터 외출을 삼가고 집 안에만 계신다. 가을볕이 따스할 때는 거실 소파에도 누워 계셨지만, 날씨가 차가워지면서 꼬박 방에 갇혀 계신다.

온도가 일정한 방 안에서 지내는데도 어머니의 생체리듬은 일정하지 않았다. 때때로 기침, 가래, 혈뇨, 발열, 음식 거부 등이 찾아와 어머니를 괴롭힌다. 얼굴이 붉어지고 손이 뜨겁고 가래가 심한 날이 있는가 하면, 그다음 날은 열이 내렸다. 일주일 안에 무슨 일이 생기지

않을까, 2주 뒤 행사는 미뤄야 하지 않을까 심각하게 고민하다 보면 이
삼일 뒤 조금 기운을 차리신다. 혈뇨 때문에 구급차를 불러 입원해야
하는 게 아닐까 고민하다 보면 얼마 뒤 증상이 사라졌다. 눈이 작아지
고 힘없이 풀어졌다가도 며칠 뒤 다시 눈을 크게 뜨고 힘이 생긴다. 어
머니, 어머니도 지금 나처럼 결사적으로 봄을 기다리시는 거지요? 춥
고 긴 겨울을 견뎌주셔서 감사합니다.

천상병 시인처럼 그렇게 가세요 _

천지 사방이 생명의 소리로 와글와글할 때 소풍 가요. 꽃이 흐드러
지게 핀 나무 아래에서 딸 친구들이 춤도 춰드린답니다. 숲으로 올라
가는 닭장 근처에 자리를 깔면 병아리들도 같이 놀 수 있겠네요. 어머
니도 우리랑 깔깔대다가 천상병 시인처럼 노래하며 가세요.

귀천歸天

나 하늘로 돌아가리라.
새벽빛 와 닿으면 스러지는
이슬 더불어 손에 손을 잡고,

나 하늘로 돌아가리라.
노을빛 함께 단둘이서
기슭에서 놀다가 구름 손짓하면은,

　우리도 어머님 가시는 날, 박수 치며 보내드릴게요. 나 역시 언젠가 그날이 되면 지인들의 따스한 미소와 박수 속에 떠나렵니다. 죽음이란 슬퍼할 일도, 두려워할 일도 아니더라고요.

　어릴 때 처음 죽음의 의미를 알고 나선 엄청난 공포에 휩싸였지요. 나 자신을 비롯해 '있던 존재가 없어진다'는 것이 얼마나 두렵던지요. 그러나 이제는 압니다. 수만 년 살던 존재들이 죽었기에 내가 태어나 살 수 있었고, 내가 죽어야 다른 생명들이 존재한다는 것을. 우리 안의 불성과 신성이 우리의 진면목이고, 우리의 본래 모습이며 신의 모습이라는 것을.

　그래서 석가모니는 태어나자마자 천상천하유아독존天上天下唯我獨尊이라고 했다지요. 살아 있는 동안 부지런히 내 속에 있는 진면목을 찾는다면, 내 안에 깊이 잠든 하늘을 깨울 수 있다면 생명 받은 동안 '남는 장사'를 한 셈이지요.

한의원 옆에 있는 딸기 하우스. 지하수로 난방 하는데 1월 딸기가
가장 달다고 한다.

어머니가 처음으로 씰룩이는 표정을 보이셨다

월요일 아침, 죽을 드시는 어머니 모습이 예전과 달랐다. 도통 삼킬 생각을 하시지 않는다. 꽃샘추위 때문에 아직 봄이 제대로 시작도 하지 않았는데…… 마음이 급해졌다. 시내에 나갔다 오는 길에 환한 햇볕 아래 빛을 발하는 꽃 화분을 샀다.

식사 시간에는 침대 식판에 꽃 화분을 올려놓았다. 어머니, 나무는 아직 꽃을 피우지 않았지만 우선 꽃 화분에서 봄을 느껴보세요.

그날 저녁 집에 놀러 온 정향 님, 현정 님, 용운 님과 함께 꽃 화분을 앞에 놓고 어머니께 '봄처녀'를 불러드렸다.

꽃 천사님, 우리 어머니께도 향기와 생기를 나눠주세요.

봄처녀 제 오시네
새 풀옷을 입으셨네
하얀 구름 너울 쓰고
진주 이슬 신으셨네

꽃다발 가슴에 안고

뉘를 찾아오시는고.

아, '봄처녀' 가사가 이렇게 고왔는가. 합창하다가 흥이 났는지 용운 님이 율동을 시작하더니 팔을 들어 하트로 마무리했다. 늘 표정 변화가 없던 어머니가 눈썹을 찡그리더니 코가 씰룩이고 입이 일그러졌다. 오오, 어머니가 딸 친구들의 '학예회'를 보고 무척 반가우셨나 보다. 예상치 못한 어머니 모습을 보는 우리 눈에도 뜨거운 눈물이 고였다.

어머니, 봄이 오면 따듯한 바람에 꽃향기가 실려 다닐 때 소풍 가요. 꽃나무 아래에서 친구들이랑 학예회 제대로 보여드릴게요. 그때까지 견뎌주세요.

장닭은 탐욕을 부리지 않는다

꽃샘추위에도 일조량이 늘자 언니 백설이가 알을 품으려는지 통에 들어가서 나올 생각을 하지 않는다. 그런데 잠시 뒤에 보니 동생 백설이가 언니 백설이 등에 올라탄 게 아닌가. 동생 백설이는 제일 겁이 많아서 도망도 잘 다니는 놈이다. 녀석이 튀어나온 뒤에 보니…… 거기 탁구공보다 작은 알이 하나 있었다. 언니 백설이 위에서 첫 알을 낳은 것이다. 아직 아침에는 살얼음이 얼지만, 동생 백설이마저 알을 낳는 걸 보니 봄이 정말 가까운 모양이다.

어제 아침까지 닭장 물통에 살얼음이 얼었다. 뜻밖에도 닭들은 얼음을 엄청 좋아한다. 장닭이 얼음을 쪼아 밖으로 내놓으면 암닭들은 서로 얼음을 빼앗아 먹으려고 난리다.

동생 백설이는 언니 백설이 등 위에서 첫 알을 낳았다.

닭을 키우며 알게 된 사실 중 하나는 장닭은 절대 탐욕을 부리지 않는다는 것이다. 먹을 것이 있으면 소리 내어 암탉들을 불러 모은다. 별식은 암탉들에게 양보하고, 자기는 나중에 천천히 먹는다. 오, 수탉이 이렇게 신사적이라는 걸 교과서에 넣어 가르쳐야 하는 건데.

남자가 강한 것은 여자와 아이들을
보호하고 지키기 위해서다 _

요즘 지구의 재앙을 예언하는 '작은 할머니' 키샤 크라우더가 다음과 같이 말했다.

너무나 오랫동안 남성과 여성의 에너지가 균형을 잃은 채로 있어왔어요.
그래서 지금 우리는 둘 다 상승시켜야 해요.
똑같이 동등하고 강하고 사랑스럽게요.
……너무나 오랫동안 균형을 잃은 남성 에너지는 전쟁, 권력, 탐욕, 미움을

맞다. 제대로 된 세상에서 '진정한 남자'는 친절하고 사랑이 많으며, 강한 힘은 오로지 여자와 아이들을 보호하고 지키는 데 써야 한다. 장닭처럼 보호하고 지키는 것으로 자기 역할을 다하면 된다. '강함'을 내세우며 쓸데없이 전쟁, 권력, 탐욕, 미움을 재촉하고 키울 일이 아니다. 보호해주니 권력을 손에 넣는 게 당연하다는 주장으로 군림하려는 것도 어리석다.

양성평등을 이루려면 여자가 남자를 보호할 만한 능력을 발휘하라는 주장도 어이없다. 남자와 여자는 다르기에 아름답고, 서로 필요한 존재다. 부족한 안목으로 다른 것을 우열로 나누고 우월한 자는 열등한 자를 보호하며, 보호하기 때문에 권력을 휘두르는 것은 당연하다며 '지배와 보호'(실제로는 지배와 복종)가 세트라고 주장했기에 그간 일방의 희생과 불행이 있었던 것이다.

장닭과 암탉처럼 보호하고 나누며 생산하고 길러내면서 역할 분담을 감사하게 여기고, 혹 문명의 발달로 역할에 성별이 필요 없어지면 선택의 폭을 넓히고 그 선택을 존중할 일이다. 계급과 서열은 못난 인류가 주도권을 쥐던 시대에 발생한 '불행하고 정의롭지 않은 구분'이다. 지구가 한 차원 상승하는 시기라면 계급과 서열이 사라지도록 애쓰는 것이 맞다.

장닭은 무리의 안전을 위해 긴장의 고삐를 늦추지 않으며, 그 대가
로 권력을 제도화하지도 않는다.

작은 할머니 키샤는 '사랑 자체로 존재하기Just Being Love'가 해답이라고 간절하게 말한다. 사랑 자체로 존재하기가 힘들었던 것은 오랫동안 균형을 잃은 남성 에너지가 주도하여 3급수 세상을 만들어왔기 때문이다. 1급수 세상은 3급수 세상 속에서 길들여지지 않은, 그곳에서 탈출하여 균형을 찾은 여성과 남성의 에너지로 만들 것이다.

어머니가 꽃마차를 타고 떠나셨습니다

3월 13일 일요일 아침, 과일 죽을 쉬엄쉬엄 다 드셨다. 점심에는 깨죽을 쑤었는데 두 숟가락 정도 드시고 통 삼키기 힘들어해서 다시 과일 죽을 준비했으나, 드실 생각을 하지 않는다. 잠시 나갔다 와보니 호흡이 무척 빠르고 열도 나는 듯.

3월 14일 월요일, 마침 전화를 걸어온 둘째 언니에게 어머니가 심상치 않다고 말하고 비행기 편을 알아보도록 했다. 밭에서 일을 하던 타샤 아줌마에게 이야기하니 일손을 놓고 오셨는데, 임종 준비를 해야 할 듯싶단다. 저녁에 타샤 아줌마 말씀대로 물을 데워 온몸을 닦아드리고, 예전에 만들어둔 하얀 옷으로 갈아입혔다. 타샤 아줌마는 발밑에 깔아둔 전기방석과 욕창 방지 매트의 코드를 뽑았다.

한편으로는 타샤 아줌마가 앞서 가시는 거 아닌가 싶었다. 지금까지 그래 왔듯 어머니는 정상을 되찾으실 텐데…… 때가 되었다는 실감이 들지 않았다. 밤을 함께 보내겠노라는 타샤 아줌마의 등을 떠밀어 집으로 보내고, 처음으로 어머니 침대에 누워 옆에서 칼잠을 잤다.

오, 어머니……

3월 15일 화요일, 강화에서 펜션을 운영하며 서울에 있는 손주를 돌보느라 바쁘게 오가던 셋째 언니가 내려왔다. 둘째 언니는 내일 저녁에 도착한단다. 이곳에 오려면 밤 9시나 10시가 되어야 할 텐데……. 어머니의 호흡이 한결 빨라지고 몸이 뜨거워졌다.

《치유의 기도》라는 책이 눈에 띄어 여기저기 읽어드리고, 둘째 언니가 탄 비행기가 내일 저녁에 도착할 거라고 말씀드렸다. 잠시 후 어머니의 호흡이 느려지고 열도 내렸다. 계속 물로 입술을 축여드릴 뿐, 달리 해드릴 것이 없었다.

3월 16일 수요일, 셋째 언니와 함께 종일 어머니 곁을 지켰다. 어머니는 아주 가끔 눈썹을 치켜 올려 '그래, 내가 다 안다'는 듯 교감을 표하곤 했는데, 그날은 눈이 마주치면 수시로 눈썹을 치켜 올렸다. 어머니, 둘째 언니가 비행기를 타고 오는 길이에요. 밤 9시나 10시면 도착할 거예요. 조금만 더 기다려주세요, 조금만……. 검붉어진 혀는 물방울을 수시로 떨어뜨려도 안으로 말려들고 까칠하게 굳어갔다.

어머니는 방문이 열릴 때마다 눈을 돌려 보셨다. 심지어 옆에서 언니가 책장 넘기는 소리를 내도 눈을 돌렸다. 누군가를 기다리시는구나. 어머니, 지금 둘째 언니가 공항에 도착했겠네요. 정 서방이 언니를 태워서 오고 있어요. 조금만 더 참으세요. 부처님, 예수님, 조금만 더 기다릴 수 있게 해주세요. 조금만, 조금만 더……. 아! 드디어 언니가 도착했네요.

밤 10시. 둘째 언니가 도착하자 어머니는 눈을 크게 뜨셨다. 언니의 말에 고개를 끄덕이기도 하셨다. 다음 날인 목요일 아침, 힘겹게 눈을 한두 번 뜨고는 내내 감고 계셨다. 갑사로 내려오기 직전에 어머니를 뵙고 간 오빠와 남동생, 큰언니는 전화로 작별 인사를 했다. 손주들도 전화로 작별 인사를 드렸다.

세 딸이 침대 옆에 나란히 앉아 어머니의 불규칙한 호흡을 지켜보았다. 잔잔한 명상 음악이 흐르는 가운데 '나는 천 개의 바람입니다', 린포체의 '지혜의 말씀', 임종 기도 등을 들려드리고, 어머니의 삶이 의미 있는 것이었음에, 감사함에 박수를 쳐드렸다. 어머니는 어느 순간 숨을 내뱉더니 다시는 들이쉬지 않았다.

장례식장으로 옮겨 시신을 냉동고에 넣는 것을 지켜보았다. 언니들은 조의금도 받지 않고 소박한 장례를 치를 텐데 굳이 삼일장을 치를 이유가 없다고 했다. 조의금은 억지로 맡기는 사촌 형제 서너 명에게만 받았다. 조문객은 대부분 봉투를 다시 넣으며 반가운 기색을 보였다. 받지 않으니 마음이 더욱 넉넉하고 홀가분했다.

우리 세 자매는 염할 때 마지막 인사를 고하며 다시 박수를 쳐드렸다. 이만하면 잘 사신 거라고, 감사하다고, 평화롭게 가시라고, 후손 걱정은 하지 말고 자유로운 영혼을 만끽하시라고, 찬란한 빛의 세계에서 완전한 존재로 편히 쉬시라고……. 세종시 화장장은 깨끗하고 쾌적했다. 그곳에서 어머니는 한 줌의 재가 되었다. 아니, 그것은 어머니가 벗고 가신 옷.

어머니가 젊은 날 강요당한 답답하던 삶은 이제 모두 잊으시기를.

2004년 여성의 날 축제에 딸과 함께 참석하셨다.

암탉이 울면 집안이 망한다고 귀머거리 3년, 벙어리 3년, 장님 3년을 강요당한 이 땅 어머니들의 시집살이와 현모양처 이외의 모든 삶을 부정당한 이 땅 어머니들의 팍팍한 삶, 남성 중심 세계에서 휘둘리던 여자의 삶이 이제 모두 끝나기를…….

다음 날, 명상 프로그램에서 어느 도반을 만났다. 문자메시지로 부음을 받은 순간 어떤 영상이 보였다고 한다. 어머니는 아름다운 화관을 쓰고, 색동저고리에 분홍치마를 입으셨단다. 내가 어머니의 치맛자락을 잡고 있었는데, 그것이 조금 찢어지더니 꽃마차로 변해 어머니를 싣고 빠르게 가더라고.

아, 정말 그렇게 가셨나요. 화관, 색동옷, 꽃마차…… 모두 좋은 곳으로 가셨다는 상징이라는군요. 어머니, 감사합니다.

비석, 제례로 죽음을 기리는 것은 죽은 사람의 영혼을 괴롭히는 일 _

러시아의 사업가 블라지미르 메그레는 1995년 타이가 지역에서 우연히('우연히'라는 말은 '운명적으로' '대단히 교묘하게 기획된'이라는 말과 같은 것이라고 생각한다) 지혜의 여인 아나스타시아를 만나고, 그녀에게서 들은 삶의 귀중한 경험과 지혜를 아홉 권의 책으로 썼다. 다섯 번째 책 《우리는 누구?》에서 아나스타시아는 망자를 가문의 땅에 묻을 것, 그에 대한 기억은 산 것이어야 하므로 무덤에는 죽음의 기념비인 비석을 세우지 말 것을 이야기한다. 죽음을 기억하는 것은 그의 영을 물物로 깨어나지 못하게 하며, 그를 죽은 상태에 묶어둠으로써 영혼을 괴롭히는 일이라는 것이다.

전적으로 공감한다. 1년 전쯤 '내 제사 거부 운동'을 시작한 것은 호주제가 폐지되어 법적으로 여성을 차별하지 않게 되었는데도 여자들이 여전히 가부장 문화 속에서 헤어나지 못하는 것이 안타까워서다. 한국 여성이 여전히 2등 인간, 부차적 존재로 인식되는 이유 중 하나는 강고한 제례 문화가 살아 있는 여자보다 남자 집안의 죽은 조상에게 큰 권력을 부여하고, '남자 집안'을 신성시하도록 강제하며, 여자를 그를 위한 도구로 가두기 때문이다.

김경일 교수의 《공자가 죽어야 나라가 산다》에 따르면 조상에 대한 제사는 3300년 전 중국의 조갑이 아버지의 명을 거역하고, 형을 해치우고 왕이 된 뒤 하늘과 황하를 모시는 제사를 모두 없애고 만들기 시작했다고 한다. 조선 시대에 평민과 상민은 족보도 만들 수 없고, 조상 제사도 지낼 수 없었다. 이를 어기면 끌려가 곤장을 맞았는데, 양반은 자연스럽지 못한 계급제도를 유지하기 위해 '독점적인 권위'를 악착같이 지켜야 할 필요가 있었다. 양반이 힘을 잃은 일제강점기에 사람들은 신분제 사회를 뒤엎는 혁명 대신 양반 흉내를 내며 새로 만든 족보와 제례를 지킴으로써 신분 상승을 꾀했다(일제강점기에 절반 가까운 국민이 김·이·박씨로 호적을 등록했다).

그러니 나는 죽음을 요란한 비석이나 엄중한 제례 안에 가두고 기리

어머니, 떠나시고 나흘 뒤인 춘분날(3월 21일)부터 꼬꼬왕이 본격적
으로 알을 품기 시작했습니다. 4월 10일쯤 새롭게 생명을 받은 병
아리들이 삐약거리겠지요.

거나 신성시하지 않으려 한다. 살았을 때의 밝고 아름답고 이타적인 모습을 기억하고, 하늘나라의 찬란한 빛 속에서 만물에 축복을 주는 모습을 상상하는 것이 고인을 더 귀한 에너지로 존재케 하는 일이 될 것이다.

어머니, 꽃마차 타고 빛의 세계에 도달하셨는지요? 환한 빛의 세계에서 완전한 모습으로 웃으시는 어머니를 상상하겠습니다. 찬란한 광명 세계에서 사랑의 마음으로 만물에 축복을 주시는 모습을 상상할게요. 감사합니다. 사랑해요, 어머니.

알을 품은 암탉에게서 여신을 본다

설날 김치만두를 쪘다며 김이 모락모락 나는 봉지를 건네주신 할머니가 봄이 되자 집에서 캔 달래 한 봉지를 가져오셨다. 며칠 뒤에는 치료차 어머니를 모시고 온 맘씨 고운 노총각이 씨감자를 심고 남았는데 심어보겠느냐며 얼른 집에 가서 씨감자 담은 박스를 놓고 갔다. 이렇게 저렇게 토란 뿌리도 얻고, 대파 씨도 얻고, 돼지감자도 얻고, 부추와 어성초 뿌리, 백선 뿌리를 얻었다.

 방에서 미끄러져 뒤로 꽈당 넘어졌다는 할머니는 아들 손에 이끌려 한의원에 왔을 때 아들에게 된욕을 퍼부었다. 시간이 지나면 나을 것을 여기저기 끌고 다닌다는 것이다. 어이쿠, 성질이 무서운 할머니로세. 두 달이 지나 어지러움 때문에 다시 한의원에 온 할머니는 의사가 죽을 때까지 약을 먹으라고 했다는데, 혈압을 재보니 저혈압이었다. 혈압과 혈압약의 관계를 설명해드리고, 늘 부드러운 말을 쓰고 무너지지 않은 하늘에 감사하고 꺼지지 않은 땅에 감사하시면 혈압에도 좋다고 말씀드렸다.

새소리가 고운 것이 얼마나 감사한 일이고, 꽃이 예쁘고 아름다운 향기까지 나는 것 또한 얼마나 고마운 일인가요. 할머니는 다음 날 노란 꽃이 핀 수선화를 몇 뿌리 캐서 가져오셨다. 그다음 날 다른 꽃 뿌리 봉투를 신발장 옆에 두고 간다며 수줍게 이야기하신다. 어쩌면 저리도 사랑스럽단 말인가. 깨물어주고 싶을 정도다.

할머니가 주신 수선화는 양지바른 아랫집 담 밑에 심었다.

집 앞 텃밭은 손바닥만 한데 내가 받은 사랑의 선물은 하늘만큼 많다. 그래도 모두 뿌리 내리고 꽃 피우고 열매 맺게 해봐야지. 초보 농사꾼, 출근 전후가 어머니 계실 때보다 바빠졌다. 무농약 웰빙 농사꾼 타샤 아줌마의 말대로 두엄 더미를 만들었다. 가랑잎 사이사이에 깻묵을 흩뿌리고 물로 적신 뒤 비닐을 덮었다. 대소변을 수세식 화장실에 흘려보내는 것은 얼마나 큰 낭비인가. 그건 따로 통을 만들어 가랑잎과 함께 썩혀야지. 때가 되면 구더기가 생길 테고, 닭들에게 줄 별미가 될 것이다. 사랑스런 나의 닭들아, 조금만 더 기다리렴.

암탉이라고 모두 알을 품는 건 아니다 _

3월 21일부터 알을 품기 시작한 꼬꼬왕은 지금까지 열심히 알을 품고 있다. 그런데 이게 무슨 일인가. 꼬꼬왕이 잠시 먹으러 나온 사이 까오(까만 볏 오골계)가 그 자리를 꿰차고 앉았다. 꼬꼬왕은 머뭇거리다가 말없이 까오 앞에 쭈그리고 앉았다. 꼬꼬왕에게 새 알을 넣어주니 불평 없이 열심히 품는다. 아이고, 예쁜 것. 그 비좁은 곳에 빨오(빨간 볏 오골계)가 뛰어들어 알을 낳겠다고 난리다. 이 소란스런 와중에도 옆의 상자에는 언니 백설이가 알을 품겠다고 자리를 잡고 앉아 미동도 하지 않는다.

암탉이라고 모두 알을 품는 건 아니다. 작년 가을에 병아리 다섯 마리를 품고 온 꼬꼬왕은 말할 것 없고, 오골계 자매 중 까오와 언니 백설이가 모성을 발휘하고 있다. 그러나 빨오와 동생 백설이는 계속 알만 낳으며 자유로운 생활을 만끽한다. 11월에 병아리였던 꼬꼬왕의 딸 **뽁뽁이**는 다섯 달이 지나자 드디어 알을 낳기 시작했다.

퇴근하고 와서 닭장 문을 열어주면 알을 품는 암탉 셋을 제외하고 빨오와 동생 백설이, **뽁뽁이**, 장닭은 활기차게 돌아다닌다. 장닭이 암탉 세 마리를 거느리고 다니는 것으로 보는 사람도 있을지 모르지만, 그것은 옳은 표현이 아니다. 장닭은 자기가 받은 유전형질 그대로 암

왼쪽 _ 빨오가 까오와 꼬꼬왕이 알을 품고 있는 비좁은 곳으로 들어가 알을 낳겠다고 난리다. 눈치가 없는 건지, 자기가 낳은 알도 품게 하려는 지독한 모성 때문인지⋯⋯.
오른쪽 _ 꼬꼬왕이 품던 알을 까오가 품고, 다시 꼬꼬왕이 품던 알을 백설이가 품었다. 두 번이나 밀려난 꼬꼬왕은 이제 백설이가 품던 알들을 품고 있다.

닭을 위해 보초 서는 역할을 충실히 하고 있을 뿐이다. 작은 할머니 키샤 말대로 수컷이 암컷과 어린 것을 보호하는 일에 자신의 강한 면모를 사용할 때 세상은 조용히 굴러가는 것을.

암탉은 말없이 다~ 품에 안는다 _

애초 계획은 꼬꼬왕이 낳은 알, 오골계가 낳은 알, 백설이가 낳은 알을 따로 모았다가 품기 시작하면 각자의 알을 넣어줄 생각이었다. 그런데 그건 네 새끼, 내 새끼 가리는 인간의 편협한 생각일 뿐인지 닭들은 가리지 않았다. 남이 품던 것도 빼앗아 제가 품었다. 자기가 품던 것을 빼앗기면 말없이 다른 알을 품었다. 한 둥지에 둘이 들어가 자리를 바꿔가며 품기도 했다. 그렇게 다~ 품었다. 먹는 시간을 제외하고 21일 동안 꼼짝 않고 사랑을 퍼붓는다. 몸을 최대한 부풀려 납작 엎드린 암탉들에게서 나는 성스러운 여신의 모습을 본다.

오, 저런 사랑이 필요하구나. 사방에서 들려오는 새소리가 예사롭게 들리지 않았다. 하늘을 나는 새들도 한 마리 예외 없이 저런 사랑을 통해 이 세상에 태어났구나. 하이에나, 독사, 모기…… 모두 저런 사랑을 받고 태어났구나. 동물뿐인가. 태양 빛을 받아들이고 땅속의 거름과 빗물을 빨아들여 크는 풀과 나무들. 시간의 사랑 속에, 태양의 사랑 속에, 구름의 사랑 속에, 벌과 나비, 바람의 사랑으로 씨앗을 맺고 과육을 키우고 영글게 했구나. 아, 세상천지가 다 사랑이었구나. 온 세상에 여신의 향기가 진동하고 있었구나.

안개 낀 아침 진달래. 내가 제일 좋아하는 꽃을 집 앞 여기저기 심어
주신 이전 주인에게 감사를.

맥반석 찜질장 주인이 골머리를 앓는 이유

꼬꼬왕이 3월 21일부터 알을 품기 시작했으니 4월 10일에는 병아리가 한 마리라도 나와야 했다. 그래서 아침저녁 부지런히 문안을 드렸으나 감감소식. 심란했다.

장닭이 고자인 거 아녀? 아침저녁으로 쌀쌀한데 빨오가 자꾸 알을 품고 있는 까오에게 가서 알을 더 낳는 바람에 알들이 궁둥이 밖으로 넘쳐나더니 그래서 곯았을까? 특히 꼬꼬왕과 언니 백설이는 진득하게 알을 품고 있는데, 까오는 식사 시간이 내 출근 시간과 같은지 아침에 박스에서 나와 있는 모습이 자주 목격되었다. 심지어 자리를 틀고 앉아 흙 목욕을 하기도 했다. 오래 참고 앉아 있으려니 몸이 간지럽기도 하겠지. 그렇지만 지금 때가 어느 때라고 나와서 한가하게 흙 목욕이냐? 빨리 들어가. 알이 식으면 큰일이여. 어서 삐약이 소리가 들려야 하는데⋯⋯.

몇 년 전부터 닭을 키웠다는 요양사 선생님에게 전화를 했다.

"예정일을 넘기는 경우도 있나요?"

"아니오, 21일이면 꼭 나오던데."

"그런데 며칠이 지나도 소식이 없어요."

"그럼 알을 바꿔 넣어주세요."

"아니 지금까지 3주 이상 애를 썼는데 앞으로도 주저앉아 있게 하라
구요? 그렇게는 못 하지요."

시간이 지나도 안 나오면 닭들이 포기할 수도 있지 않을까? 그럴 경
우 알들을 구해보려고 인터넷으로 인공부화기를 알아보았다. 가격도
만만치 않으려니와 찜찜했다. 아주 자연스러운 재생산이 보고 싶었건
만. 조금만 더 기다려보자.

와, 병아리다! _

4월 14일 아침, 언니 백설이와 꼬꼬왕이 머리를 맞대고 있는 사이로
조그맣고 까만 머리가 보였다. 우와~~~악! 병아리닷!

잠시 후, 이번에는 노란 머리가 보였다. 아구구구…… 해냈구나, 어
미들이여~ 여신들이여~

나도 모르게 노래가 흘러나왔다.

생일 축하합니다, 생일 축하합니다, 사랑하는 병아리의 생일 축하합
니다. 몇 차례 반복해서 나지막하게 불러주는데, 이게 웬일인가. 사람
이 옆에 있으면 바짝 긴장하던 어미들이 스르르 눈을 감았다. 얼마나
힘이 들었을까. 3주 넘게 꼬박 앉아 있었으니. 병아리가 태어나기 시작
하니 긴장이 풀어졌을까? 조용한 노랫소리에 어미들이 풀어졌다.

퇴근해서 보니 까오와 언니 백설이에게도 병아리가 태어났다. 욕조를 닭장 안에 넣어 꼬꼬왕에게 병아리들을 몰아주고, 남은 알 서너 개는 까오와 언니 백설이에게 안겼다. 먼저 품기 시작했으니 꼬꼬왕은 알에서 해방될 자격이 있다. 이제 태어난 병아리들을 돌볼 때. 베테랑 어미 꼬꼬왕은 병아리가 많아도 전혀 허둥대거나 소홀하지 않았다. 아, 어머니가 이 모습을 보셨으면 좋았을 텐데……

조금 더 크면 타샤 아줌마네 집으로, 맥반석 찜질장 주인집으로, 이 집 저 집으로 분양될 것이다. 우리 병아리들은 부화장에서 태어나 시장에서 팔리는 병아리들과 다르다. 사랑을 받고 태어났기에 다음 세대를 사랑으로 품을 줄 안다. 그래, 그렇게 널리 사랑을 퍼뜨려라. 사랑을 아는 그대들은 아주 소중한 존재니.

왼쪽 _ 병아리 열여덟 마리는 한결같이 건강하고 또랑또랑하다.
오른쪽 _ 병아리 열여덟 마리를 모두 품고 있는 꼬꼬왕.

인생 후반기, 자비가 남는 장사다 _

한의원 옆의 맥반석 찜질장 주인은 가끔 골머리를 앓는다. 주말이
되면 사람이 많아지는데 자리다툼이 일어난다는 것이다. 달궈진 맥반
석은 두 시간 간격으로 나왔다 들어갔다 한다. 치유 효과가 높다고 해
서 암을 비롯해 여러 가지 병을 앓는 사람들이 오는데, 사람들은 아주
가까이에서 불을 쬐고 싶어한다. 자기 앞으로 다른 사람이 지나가는
것도 싫어한다. 열선이 차단된다나 뭐라나. 잠깐 화장실에 갈 때, 휴게
실로 나갔을 때 다른 사람이 앉을라치면 '맡아둔 자리'의 임자는 불편
해한다. 비켜주세요. 당신이 이 자리를 샀수? 나처럼 일찍 오면 될 거
아냐? 어럽쇼, 당신 나이가 몇인데 찍찍 반말이야?

인터넷에 뜨는 전설의 짜장면과 우동 싸움처럼 상황은 갈수록 험악
해진다. 욕을 퍼붓고 문을 박차고 나간다. 내가 여기 다시 오나봐라.
단골로 다니며 통성명을 하고 과일을 나눠 먹던 기억도 아무 소용이
없다. 60~70대는 '관용'이 늘어가는 때라는데 여기에선 이것도 해당
되지 않는다.

"사장님, 그 인간 오늘 왔습니까? 왔으면 안 가려구요."

주인은 자리다툼 때문에 찜질장 분위기도 험악해지고, 단골도 떨어
져나간다고 울상이다. 오지랖 넓은 내가 또 나섰다.

"제가 현수막 하나 주문해서 붙여드릴게요."

후덕하고 자비로운 미소를 띠고 임종을 맞으면 이번 생에 남는 장사
를 했다는 걸 말해주는 것. 100세를 넘겨도 이기심과 아집과 탐심을
지닌 채 돌아간다면 어찌 성공한 생이었다 할까. 그 절반을 살고 간다
해도 자비로운 미소로 만물에 감사하며 다른 존재들을 축복하고 갈 수
있다면 이번 생엔 진짜 남는 장사한 거다.

다른 사람이 나보다 먼저 치유되라고 명상하면 나도 빨리 낫는답니다.

토종꿀과 무농약 인삼으로 경옥고를 만들다

시멘트와 아스팔트의 비좁은 틈새를 뚫고 나온 하얀 제비꽃.

비 온 뒤 아침, 출입문을 열고 나가니 솔향기가 그윽하다. 문을 닫았다가 다시 열어보았다. 음…… 틀림없는 솔향기다. 세상에, 내가 이런 곳에 사는구나.

그뿐인가. 진달래와 수선화는 4월 내내 피어 있고, 잡목인 줄 알았는데 벚꽃이 피었다. 꽃잔디에 보라색과 흰색 제비꽃까지, 이런 축복을 누리다니 내가 그동안 나쁜 짓은 안 하고 살았나 벼.

어머니가 계실 때는 아침에 일어나면 기저귀 담은 변기를 가지고 쓰레기통으로 향했지만, 이제 대소변을 담은 변기를 가지고 두엄 더미로 향한다. 캔디야, 너도 아랫집 대문 앞에 응가 하다가 아줌마한테 야단 맞지 말고 웬만하면 우리 집 마당에서 일을 보란 말이야. 길에 싸서 버리면 얼마나 낭비인 줄 아나.

두엄 더미는 착실히 불어나고, 스무 마리가 넘는 병아리들은 똘똘하게 자라고 있다. 닭 중에서 겁이 많기로 대한민국에서 첫째가는 놈은 아마 동생 백설이일 것이다. 모이를 주러 닭장에 들어가면 기겁을 하고 푸드덕거리는데, 이쪽저쪽 철망에 부딪히며 요란스레 도망간다. 그런데 그놈조차 며칠 전부터 알을 품는다고 가까이 가도 꿈쩍 안 하고 통 속에 들어앉았다. 알을 품게 하는 유전자가 뒤늦게 발동한 모양이다. 참으로 대단한 본능이다.

닭들의 개성을 파악하다 _

나는 올봄에 우리 집 닭들의 성질을 대부분 파악했다. 장닭 한 마리에 암탉 여섯 마리, 녀석들이 품어 부화한 병아리까지 어느새 대가족이 되었다.

• *꼬꼬왕* : 어디에 갖다놓아도 기죽지 않는 강인함이 특징이다. 가을에 태어난 뽁뽁이를 품고 겨우내 땅바닥에서 잤지만, 횃대로 올라간 뒤로 딸을 본 체도 하지 않는다. 알 품기, 병아리 돌보기에 탁월한 전문성을 자랑한다.

• *언니 백설이* : 지구력과 책임감이 대단하다. 알을 품는 동안 쌀이나 푸른 채소를 주어도 한눈팔지 않는다. 한 달 넘게 성실하게 알을 품는, 올봄 새롭게 발견한 *꼬꼬퀸*카다.

• *까오* : 지구력이 없다. 알을 품는 동안 수시로 들락거리며 딴짓을 한다. 그러나 언니 백설이와 의리가 대단하여 곁을 떠나지 않는다.

• *빨오* : '꼬고집탱머리'라고 이름을 다시 지었다. 남들이 알을 품는 곳에 비집고 들어가 한사코 거기에 알을 낳고는 장닭과 함께 놀러 다닌다. 알 품을

동생 백설이가 뒤늦게 알을 품었다. 꼬꼬왕은 의젓하게 병아리들을 돌보고, 언니 백설이와 까오는 빨오의 악행 때문에 한 달째 알을 품고 있다. 최근 알에 사인펜으로 표시하고 나중에 낳은 알은 치우고 있다.

생각은 절대 하지 않는다.

• 동생 백설이 : 너무 겁이 많아 방정맞을 정도다. 뒤늦게 알을 품고 있는데 모성이 발현되면 의젓해지려나?

• 뾱뾱이 : 식탐이 대단하다. 출생 5개월을 맞은 지금, 동생 병아리들에게 접근하면 엄마인 꼬꼬왕은 날개를 퍼덕이며 모질게 구박한다. 금세 안면 몰수하는 엄마를 이해할 수 없다. ㅜ.ㅜ

• 장닭 : 암탉이 우는 꼴을 보지 못한다. 암탉이 알 낳을 자리를 찾지 못하면 옆에 서성이며 자리를 찾도록 돕는다. 책임감이 강하고 양보심도 많다. 그러나 서른 마리 가까운 병아리들이 모두 제 자식이건만, 돌보는 일엔 전혀 관심이 없다.

슬슬 연습해보는 공동체 농경 _

집 앞 여기저기에서 돋아나는 머위는 적당한 크기가 되었을 때 뜯어 간장에 절인다. 저녁에는 머위 잎, 찔레 순, 두릅으로 튀김을 만들어 도반들과 나눠 먹었다. 자연은, 봄은, 지구 어머니는 우리에게 풍성한 생명을 내어주고 있다. 오호, 젖과 꿀이 흐르는 땅이 여기로구나.

집 옆에 조그만 비닐하우스를 마련했다. 봄나물도 말리고, 약재도 말려보리라. 육식을 끊고 채식 위주로 살려면 제철 채소를 갈무리하는 방법

집 주변의 머위와 찔레, 두릅.

도 익혀야겠다.

임금이 먹던 보약이라는 경옥고를 만들어볼 생각으로 재와 쓰레기로 어지럽던 황토방 아궁이를 깨끗이 치웠다. 국산 복령과 무농약 6년근 인삼을 어렵사리 구해 가루로 빻아놓았다. 통나무 속을 파서 꿀통을 만들어 산속에 놓았다가 가을에 꿀을 뜨는 횡성 아저씨에게서 꿀도 구해놓았다. 벌의 겨우살이를 위해 3분의 1은 통 속에 그대로 남겨두는, 벌을 진짜 존중하고 사랑하는 분이다.

항아리마다 기름 먹인 한지 다섯 겹을 씌워 솥단지에 안쳤다. 4박 5일이 지나면 좋은 약이 될 것이다.

화력이 약한 뽕나무 장작으로 사흘을 때고 하루 쉬었다가 또 하루를 때야 한대서 힘들게 뽕나무를 구해놓기는 했지만, 출퇴근하며 4~5일 동안 아궁이를 관리하는 건 불가능하다. 좋은 수가 없을까? 그렇지. 솥단지 아래 가스버너를 설치했다. 중탕할 물의 온도가 80도 언저리가 되도록 꾸준히 불을 때기에 이보다 좋은 건 없다. 에헤라 디여~

제철 먹거리를 갈무리하는 일, 약재를 갈무리하고 좋은 재료를 확보해서 좋은 약을 만드는 일을 시도하는 건 공동체 생활에 유익한 연습이 될 것이다.

쉬는 날, 도반과 함께 생지황 즙을 짜서 꿀에 인삼과 복령 가루를 섞었다. 토종꿀이 비싸니 완성된 상품 가격이 만만치 않을 것이다. 뒤늦게 양봉 꿀을 구해 토종꿀만 넣은 것, 양봉 꿀과 반씩 섞은 것, 양봉 꿀만 넣은 것, 이렇게 세 가지 경옥고를 준비했다. 가격을 차등화하면 소비자가 형편에 맞게 선택할 수 있을 것이다.

　딸기 철이 지나가는 것이 아쉬워 근처 비닐하우스에 가서 작고 못난 딸기를 사왔다. 딸기 효소를 만들어두면 이웃들과 오랫동안 딸기 향을 즐길 수 있겠지.

　타샤 아줌마가 해가 더 길었으면 좋겠다고 하신 말씀이 이제 이해가 간다. 지구 어머니를 늘 가까이하며 우리가 사는 지구가 평안하기를, 선한 사람들이 젖과 꿀이 흐르는 땅에서 어우렁더우렁 살 수 있기를…….

시골 한의사는 저절로 부지런해진다

꼬꼬왕보다 며칠 늦게 알을 품기 시작한 죄로 두 마리를 제외하고 깨어난 병아리를 모두 꼬꼬왕에게 내어준 언니 백설이는 빨오가 뛰어들어 낳은 알까지 품느라 3주면 끝날 것을 5주 넘게 수고하고 있다. 하여 병아리들이 태어나고 뒤늦게 포란 발동이 걸린 백설이 자매가 이쪽저쪽에서 알을 품는데 놀랄 일이 생겼다.

꼬꼬왕이 양쪽을 오가며 알을 품는 백설이 자매를 심하게 공격하고 나선 것이다. 언니 백설이 가슴에서 피가 배어나왔다. 거의 매일 아침 언니 백설이가 품고 있던 알이 깨져 실패한 병아리를 치우며 초보 엄마가 미숙해서 희생된 줄 알았는데, 꼬꼬왕의 횡포 때문이었다. 동생 백설이가 뛰쳐나온 통에도 희생자가 있었다. 이를 어쩌면 좋단 말인가.

작년 11월에 품은 병아리 다섯 마리와 함께 우리 집으로 이주한 꼬꼬왕. 먼저 와 있던 닭들의 텃세를 단숨에 제압해 꼬꼬왕이라 이름 붙였다. 신이 부족한 곳에 어미를 보냈다더니 '그래, 네가 여신이다' 그랬는데……

세 마리가 동시에 알을 품을 때 꼬꼬왕은 차분하기 그지없었다. 품던 알을 다른 놈이 가로채면 조용히 앞에 앉아 있거나 옆의 알을 품었다. 그래서 암탉의 모습에 감동했는데, 알에서 나온 병아리들을 돌보기 시작하면서 꼬꼬왕은 전혀 다른 모습을 보여주고 있다. 자기 딸 뽁뽁이가 다가와도 난폭하게 쫓아내고, 급기야 다른 닭이 알을 품는 것까지 방해하다니…….

알을 품는 닭의 등을 시끄러운 소리를 내며 수시로 쪼아대니 놀라 푸드덕거리다가 막 깨려고 하는 알을 거칠게 밟는 것이다. 꼬꼬왕은 닭장 안에 병아리가 더 태어나는 걸 원치 않는 모양이다. 자기가 돌보는 새끼들에게 방해가 된다고 생각하는 걸까.

신이여, 이게 뭡니까? 내 새끼의 평안을 위해서라면 다른 생명을 경쟁자로 인식하여 희생시켜도 좋다고 생각하는 유전자를 닭의 모성에 설계해두신 겁니까? 그러니 3급수 세상이 되는 거지요! 공연히 신에게 화살이 날아간다.

닭장 내부가 아주 넓다면 그런 불상사가 일어나지 않았을까? 위대한 모성을 갖추었다고 생각한 꼬꼬왕에게 실망이 이만저만이 아니다. 이제부터 너를 꼬꼬왕이라 부르지 않을 테다. 급한 대로 뒤뜰에 있던 방충망 달린 문짝을 가져다가 언니 백설이 앞에 바리케이드를 쳐주었다. 그다음에 내가 할 수 있는 일은 꼬꼬왕을 위해 기도를 하는 것밖에 없다. 너 자신이 달라지기 힘들다면 나라도 너를 위해 기도해주마. 내 자식뿐만 아니라 다른 자식까지 모두 귀히 여기고 사랑하는 선한 어미가 되어달라고 말이다. 신이여, 1급수 세상이 되도록 모든 존재들의 이기심과 경쟁심을 약하게 하고 없애주세요.

　한편으로는 꼬꼬왕의 스트레스를 풀어줄 겸 병아리들과 닭장 밖으로 나들이 갈 수 있도록 가능하면 자주 닭장 문을 열어주었다. 닭장 주변을 호시탐탐 기웃거리는 들고양이 귀에 소문이 들어가지 않기를 바랄 뿐이다.

엄마 따라 봄나들이에 나선 병아리들.

언니 백설이 집 앞에 바리케이드를 쳐주었다.

며칠 뒤 오랜만에 새 식구(제일 위 짙은 밤색)가 하나 늘었다.

캔디야, 집 안에서 코 박고 잠
만 자지 말고 봄을 느껴보렴.
이게 봄이야!

캔디야, 이게 봄이다 _

닭장 위쪽으로 올라가니 비 온 뒤라 쑥이 많이 자랐다. 집에 들어앉아 코 박고 잠만 자는 캔디를 데리고 나가 쑥을 뜯었다. 쑥들아, 미안하지만 좀 뜯을게. 너희는 또 쑥쑥 자라나려무나.

잠깐 사이에 꽤 많이 뜯었다. 딸기 효소와 건포도를 넣고 쑥 찐빵을 만들어 놀러 오는 이웃들과 나눠 먹어야지. 쑥은 데쳐서 얼리거나 말려서 두고두고 먹으면 몸을 따듯하게 해주고, 소화 기능을 높이며, 섬유질이 많아 배변을 돕는 웰빙 식품이다.

놀러 온 손님을 따라 뒷산에 올라갔더니 고사리를 찾아내어 따는 법을 보여주고, 둥굴레와 취나물, 땅두릅나물(독활) 등을 알려준다. 반년 가까이 살면서 처음 가본 뒷산 또한 젖과 꿀이 흐르는 동산이었다. 이제 독초 공부만 하면 산에 나는 것도 두루 이용할 수 있겠다. 저녁에는 친구들과 산에서 딴 나물을 몽땅 넣고 된장국을 끓여 쑥 찐빵과 함께 먹었다.

경옥고가 완성되다 _

4박 5일의 과정을 거쳐 드디어 경옥고가 완성되었다. 임금이 먹었다는 보약, 어릴 때 어머니가 우리 코앞에 들이밀던 까맣고 달달한 약. 아, 이렇게 내 힘으로도 만들 수 있구나. 첫 경험을 무난히 치렀으니 앞

토종꿀, 양봉꿀, 반씩 섞은 것 세 가지를 각각 색이 다른 항아리에
담았다.

으로 더욱 잘 만들 수 있으리라. 경옥고를 세 가지 색 항아리에 1.2킬로
그램, 0.6킬로그램씩 담았다. 항아리는 모두 14개. 필요한 사람들 손에
안겨 그들에게 건강하고 활력 있는 에너지를 전해주렴.

아침 6시에 전화가 울린다.

"7시에 집으로 가면 침 맞을 수 있어유?"

"이따가 한의원으로 오시……"

"아뉴, 거기까정은 못 가유. 8시까지 일 나가야니께……"

"아, 네…… 그럼 오세요."

시골 한의사는 부지런한 환자들 덕분에 더 부지런해진다.

내 생애 가장 찬란한 봄

4월 한 달은 코앞에 핀 수선화와 진달래로 호사를 누렸는데, 지금은 바로 옆의 철쭉으로 호사를 누린다. 산과 들은 아침저녁이 다르다. 봄을 미처 누리지 못하고 가신 어머니에 대한 아쉬움 때문인지 이번 봄은 내 생에 가장 찬란하게 느껴진다. 아침부터 저녁까지 자연과 이렇게 가까이 지내기도 처음이지만, 생명 있는 것들의 발생과 성장은 참으로 눈부시다.

꼬꼬왕은 밖으로 돌아다니며 스트레스가 풀렸는지 뒤늦게 알을 품는 동생 백설이를 해코지하지 않았다. 병아리들을 위해 하루 종일 발로 낙엽을 헤치는 너는 역시 꼬꼬왕이다. 뒷산을 종횡무진 뒤져가며 스물세 마리나 되는 새끼들에게 맛있는 걸 하나라도 더 먹이느라 고생이 많다.

뒷날 돌이켜보면 새끼들을 돌보며 자유롭게 돌아다니던 때가 네 생에 가장 행복한 때일 테니 충분히 감사하며 즐기려무나. 아무렴, 어미를 따라다니며 착실하게 수업을 받는 병아리들에게도 이 시절이 가장

행복할 것이다. 얼마 지나면
이 집 저 집으로 흩어질 테니
지금 이 순간을 귀히 여기렴.
  병아리 세 마리가 만족스럽
지 못한지 언니 백설이가 5주
넘도록 알 품기에 집착해서,
상자를 치우고 품던 알을 동생
백설이에게 주었다. 네가 꼬꼬
퀸카인 건 알겠는데, 이제 알
에서 해방되어 아가들과 자연

차고도 넘치는 행복. 병아리들이 아침과
저녁이 다르게 커가니 어미 날개로 모두
품을 수 없다.

을 만끽하렴. 닭장을 벗어난 병아리 세 마리는 절대 꼬꼬왕의 병아리
무리와 섞이지 않고 제 엄마만 따라다닌다. 까오는 언니 백설이와 함
께 알을 품어 공동으로 세 마리를 얻었지만, 백설이의 집요한 모성에
백기를 들었는지 세 마리 모두 백설이에게 맡기고 저녁이 되면 혼자
횃대로 올라간다. 모성이 발현되는 종류도 가지가지로고.
  올봄에는 병아리가 깨는 대로 꼬꼬왕에게 주어 차고 넘치는 행복을
누리게 해주었지만, 언니 백설이처럼 서운한 어미도 있을 테니 다음에
는 그냥 놔둬야지. 조금 큰 통에 암탉 서넛이 들어앉아 알을 품으면 나
중에 모든 병아리의 공동 엄마 노릇을 하지 않을까? 혹 그것이 병아리
와 어미를 혼란스럽게 할까? 아니야, 그렇게 하면 이번에 꼬꼬왕이 보
여준 횡포는 사라질 수도 있을 거야. 다음엔 그렇게 해봐야겠다. 이러
다가 천사표 닭들이 사는 양계장 주인이 되는 거 아녀?

주변에 차고 넘치는 쑥으로 효소를 담갔다. 하늘과 땅의 사랑이 차
고 넘치는 봄이다.

침을 맞고 누워 계신 할머니가 밤에 통 못 잔다고 하소연하신다. 언젠가 아들을 잃고 가슴에 묻으신 모양인데, 자세한 이야기는 굳이 묻지 않았다.

"할머니, 텔레비전에서 파도타기 하는 거 보신 적 있지요? 지나간 파도는 아무 소용없으니 생각하지 말래요."

"그렇지, 지난 일 생각허믄 뭐 하겄어. 생각 말어야지. 나 죽을 때나 여러 사람 귀찮게 말구 쉽게 죽어야는디……"

"할머니, 미래의 파도도 걱정하지 말래요. 아직 오지 않은 거니까. 지금 현재에 감사하고 즐기면 미래를 쉽게 맞는 능력도 생긴대요."

"그려, 하늘이 안 무너져서 감사허고, 땅이 안 꺼져서 감사허고…… 감사헌 일 뿐이지."

맥반석 찜질장에 단골로 다니며 한의원에도 자주 들르시는 또 다른 할머니는 불만이 많다. 어떤 여자가 옆에 앉은 자기 남편 얼굴의 땀을 닦아주더란다. 옆에서 흥얼거리며 자기 남편에게 노래를 불러주기도 한단다. 일흔이 넘었지만 그런 일을 겪으면 잠도 못 자고, 소화도 안 되고, 입술이 부르튼다며 사람들이 모두 자기편을 들어주지 않는 것도 불만이다.

"거참 이상한 여자네요. 왜 남의 남편 얼굴의 땀을 닦아준대요. 노래야 뭐 자기 혼자 흥얼거린 거 아닐까요? 할머니, 저도 남편하고 떨어져 있는데 남편이 무슨 짓을 해도 상관하고 싶지 않아요. 아이들이 스무 살이 넘도록 같이 살았으면 많이 살았죠, 뭐. 서로 해방감을 맛보며 달리 사는 것도 괜찮지 않아요? 예수님은 십자가 위에서 '다 이루었다!'

하고 가셨잖아요. 매일 저녁 잠들기 전에 예수님처럼 '오늘도 잘 살았다, 할 일 다 했다' 하고 잠드시면 좋을 거예요. 인생 후반기에도 초조하고, 긴장되고, 다른 사람이 원망스럽고, 분한 생각이 들면 제대로 남는 장사한 게 아니지요. 대내무외大內無外라는 말이 좋더라구요. '안이 넓으면 밖이 없다'는 말이지요."

"그건 성인들이니까 하는 소리지유. 나는 성인이 아니니께……" 할머니는 입을 삐죽 내밀고 나가신다.

에구, 천당을 만드는 것도 자신이고, 지옥을 만드는 것도 자신이로구나.

아침저녁으로 뜯은 머위 잎으로는 장아찌를, 쑥으로는 효소를 담고 있다. 백설탕이 좋지 않다고 해서 황설탕을 쓰는데, 친구가 와서 보더니 백설탕을 한 번 더 열처리해서 결정을 만든 것이 황설탕이고, 거기에 캐러멜로 착색한 것이 흑설탕이란다. 정제가 덜 된 것으로 알고 황설탕을 애용해왔는데 이럴 수가……. 발효하면 설탕이 과당과 포도당으로 분해되어 해가 줄어든다지만, 다음에는 조금 비싸고 수입한 것이라도 정제하지 않은 유기농 설탕을 구입해 써야겠다.

잎사귀 안에서도 혁명은 일어난다

기온이 올라가면서 진주홍 철쭉은 2주도 못 되어 지고, 코앞에 있는 나무에서 불두화가 피었다. 부처님의 머리처럼 생겨서 붙은 이름이란다. 현관 입구에는 인동덩굴에서 꽃이 피고 있다. 인동 중에서도 흰 꽃이 피어 노랗게 변하는 것을 금은화라 하는데, 이것은 붉은 꽃이 핀다. 전 주인이 이것저것 심어놓은 덕에 엄청난 호사를 한다.

나무의 잎사귀들이 넓어져 산천이 신록으로 덮이는 것을 전에는 예사롭게 보았지만, 잎사귀도 나무가 기온이나 햇빛에 민감하게 반응하여 오래도록 기다리다가 폭발하듯 성장하는 것임을 알게 되었다. 쌀알 크기 잎이 숟가락만 하게 커지는 동안 나무와 잎사귀 안에서는 엄청난 혁명이 일어나고 있었을 것이다.

부처님 머리처럼 생긴 꽃에서 은은한 향기가 난다.

흰 꽃이 피는 인동은 꽃이나 잎을 귀한 약재로 쓰지만, 붉은 꽃이 피는 인동은 관상용이란다.

동물이든 식물이든 하루하루 그냥저냥 흘려보내는 게 아니다. 암탉이 춘분이 되면서 알을 품기 시작하는 것도 신기하지만, 식물이 때가 되어 잎을 키우고 꽃을 내미는 것 역시 오묘한 조화로구나. 동식물이 민감하고 섬세하게 적극적으로 변해가는 모습을 지켜보는 것은 참으로 경이롭다. 이렇게 경이로운 일이 마구 벌어지는 자연을 가까이에서 느낀 것도 올봄의 큰 수확이다.

왕따 당하는 병아리 _

앗, 병아리 머리 위가 피범벅이다. 고양이가 다녀갔나? 병아리들을 헤아려보는데 피를 흘리는 녀석이 셋이나 되었다. 그런데 어라, 동기 병아리들이 오가며 그 자리를 계속 쪼아댄다. 앗! 어미까지 그 자리를 쪼아대고 있다.

나들이를 시작한 지 보름 남짓. 그사이 병아리들의 '개성'이 드러나는 모양이다. 대체 어떤 행동이 공격받고 공격하게 하는 걸까? 공격받은 세 마리는 영문이나 알고 당하는 걸까? 혼난다더니 진짜 혼이 나간 것처럼 보였다.

저대로 두면 죽지 않을까. 격리해서 약이라도 발라줘야지. 감 따는 채로 부상당한 병아리를 잡으려 했지만, 그들에겐 공격하는 동료보다 내가 무서운 존재인지 필사적으로 도망 다니는 통에 잡을 수가 없었다. 그래, 도 중에서 가장 높은 도가 냅도라 했으니 내버려둬야지. 아가들아, 그 속에서 굳세게 견뎌보렴.

며칠 뒤에 보니 상처는 아물었지만, 꼬꼬왕은 여전히 그들이 다가올 때마다 위협하여 쫓아냈고 동기들도 수시로 괴롭혔다. 왕따 병아리들도 그동안 체념하고 적응했는지 잽싸게 도망가 멀지 않은 곳에서 흙을 뒤져 먹이를 찾아 먹는다.

왕따 당하더라도 내공을 키워라 _

우리 눈에는 다 비슷하게 보여도 24시간 함께 생활하는 그들 눈에는 무언가 문제점이 드러난 모양이다. 꼬꼬왕아, 그렇게 폭력적인 방법으로 밀어내는 것이 해결책이겠느냐? 인간 동네에서도 늦기는 했지만 체벌이 도움이 안 된다는 걸 알았단다. 아가들아, 엄마가 드나들 때 정신 바짝 차려 쫓아다니고, 점호 시간에는 늦지 말고, 혼자 살겠다고 동기들 제치고 이기적으로 굴지 말렴.

왕따 당하더라도 저들 원망하며 자신에게 상처 주지 말고, 그저 미친 듯이 취한 듯이 무너지지 않은 하늘에 감사하고 꺼지지 않은 땅에 감사하며 살아라. 어차피 삶은 혼자 시작하고 혼자 끝내는 일, 무리가 외면한다고 서러워 마라. 잘 먹고 잘 자면서 내공을 키우렴. 때가 되면 네가 백조는 아니더라도 시간 맞춰 잘 우는 수탉이나 알을 잘 품는 암탉이 되지 않겠니. 다른 닭은 이웃에 분양하더라도 너희는 오래도록 보호해줄게.

경옥고 재료인 꿀단지를 방에 두었더니 개미 떼가 분주하다. 놀라서 스카치테이프에 개미를 붙이다가 미안한 생각이 들었다. 개미들이야 거기 맛있는 꿀이 있으니 먹을 뿐인 것을. 인간 사회의 살 떨리는 소유

왼쪽 _ 나랑 같이 놀면 안 되겠니?
오른쪽 _ 새끼들 때문에 힘드니까 제발 딴 데 가서 놀아! 캔디는 날아오른 꼬꼬
왕의 발톱에 된통 당했다.

권 다툼을 어찌 알겠는가. 마당에서 보았다면 그냥 지나칠 개미 행렬
인데, 방에 들어왔다 하여 인간이 경계하는 것은 개미 입장에서 이해
하지 못할 일이다. 더구나 내가 들이민 스카치테이프는 그들에게 얼마
나 치명적인 무기인가. 병아리가 왕따 당하는 것에 마음 아파하던 내
가 개미에게 행한 일은 또 뭐란 말인가. 청소기로 개미를 빨아들이고
마당에 털었다. 개미구멍은 테이프로 막고 꿀단지 입구는 랩으로 겹겹
이 쌌다. 개미들아, 앞으로 방에서 마주치는 일이 없었으면 좋겠다.

닭의 모정은 자식이 크니 끝나더라

비가 촉촉이 내릴 때 문을 열고 나서면 녹색이 짙어지는 산이나 밭에서 표현할 수 없는 향기가 난다. 생전 처음 맡아보는 청량한 향기다. 이 향기의 근원은 어디인가. 이 풀 저 풀에 코를 대고 냄새를 맡아보지만 확인할 수가 없다. 그려, 이건 신의 향기지.

지난달 요양사 선생님이 집에서 파다가 담벼락 밑에 심어준 모종도 어김없이 자라 꽃봉오리를 터뜨렸다. 노란 달맞이꽃과 달리 연분홍으로 꽃이 피는 달맞이꽃 종류라고 했다.

지난주에 병아리 몇 마리의 머리를 찍어 상처 내놓고 다가오지도 못하게 하던 꼬꼬왕은 예전과 달리 병아리들에게 살갑지 않았고, 어미 뒤만 졸졸 따라다

봉우리가 엄청나게 많으니 한참 동안 예쁜 꽃이 피고 질 것이다.

니던 병아리들도 닭장 문을 열어주면 어미보다 먼저 뛰쳐나가 각자 먹이를 찾았다.

하루 이틀이 지나니 *꼬꼬왕*은 자식들을 떼어놓고 횃대로 올라갔고, 다음 날엔 언니 백설이마저 횃대로 올라갔다. 바닥에서 병아리들이 시끄럽게 삐약거렸지만 모정은 딱 거기까지였다. 극성맞은 일부 병아리들이 높은 횃대까지 따라 올라가도 어미는 부리로 쪼아 떨어뜨렸다. 병아리가 태어난 지 40여 일 만의 일이다.

자립하면 두 번 다시 만나지 않는 동물의 세계 _

모정 혹은 모성은 자식이 스스로 먹이를 구할 수 있을 때까지 발현되는 모양이다. 닭뿐만 아니라 인간을 제외한 동물들이 대부분 그렇다. 사자, 호랑이, 곰, 쥐, 펭귄…… 어미는 눈물겹도록 부지런히 먹이를 물어 나르고 새끼들이 스스로 먹이를 구할 수 있을 때까지 기본기를 가르치지만, 일단 자립하면 떠나서 두 번 다시 만나지 않는다.

할머니, 엄마, 이모 등 암컷끼리 몰려다니는 코끼리는 새끼들이 자랄 때까지 함께 돌보다가 성장하면 아들은 무리에서 내보내고 두 번 다시 만나지 않는다. 그래서 작은 할머니 키샤는 인간보다 영성이 높은 짐승으로 코끼리와 돌고래와 고래를 든 모양이다.

가을 병아리인 *꼬꼬왕*의 외동딸 **뽁뽁이**는 추운 날씨 때문에 어미 품에 거의 석 달이나 안겨 있었고, 횃대에도 제가 먼저 올라갔다. 몇 달 전 *꼬꼬왕*이 혼자 무리와 떨어져 현관에 앉아 있었던 것은 **뽁뽁이**를 떼어놓기 위한 어미의 전략이었나 보다. 그래서 **뽁뽁이**가 어미 품을 포기하고 먼저 횃대에 올라갔구나. 그날 혼자 현관 앞에 앉아 있던 꼬꼬왕의 의문스런 행적이 이제야 풀렸다. 오호, 닭들도 이런 노력을 하며 사는구나!

자식이 자립할 수 있을 때까지 발현되는 모성 혹은 모정은 우주가 생명을 탄생시키며 심어놓은 기본 전략이다. 반드시 필요한 것이고 종의 재생산에 도움이 된다. 신이 부족해 어미를 두었다는 말은 그 때문일 것이다.

한국의 부모가 자식 결혼식의 혼주가 되는 건 자연의 순리로 보면 참 어색한 일이다. 예전에야 자식이 어릴 때 혼인시키기도 했고 며느리를 받아들이는 형식이었지만, 결혼 연령이 높아지고 호주제도 폐지된 지금, 결혼식은 마땅히 신랑 신부가 주관해야 한다. 닭을 보며 새삼스럽게 부모는 자식의 자립을 도운 뒤에는 조금 멀리 떨어져 살아야 한다고 생각한다.

만물에 모정을 발현하면 그것이 신 _

불가에서 부모는 '나를 이 세상에 태어나게 한 방편'으로 본다. 평생의 인연으로 연연하며 업을 쌓지 말라는 것이다. 다만 모든 관계는 전생의 업으로 다시 만나는 것이니, 관계를 성숙시켜 아름다운 진화를 하면 숙제를 푼 것이 되어 다음 생에 만나지 않는다고 한다. 싫은 사람이 있다면 부지런히 관계를 진화시켜 다음 생에 만나지 말 일이다. ^^

다만 모성 혹은 모정은 신의 속성과 가장 가까운 것이며, 그 자체라고 볼 수 있다. 신처럼 진화하고 싶다면 만물에 모정을 발휘하라. 자기 자식에게만 모정을 쏟고 자식이 성장한 뒤에도 계속 퍼붓는 것은 경계를 만드는 일이며, 또 다른 업을 쌓는 일이다.

자식은 자립할 때까지만. 사랑스런 눈빛과 돌봄, 관용, 나누고 베푸는 호연지기는 평생 동안 모든 존재에게. 그러면 여신의 평화로운 향기가 온 누리에 퍼질 것이다. 우리 어머니 세대는 많은 자식을 키우느라 평생 부모와 자식의 관계에서 헤어나지 못했지만, 우리 세대는 다르게 살 수 있으리라.

여름,
한없이 밑지는 장사, 분노

며느리를 저주하는 할머니

여름이 성큼 다가오고 있다. 현관 옆 붉은 인동이 만개하고, 그 옆에 삼색 병꽃이 피고 있다. 나무 아래부터 위까지 하얀 봉오리가 맺히더니 개화 후 분홍색으로 변하고, 점점 자주색을 띠어 세 가지 색 꽃이 어우러져 장관을 이룬다. 추운 겨울도 거뜬히 이겨내고 척박한 토양에서도 씩씩하게 자라는 나무. 번식도 쉽단다. 까다롭지 않고 씩씩한 것이 딱 내가 좋아하는 스타일이다.

현관 건너편에는 데이지가 한창이다. 아니 마거리트라고 했나? 초봄에 요양사 선생님이 집에서 캐다가 심어준 것 중 하나다. 역시 번식도 쉽고 생존력이 강하다고 한다.

삼색 병꽃은 흰 봉오리로 시작하지만 개화 후 분홍, 자주색으로 변해 한 나무에서 세 가지 색 꽃을 볼 수 있다.

닭장 앞에는 돼지감자를 심었는데, 당뇨에 좋은 돼지감자는 한번 심
으면 아무리 캐도 계속 번식한단다. 하하, 우리는 알아서 살아남는 거
좋아해요.

끈질긴 **뽁뽁이** _

어미 닭이 병아리들을 모른 체하면서부터 분양을 시작했다. 맥반석
찜질장 주인집에 일곱 마리, 넓은 닭장이 있는 타샤 아줌마네 아홉 마
리를 드렸다. 지금 아홉 마리가 남았는데 동생 백설이와 **뽁뽁이**가 또
알을 품고 있다. 어미인 *꼬꼬왕*과 함께 11월에 가져온 병아리 출신 **뽁
뽁이**는 다섯 달이 지나니 알을 낳기 시작했다. 뒤늦게 알을 품은 동생
백설이를 따라다니며 알을 낳더니, 급기야 동생 백설이를 밀쳐내고 제
가 둥지를 차지했다.

뽁뽁이는 목이 짧은 것이 좀 촌스럽게 생겼지만, 성질은 억척스런 꼬
꼬왕을 닮았다. *꼬꼬왕*이 길러낸 병아리와 앞으로 태어날 **뽁뽁이**의 병
아리는 이모와 삼촌, 조카지만 부계로 따지면 형제다. 에효~ 닭장 안
에서 인간세계처럼 촌수를 따지는 건 부질없는 짓이리라.

'내 아들 잡아먹은 년' _

어깨가 아파 치료를 받으러 오신 할머니. 아들이 여럿인데 큰아들이
사고로 죽자 며느리는 멀리 나가 살고, 아들 하나는 상처한 뒤 재혼했
다고 한다. 며느리들에 대한 분노가 컸다. 특히 '내 아들 잡아먹은' 큰
며느리에 대한 분노가 대단했다. 트럭을 운전하다가 집 앞에 새로 생

긴 웅덩이를 보지 못해 한밤중에 차가 뒤집혔다. 집 앞인데 며느리가 나와보지 않아 병원 후송이 늦었다는 것이다.

"할머니, 죽고 사는 게 다 자기 운명이죠. 그러잖아도 남편 먼저 보내고 서러운 며느리한테 '내 아들 잡아먹었다'고 하는 거, 여자들이 제일 싫어하는 말이에요. 죽었다는 다른 며느리 부모가 할머니 아들한테 '내 딸 잡아먹었다'고 하면 좋으시겠어요? 누가 누구를 잡아먹을 수 있는 건데요……."

할머니는 그 뒤로도 한참 큰며느리에 대한 분노를 털어놓았다.

"예전에 우리 간호사가요, 아버지 돌아가시는 꿈을 꿨대요. 집에 전화해보니 아버지는 아무 일 없이 외출 중이시라고. 그런데 바로 그날 오후에 달리는 트럭에 자전거가 받혀 돌아가셨지요. 우연한 사고 같지만 딸의 꿈에 미리 보인 걸 보면 그게 아닌 모양이더라고요. 정해진 운명이지요. 누구 탓이 아니고요."

며칠 뒤, 퇴근 무렵 한의원 문을 두드린 할머니는 예쁜 미소를 띤 얼굴로 쑥이 가득 담긴 커다란 비닐봉지를 내밀었다. 내가 쑥 효소를 담고 있다는 말을 듣고 당신도 술에 절어 사는 아들들에게 쑥 효소를 만들어주겠다고 하더니, 집에 만들어놓고 내게 주려고 또 뜯은 걸 가져오셨다. 어깨도 아프시다면서.

집 앞 숲으로 올라가는 입구에 나무로 짠 평상이 있지만, 산모기가 달려들어 쓸 수가 없었다. 참 좋은 자린데. 아, 그렇지! 모기장을 치면 되잖아! 인터넷으로 주문한 7~8인용 모기장을 올려놓으니 그럴듯한 공간이 되었다.

평상 위에 모기장을 놓았다. 명상, 휴식, 소통…… 앞으로 이곳에서
많은 기적이 일어나리라.

석영이가 상장을 받았다

겨울방학 때 가정 폭력을 피해 우리 집에 와서 보름 동안 지내다 간 석영이(6학년이 되었다) 할머니가 전화를 하셨다. 쑥 인절미를 해서 잠시 한의원에 들르시겠단다. 극구 사양했지만 기어코 며칠이 지나 쑥 인절미를 가져오셨다. 석영이가 상장을 받았단다. 오잉? 할머니가 잡지 갈피에 넣어 가져온 상장을 보여주었다.

위 학생은

본교 양성 평등 글짓기에서

우수한 성적을 거두었으므로

이에 금상을 수여합니다.

오호라, 제사며 호주제를 두고 나랑 격렬하게 토론하고, 모르는 걸 알게 되어 가슴이 벅차다고 하더니 이 녀석이 돌아서자 잊어버리지는 않았구나. 네가 아직 학교에서 친구들 사이에 환영받지 못하고 다시 구토나 두통을 호소하는 모양이지만, 친구들에 앞서 상 받을 만큼 진화된 영혼으로 산다면 쉽게 극복할 수 있는 날도 오리라.

학교에서 시조와 중시조 찾아오기 숙제를 내주며 부계 혈통제를 공공연히 부추기고 모계를 무시하며 성차별 교육을 하면서도 그게 무슨 문제인지 모르던 때가 엊그제 같은데, 이젠 양성 평등 글짓기 대회를 기획할 정도로 달라졌다는 사실이 놀라웠다. 아무렴, 교육의 목표는 '변화'다. 지혜롭게 영혼의 진화를 이끌어내는 것. 그를 위해 노력하는 많은 선생님들에게 박수를 보낸다. 감사합니다!

닭이 알을 낳는 건 인간을 위해서가 아니다 _

병아리 출신 뽁뽁이가 뒤늦게 동생 백설이와 경쟁적으로 알을 품더니, 놀랍게도 이번에는 언니 백설이가 다시 알을 품었다. 3월에 알을 품기 시작해서 4월에 병아리를 보고 5월 한 달 열심히 길러 독립시키더니, 6월에 다시 알을 품은 것이다. 이틀 뒤 꼬꼬왕도 주저앉아 알을 품었다. 암탉 여섯 마리 중에서 오골계 두 마리를 빼고 네 마리가 알을 품고 앉았다. 오골계 두 마리는 알을 품고 있는 둥지를 비집고 들어가 악착같이 그곳에 알을 낳고 나온다. 아이고 세상에!

'나리 나리 개나리 입에 따다 물고요 병아리 떼 종종종 봄나들이 갑

2차로 알을 품기 시작한 언니 백설이와 꼬꼬왕. 동생 백설이는 알을 품다가 먼저 태어난 병아리를 데리고 외출 중이다. 저렇게 자리를 오래 비워도 병아리가 태어나려나?

니다'라는 동요처럼 병아리는 봄에 한 번 태어나는 것이 아니었나? 닭은 1년에 한 번 병아리를 품는 게 아니었나?

그러고 보니 닭은 알을 품고 병아리를 키우는 동안에는 알을 낳지 않지만, 병아리를 키워 독립시키고 횃대로 올라가면 곧바로 다시 알을 낳았다. 그러니 닭이 알을 낳는 유일한 목적은 품어서 또다시 병아리를 탄생시키기 위해서다!

24시간 불이 켜진 양계장에서 암놈끼리 모여 살며 알을 낳고, 경사진 바닥을 통해 밖으로 굴러 나온 알을 컨베이어벨트에 실어다가 크기별로 골라 슈퍼 판매대에 올려놓은 것만 사 먹던 나는 달걀이 '종의 재탄생'을 위해 존재한다는 사실, 닭이 알을 낳는 유일한 목적은 병아리를 부화해 번식하기 위한 거라는 사실을 잊고 있었다. 아이고, 내가 달걀을 꺼낼 때마다 너희 가슴이 얼마나 타들었겠느냐. 이제는 달걀을 꺼내더라도 눈치 못 채게, 더욱 미안하고 감사한 마음을 가져야겠다.

벌써 스무 마리가 넘는 병아리가 여기저기 분양되어 나갔는데 이런 식이라면 가을까지 수십 마리가 계속 태어날 것이다. 우와~ 닭의 번식력이 이렇게 대단했나.

그러고 보면 인간은 참 이기적으로 닭이라는 종의 삶을 왜곡해왔다. 알이 필요하다고 암탉만 골라 알을 낳게 하고, 유정란은 기계로 부화해 품지 못하는 닭으로 키우고, 수탉은 성장촉진제를 먹여 살찌우고, 최근에는 가슴살의 수요가 늘었다고 가슴에 살이 많이 찌도록 유전자를 조작한다.

6월 초지만 미국 일부 지역에선 40도가 넘는 살인 더위가 기승을 부린다고 한다. 지구를 둘러싼 환경은 과거에도 짧은 시간에 격렬하게

평상에 누워서 본 하늘. 소나무, 감나무, 떡갈나무 잎사귀로 가득하
다. 여기가 천국이로구나.

변해서 생태계가 요동친 흔적이 있다. 인간의 탐욕으로 생태계가 교란되어 우리 세대도 그런 격변을 겪을지 모르지만, 오래전부터 선한 사람들의 선한 에너지가 많아지면 재앙이 줄어든다고 하니 지구촌 곳곳에서 재앙의 소식이 들릴 때마다 그저 선한 에너지가 많아지기를 희망할 뿐이다.

아침마다 모기장에 들어가 명상하다 _

평상 위에 모기장을 설치한 뒤 아침마다 평상에서 명상을 한다. 오늘부터는 도반들과 함께 각자 시간과 공간을 택해 100일 정진을 시작하기로 했다. 함께한다는 생각을 하면 나태해지지 않을 것이다. 평상에 누워 모기장 밖 하늘을 보았다.

감나무, 소나무, 떡갈나무, 그 나무를 타고 올라가는 담쟁이는 가지를 뻗어 서로 어루만지며 어우렁더우렁 살고 있다. 땅 위의 식물들 역시 어우렁더우렁 살아간다. 하나가 그늘을 만들면 그 옆으로 비켜서고, 하나가 붉은 꽃을 피우면 다른 하나는 하얀 꽃을 피운다. 이 꽃이 지면 저 꽃이 피고, 이런 향기를 뿜으면 저런 향기를 뿜는다. 오호라~ 자연은 어우렁더우렁 잘 살고 있었구나.

뱀 필요하신 부~운?

동생 백설이가 먼저 태어난 병아리 한 마리와 가끔 나들이하느라 나머지 알을 제대로 돌보지 못하자, **뾱뾱이**가 동생 백설이 둥지까지 차지했다. 저녁이 되면 동생 백설이가 다시 **뾱뾱이** 옆에 앉아 기회를 노리지만, **뾱뾱이**는 빈틈을 보이지 않는다. 무서운 저력이고 집념이다. 동생 백설이가 드디어 둥지를 포기하고 높은 횃대로 올라갔다. 횃대로 올라감과 동시에 병아리는 모른 척하던 다른 암탉들과 달리, 동생 백설이는 저녁에 횃대에 올라가 잠을 청하면서도 병아리를 살뜰하게 챙긴다.

모이를 주러 들어가면 유달리 난리를 치며 도망 다니느라 이쪽저쪽 철망에 부딪히던 녀석인데……

솔잎 효소를 담기 위해 도반과 함께 뒷산에 소나무 새순을 따러 올라갔다. 소나무가 너무 높아 포기하고 내려오는데, 캔디와 함께 쑥을 따던 곳에서 도반이 "으악!" 소리 지르며 뒤로 물러선다. 그러더니 곧이어 풀밭을 향해 "미안하다, 나도 놀랐겠지만 너도 놀랐겠구나. 미안해"라고 한다. 뱀을 보았다는 것이다. 놀라서 비명을 질러놓고 첫마디가 놀라게 해서 미안하단다. 하하, 예쁜 친구다.

며칠 뒤 퇴근 후 평상 위 모기장 안에서 마늘 껍질을 벗기다가 잠시 일을 보고 다시 들어가려는데, 그새 모기장 안에 손님이 하나 들어와 있었다. 유혈목이. 며칠 전에 도반이 본 녀석이 이놈일까. 머리는 세모꼴이 아니지만 머리 안쪽에서 독을 분비해 깊이 물리면 사망할 수도 있단다.

일단 사진을 찍고, 밭에서 일하는 타샤 아줌마와 동네 아줌마에게 얕은 수작을 부렸다.

"모기장 안에 뱀이 들어왔는데 혹시 필요한 분, 안 계세요?"

내 손을 대기 싫으니 남의 손을 빌려보려는 것이다.

"아이구, 필요한 사람 없어요."

"그럼 어떡하지……."

"그냥 내보내야지 뭘 어떡혀~"

할 수 없다. 모기장 아래를 이쪽저쪽으로 쳐들어가며 실랑이하다가 성공적으로 내보냈다. 뱀은 쏜살같이 내뺐는데, 잠깐 뒤 집 옆의 양수기 박스 쪽으로 꼬리를 감추는 걸 보고 말았다.

에고 이놈아, 도망치려거든 산으로 올라가야지. 요즘 누수 때문인지 양수기가 계속 돌아가는데 집주인 아저씨는 농사일하느라 바쁘다고

못 오신다. 내가 수시로 들락거리며 양
수기 박스에서 전기 코드를 뺐다 꽂았다
하면서 쓰는데, 그리로 들어가면 어쩌자
는 거.

생각해보면 내 말도 우습다. "뱀 필요
하신 부운~!"이라니? 다른 존재의 생명
을 내가 무슨 권리로 '필요한 사람'에게
넘길 수 있단 말인가. 뱀의 생명이 가장

유혈목이. 앞쪽은 새빨간 바탕
에 까만 줄무늬가 있고, 뒤쪽
은 초록색이다. 꽃뱀이라고도
한다.

필요한 자는 뱀이다. 생명은 오로지 생명을 가진 자에게 속한 것이다.

미안하다, 유혈목이야. 내가 잠시라도 네 목숨을 내 마음대로 할 수
있는 양 굴었구나. 언제 또 만나더라도 너를 해치지 않을 테니 너도 나
를 놀라게 하지 말았으면 좋겠구나. ^^

여우 피하려다 호랑이를 만나다 _

초봄에 수선화 등을 캐어 나눠준 할머니가 할아버지와 함께 침을 맞
으러 오셨다.

"할아버지, 할머니가 젊었을 때 참하고 고우셨겠어요."

"내가 젊어서 화투로 '오락'을 하느라 늦게 들어가면 바가지가 대단
했지. 그게 도박하구 달라서 나쁜 게 아니구, 어쩌다 돈 조금 가지구
재미지게 놀다 보면 늦기두 하는 것인디. 흐흠…… 나랑 군대에서 내
무반 생활을 같이한 김머시기가 자기 사촌 누이랑 결혼하면 그 집 재
산을 다 주겠다고 혔어. 남동생이 하나 있는디 그건 대학까정만 갈쳐
주면 된다구."

옆집의 키 큰 가죽나무. 요즘 쌀알 같은 꽃이 우수수 떨어지는데, 금속 지붕 위로 떨어지는 소리가 빗소리 같다. 수직으로 바닥에 떨어지면 튀어 오르는 야무진 꽃이다. 꽃에서도 가죽나무 특유의 향기가 나는 걸 보면 꽃, 잎, 나무가 모양은 달라도 한 가족이다.

얼러리? 이 양반이 지금 마나님 옆에 눕혀두고, 딴 여자랑 결혼할 걸 잘못했다구 위험하기 짝이 없는 발언을 하는 거 아녀?

"아이고 할아버지, 그 여자랑 결혼했으면 화투 치느라 밤늦게 들어오는 서방님한테 좋은 소리 했을까 봐서요? 옛날부텀 여우 피하려다가 호랑이 만난다구 했어요. 밤늦게 드나들다가 뼈도 못 추렸을지 누가 알아요? 벌써 저세상 사람 되셨을지두 몰라요. 제일 잘 사는 건 '현재의 관계'에 감사하며 사는 거지요."

"그려, 자식 여섯 낳고 기르느라 고생했지. 자식이 많으니께 남자도 거들어야지 혼자서는 못 하겄드라고."

"아무렴요, 앞으로는 절대루 할머니 옆에 계신데 그 여자 생각하며 후회하신다는 말씀 마시구 여우 피하려다 호랑이 만난다는 말, 꼬옥 명심하세요. 공연히 있는 말이 아니라니까요."

옆에서 침을 맞던 할머니는 웬일인지 끝까지 침묵을 지켰다.

하나님이 다 맹그셨지,
부처님이 맹그신 건 없다?

주부로서 살림 솜씨가 늘 리 없는 나도 50이 넘어 확실하게 안 지혜가 몇 가지 있으니, 마늘은 장마철 전에 캐는 작물이라 그때 1년 치 마늘을 준비해야 한다는 것이다. 껍질을 벗겨서 믹서에 간 다음 지퍼백에 납작하게 담아 얼리면 언제고 편리하게 쓸 수 있다. 올해는 생지황 즙을 짜기 위해 마련한 원액기에 마늘을 갈았더니 별 수고 없이 순식간에 일이 끝났다. 마늘 농사 지으신 분들, 택배 아저씨, 원액기 발명하신 발명가, 지퍼백 만든 분들 모두 고맙습니다~ ^^

감자를 캤다 _

갑사 동네에 와서 마늘 외에도 완두콩, 양파, 감자 등을 장마철 전에 거둬야 한다는 것을 알았다. 타샤 아줌마는 초봄에 효소 비료를 나눠주며 밭에 듬뿍듬뿍 밑거름을 뿌리라고 했지만, 나는 귀하게 얻은 비료가 아까워서 설렁설렁 조금만 주었다. 그래서인지 내가 심은 감자는 잎도

실하지 않을뿐더러, 무당벌레 등이 많이 꾀었고 일찍 누렇게 변했다. 반면 타샤 아줌마가 심은 감자는 잎이 실하고, 벌레도 꾀지 않았다. 땅 위의 상황이 이렇게 다르다면 땅속의 상황도 마찬가지일 것이다.

작은 텃밭에서 캔 감자. 적은 양이지만 수확의 기쁨을 주었다. 농사를 제대로 지으려면 충분한 밑거름이 필요하다는 사실을 절감했다.

심은 지 석 달 만에 수확할 수 있다는 사실에 놀라며 감사한 마음으로 감자를 캤다. 예상대로 알은 굵지 않았다. 그래, 지력은 거름의 힘이로구나. 좋은 거름이란 땅에 뿌리를 박고 태양 빛을 고스란히 받아들여 성장한 잎과 꽃과 열매가 다시 썩어 땅속에 들어간 것이로구나. 우리 입속으로 들어가는 음식뿐만 아니라 살아 있는 모든 생명에는 하늘과 땅이 어우렁더우렁 녹아들었구나.

공깃돌만 한 것은 조려서 반찬을 만들고, 달걀만 한 것은 얇게 썰어 비닐하우스 안에 널었다. 다 마르면 완전 유기농(^^)으로 생산한 것이니 선식을 만들어 친구들과 나누어 먹으리라.

집주인에게 뱀이 양수기 박스 안에 들어갔다며 누수 공사와 하수도 공사를 해달라고 요구했지만, 맥가이버 아저씨는 봄부터 여름으로 성큼 들어선 요즈음까지 무척 바쁜 모양이다. 내가 없는 사이에 손쉽게 할 수 있는 일로 닭장 위에 있는 과일나무 밭의 풀만 깎아놓고 가셨다. 풀이 없으면 뱀도 꼬이지 않겠지만, 물이 새는 곳을 찾아 손보고 하수도 공사를 하는 게 급한데…… . 풀을 깎아 정돈된 과일나무 아래를 돌

아다니는 닭들을 보니 한 폭의 그림 같다. 닭들에게는 이곳이 무릉도
원이로다!

 _
머리가 아프다는 할머니를 딸이 모시고 왔다. 작품 활동을 하느라
계룡으로 이사 온 딸은 어머니와 둘이 산다고 했다. 교회에 다닌다는
할머니는 옆에 누워 침을 맞는 아저씨가 불교를 믿는다고 하자, "하나
님이 다 맹그셨지 부처님이 맹그신 건 없다"며 하나님을 믿으라고 하
신다.

딸은 노인네가 몰래 미장원에 가서 머리 뒤쪽을 바짝 잘랐다고 한의
원에 들어설 때부터 툴툴거렸다. 파마한 뒷머리가 아주 예뻤는데 그게
몽땅 잘렸다며 다시 파마할 거냐고 다그친다. 할머니는 내게 조용히
"뒤늦게 딸 시집살이를 한다"며 입을 삐쭉거리고, 딸은 어머니가 말 안
듣는 어린애 같단다. 모녀의 사는 모습이 눈에 훤하다.

모녀에게 물었다.

"도 중에 제일 높은 도가 뭔지 알아요?"

"글쎄요."

"모르겠네요."

"도 중에 제일 높은 도는 '냅도'래요."

모녀가 의아한 표정을 짓는다.

"할머니, 예전에 제 어머니가 스님에게 며느리가 절에 같이 왔으면
좋겠는데 교회에 나간다고 하소연하니까, 스님은 '이 집에서 못 얻어
먹으면 딴 집에서라도 얻어먹어야지' 하시더래요. 할머니 말대로 하면

장마가 지자 말랐던 집 앞의 작은 도랑에 물이 흐르기 시작했다. 비록 장마철에만 볼 수 있을지라도 코앞에 물이 흐르는 작은 계곡이 있다는 것은 얼마나 신나는 일인가.

나쁜 인간들도 하나님이 만드신 거네요. 그런 인간들에게 부처님이 자비를 이야기하고, 탐욕을 버리라고 하신 것이니 부처님도 필요한 존재지요. 여기에서 행복한 사람도 있고 저기 가서 행복한 사람도 있으니, 절대로 내가 믿는 신앙만 옳다고 하지 마세요. 냅두세요."

이왕 나선 길, 딸에게도 한마디 보탰다.

"그리고 따님은 할머니 파마머리 예쁘게 해서 선보실 것도 아니니 할머니가 편하시다는 대로 냅두세요. 날씨가 더워지면 시원한 게 최고지요. 나도 아주 짧게 잘랐어요. 남을 해치는 일이 아니라면 누구라도 자기 원하는 대로, 자기가 하고 싶은 대로 두는 게 좋지요. 인정해주고 존중해주세요."

밝게 웃으며 떠나는 모녀의 모습이 정겹다. 몸에 밴 습관이 쉽게 사라질 수 있으랴. 그러나 서로 자기가 옳다고 고집부리다가도 문득 '냅도'가 최고의 도라는 것을 기억해낼 수 있다면 더 바랄 것이 없겠다.

할아버지에게 슬슬 작업을 걸었다

장맛비가 잠깐 멈칫한 날, 현관 데크 아래 나팔꽃 한 송이가 피었다. 서울에서 씨앗을 받아다가 여기저기 뿌렸는데 이곳에 처음으로 그 자태를 드러낸 것이다. 빛과 향이 화려한 인동 꽃과 삼색 병꽃이 지고 초록만 무성한 바로 그 옆에 나타난 진보라색 나팔꽃이 반갑다. 기쁨, 결속이라는 꽃말과 함께 그리움, 덧없는 사랑이라는 꽃말도 있다. 하루 피었다가 지니 덧없는 사랑이라고 했을까? 그러나 수많은 봉오리로 끊임없이 꽃을 피우고 씨앗을 맺으니 나는 덧없음보다 부지런함과 성실함을 보고 싶다.

앵두와 보리수 빨간 열매는 거의 끝물이다. 보리수 열매로는 효소를 담그거나 잼을 만들기도 하는데, 천식에 좋다고 한다. 서울에 살 때는 볼 수 없던 것이다. 빌딩 숲으로 둘러싸인 도시 생활은 얼마나 삭막한가. 가로수나 드물게 만나는 아주 작은 공원도 인공적으로 만든 것이고, 아파트 안에 들여놓은 화분을 통해서나 초록 식물을 만날 수 있을 뿐이다. 그런데 이곳으로 이사 와 새벽에 짧은 산책을 하며 만나는 주변의 나무와 꽃, 열매를 통해 이런 자연 속에 숨 쉬고 있다는 사실에 새삼 안도하고 감사한다.

침 뱉는 꼬마 _

주말에 반가운 손님들이 찾아온다는 소식에 음식 재료를 사다 마당에서 씻는데, 잠시 놀러 왔다는 아랫집 다섯 살짜리 외손자 녀석이 아는 척을 한다. 캔디에게 목줄을 매달란다. 개울에 데려가 목욕을 시키겠다는 것이다. "너는 요즘 찬물에 목욕하니?" "아니오, 따듯한 물로 해요." "캔디도 화장실에서 더운물로 목욕시켜." 녀석은 쉽게 물러날 기색이 아니다. 어쭈, 녀석은 사방에 침을 뱉는 이상한 버릇도 있다.

"야, 너 왜 그렇게 침을 뱉니? 침은 몸에서 굉장히 공들여서 만들어내는 고마운 거니까 삼켜야 해. 어른들이 그런 말 안 해주시더냐?" "아니오." 녀석은 마당에, 데크 위에 계속 침을 뱉어댄다. "나는 침 뱉는 애 싫어. 자꾸 침 뱉을 거면 우리 집에 오지 마." (아이고, 이러는 게 아닌데 생각했지만 벌써 말이 나왔다.)

아니나 다를까. 녀석은 혀를 날름 내밀더니 보란 듯이 침을 퉤퉤 뱉고 일어선다. 잠시 뒤 과자 봉지를 들고 다시 나타난 녀석이 초콜릿을 까서 입에 넣었다. 때는 지금이다! "야, 너 침 안 뱉으니까 참 예쁘구나." 녀석은 우물우물 초콜릿을 씹으며 고분고분 "네" 한다. 그러나 웬걸, 초콜릿 껍질은 까는 족족 바닥에 버린다. 산 너머 산이로다. 엄마 아빠가 무척 바쁘게 사는 모양인가. 오늘은 짧은 인연으로 끝났지만 다시 만나면 좀더 진도를 나가보자꾸나.

가슴이 답답하고 숨 쉬기가 힘들어 고생하던 할머니. 신경과 약을 먹으니 싹 가시더란다. 그래서 몇 달 동안 그 약을 먹어왔다고. 조근조근 말씀하시는 할머니의 삶을 들어보았다.

3형제를 낳았다. 아래 둘은 결혼해서 아이들 낳고 잘 사는데, 마흔이 넘은 큰아들이 결혼을 못 했다. 할머니를 괴롭히는 유일한 원인은 바로 이것이다.

한국인구문제연구소에서는 초음파 기기가 들어온 1980년대 중반부터 시작된 여아 낙태로 2010년에는 네 살 터울의 결혼 적령기 남녀의 비율이 129:100이 되어 남자 네 명 중 한 명은 결혼을 못 할 것이라고 밝혔다. 그들의 부모는 대개 농촌에 산다. 짚신도 짝이 있다는데 어째서 내 아들이…… 그들의 가슴은 타들어간다.

다음 날 할머니의 남편이 치료 받으러 오셨다. 아들이 여러 차례 선을 봤지만 아들이 좋다면 여자가 싫다 하고, 여자가 좋다면 아들이 싫다고 하더란다. 대다수 부모는 아들이 결혼을 못 한 이유를 그렇게 취향의 문제로, 팔자 탓으로 받아들인다. 누워서 치료를 받으시는 할아버지에게 슬슬 '작업'을 시작했다.

"할아버지, 장가 못 가는 총각 문제는 실제로 여자가 부족해서 생기는 거예요. 요즘 남자 네 명 중 한 명은 결혼을 못 하는 처지인데, 그게 20~30년 전에 초음파로 여자 아기만 골라서 낙태했기 때문이거든요. 왜 여자 아기만 골라서 낙태했을까요? 아들을 낳아 가문의 대를 이어야 한다, 조상 제사를 지내야 한다, 딸은 출가외인이 되니 소용없다…… 이런 생각들 때문이었지요. 그런데 아들을 통해 혈통을 이어야 한다는 생각은 남자만 씨앗을 생산한다는 무지로 생긴 거예요. 여자도

반쪽 씨앗을 생산하니까 한 줄기 혈통이나 한 줄기 가문은 존재할 수 없는 거잖아요.

조상 제사도 3000년 전 중국에서 형을 죽이고 왕이 된 사람이 망신을 피하려고 무당을 동원해서 아주 까다롭게 만들기 시작한 거고요. 조선 시대 양반들이 거들먹거리느라 중국 흉내를 내어 족보 기록이며 제사를 시작했고, 평민이나 상민이 따라 하면 곤장을 때려서 못 하게 했대요. 일제 때 양반한테 당한 설움 벗어나자고 너도나도 가짜로 족보 만들고 조상 제사를 지내기 시작했으니, 우리 문화도 아니고 오래된 문화도 아니랍니다. 그 때문에 집집마다 아들 타령하면서 딸을 푸대접했지요. 중국도 족보니 제사 같은 거 없애버렸는데 말이지요.

그러니 아드님이 결혼을 못 한 것도 알고 보면 잘못된 문화와 제도에 길들여진 사람들이 여자 아기들을 낙태했기 때문입니다. 아들을 귀하게 여기는 문화와 제도가 결국 아드님의 발등을 찍는 거지요. 관습은 쉽게 바뀌지 않지만 그래도 언젠가, 누군가는 변화를 시도해야 합니다. 제사 지내며 죽음을 기리는 것보다 가족 야유회나 운동회, 노래 자랑 같은 걸로 삶을 즐기며 남녀노소가 함께 추억을 만드는 게 좋다고 생각해요."

이방인의 낯선 제안이 노인의 마음을 쉽게 움직이지는 못할 것이다. 그러나 얼음을 깨는 것은 바늘이라 했으니 관행처럼 해오던 일들이 우리의 문화도, 오래된 문화도 아니라는 것을 안다면 머잖은 미래에 변화가 시작되리라. 새로운 세상을 혼자서 만들 수는 없는 일, 할아버지도 언젠가 동반자가 되기 바란다.

나이 들어가는 것에 대하여

작년 가을에 닭장을 만들 때 남편에게 비가 올 때를 대비해서 주변에 도랑을 파야 한다고 당부했지만, 남편은 나중에 만들면 된다고 건성으로 흘려 넘겼다. 덕분에 장마가 시작되자 닭장 바닥은 산에서 내려오는 물로 한강이 되었다.

물꼬를 트다 _

내가 만들어달라고 했을 때 해줬으면 좋았잖아. 투덜거리며 비옷을 입고 장대비 속에 삽으로 닭장 철망 옆에 흙을 쌓고 바닥을 파서 물길을 만들었다. 비탈 아래로 물길이 열리자 고여 있던 물이 삽시간에 사라졌다. 오호라, '물꼬를 튼다'는 게 이런 거구나. 흘러야 할 것을 흐르게 하여 문제를 해결하는 것, 문을 열어준다는 것, 자유를 주면 상처를 남기지 않는다는 것, 상생하며 공생한다는 것.

살다 보면 물꼬를 터서 해결해야 할 문제가 도처에 널려 있다. 중산

층이 사라져 양극화 현상이 심해지는 것도 물꼬가 트이지 않았기 때문
이다. 교육은 가난한 집 자식이 부자가 될 수 있는 수단(소득재분배의 역
할을 할 수 있는 방편)이지만, 등록금 때문에 자살하는 대학생이 늘어나
면 등록금이 안정된 사회로 가는 물꼬를 막는 장애물인 셈이다.

　육아 사정이 열악하거나 경쟁을 강조하는 사회에서 사교육비가 급
증하는 것 역시 안정적 인구를 유지하는 사회로 가는 물꼬를 막는 장
애물이다. 부자 감세나 대북 전단 살포 등은 일시적으로 부자나 반북
인사들을 만족시킬지 모르지만, 장기적으로 보면 계층 분열을 초래하
고 한반도의 분열을 공고히 해 모두 위태롭게 만든다. 닭장 앞에 새로
만든 물길로 시원하게 물이 빠져나가는 것을 보며 우리 땅에서 물꼬를
가로막는 것들이 저렇게 뚫리기를 희망해봤다.

왼쪽 _ 굵은 빗줄기에도 나와 돌아다니는 닭들.
오른쪽 _ 빗줄기가 굵으니 알에서 깬 지 2주밖에 안 된 병아리의 어미들은 닭장
밖을 벗어나지 않는다. 판단하고 결단을 내리는 위대한 모성에 박수를…….

　요즘 내 일상을 제일 괴롭히는 것은 동결견凍結肩이다. 50대에 주로 나타난다고 해서 '오십견'이라고 불리며, '유착성관절낭염'이라고도 한다. 오른쪽 팔꿈치가 아픈 것을 내버려두었는데 어느 때부터인가 어깨가 아프기 시작했다. 팔을 들어 올리거나 뒤로 돌리기 힘들고, 자면서도 어깨 통증 때문에 뒤척일 때마다 깬다. 벌써 몇 달이 되었지만 앞으로 움직이는 것은 조금 나아서 그 팔로 효소를 담근다고 쑥이며 솔잎, 칡 순 등을 따곤 했다.

　시간이 흐르면 통증은 사라지기도 한다는데, 퇴행성변화다 보니 동결견은 나이 들어감을 확실히 실감하게 해주었다. 남편도 똑같은 증상이 있고, 주변에 같은 증상으로 고생하는 사람들이 많은 것이 새삼 놀랍다. 한의원에 오는 환자들 중에도 이런 고통을 호소하는 사람들이 많았지만, 실제로 겪어보니 고약한 증상이라는 것을 알겠다. 이렇게 심한 고통을 안고 찾아오는 환자들에게 나는 얼마나 성의 있게, 확신에 찬 치료를 해주었는가. 노인 환자들이 이런저런 고통을 호소할 때 나는 얼마나 간단하게 '퇴행성'을 이야기해왔는가. 마디마디 한 시절이 끝나고 있음을 경험하는 그들의 절망 앞에 나는 얼마나 대수롭지 않게 '노환'이라는 단어를 내뱉었는가.

　나이 들어간다는 것을 크게 고민하지 않았다. 그런데 동결견을 겪어보니 앞으로 내가 할 수 있는 일에 많은 제약이 따르리라는 생각이 든다. 그동안 팔을 자유자재로 쓴 것은 얼마나 행복하고 감사한 일인가. 젊어서 팔다리를 자유롭게 부린 것은 얼마나 큰 축복인가. 이 사실을 좀더 일찍 알았다면 일거수일투족이 모두 감사한 일이라는 것을 알았을 텐데……

알고 보면 나는 아직도 성한 것이 많다. 왼팔은 멀쩡하고, 허리와 고관절, 무릎, 발목도 성하다. 대소변도 가릴 수 있다. 예전만 못하지만 안경을 쓰고 책도 볼 수 있고 컴퓨터도 쓸 수 있다.

그러나 앞으로 점점 더 많은 퇴행성변화가 찾아올 것이다. 마침내 어머니처럼 팔다리의 움직임과 뒤척임도 잃고, 언어도 잃고, 방광의 괄약근도 긴장을 잃겠지. 어머니가 앞 단추 있는 옷만 입을 수 있다고 하실 때, 옷을 입고 벗는 것을 힘들어하실 때 무심한 나는 크게 신경 쓰지 않았다. 자식이 나이 탓이라며 무심히 넘길 때 어머니는 놀라는 표정도 짓지 못한 채 그 변화를 고스란히 혼자서 감수하셨겠구나.

그런 상황이 올 때까지 내게는 시간이 얼마나 주어질까. 남아 있는 시간이 보다 소중하게 느껴지는 계기가 될 테니 동결견은 어찌 보면 그 변화를 크게 실감하게 해주는 고마운 징표다.

노화 현상으로 앞다리가 휜 열다섯 살 캔디. 집 안에만 있으려는 녀석을 자연 좀 감상해보라고 종종 밖에 내놓고 문을 닫았더니 집 안으로 들어오려는 열망으로 방충망을 뚫어 개구멍을 만들었다.

미친 듯이 취한 듯이

밥을 먹고 나면 속이 더부룩하고 장이 터질 것같이 아프셨다는 할머니. 병원에 갔더니 입으로 관을 넣고 들여다보는 거(내시경을 말씀하시는 듯)를 하재서 싫다고 한의원에 오셨단다.

"할머니, 요즘에 찬 거 많이 드셨지요?"

"그려, 날도 덥고 속도 답답하닝게……."

"오늘 침 맞으시고, 가루약 드릴 테니 뜨거운 물에 타서 드세요. 그리고 이제부터는 물이나 음료수나 절대로 차가운 거 들지 마세요. 그게 할머니께는 독약이니까요."

한없이 밑지는 장사, 분노 _

다음 날 속이 한결 편해졌다는 할머니 뒤로 친구 분이 따라 들어오셨다. 심한 두통과 어깨의 통증, 때로 사람을 죽일 수도 있을 것 같은 분노에 휩싸이는 적이 많았다고 한다. 분명 사연이 있을 것이다. 바람

피운 남편? 재산을 빼앗은 시숙? 가출한 며느리? 반지를 훔쳤다며 의심하는 이웃? 시도 때도 없이 짖어대는 앞집 개?

상처를 주는 자와 받는 자, 상처 받았다며 다시 상처를 주는 자, 상처를 주는지도 모르는 자……. 상처에 휘둘리다 보면 분기탱천하여 살기도 느끼는 것이리라. 이런 악감정은 상대를 해치러 가기도 전에 자신을 해치게 마련이다. 두통과 충혈, 심계항진(두근거림)이 나타나고, 옆구리가 결리고 식욕이 없어진다. 시력과 청력도 약해진다. 어머니도 부부 싸움 뒤에는 입안이 소태처럼 쓰다고 늘 말씀하셨다.

휴우, 손해도 이런 손해가 없다. 한없이 밑지는 장사다. 너를 죽이려다 내가 죽는다. 그걸 모르는 사람들은 가슴에 품은 것을 내려놓으려 하지 않는다.

18세기, 하쿠인 선사를 찾아온 사무라이 다케다 노부시게武田信繁가 물었다. 지옥이니 극락이니 하는 것이 있느냐고. 하쿠인 선사가 되물었다. 당신은 뭐 하는 사람이오? 사무라이는 으쓱하며 대답했다. 나는 천황을 모시는 무사요.

"하하하. 천황을 모시는 무사? 내가 보기에는 거지 같은데."

사무라이는 격노했다. 분기탱천한 그는 벌떡 일어나 검을 빼더니 선사의 목에 들이밀었다.

하쿠인은 동요하지 않았다.

"흐음, 지금 열린 것이 지옥의 문이오."

사무라이는 뒤통수를 얻어맞은 것 같았다. 검을 던지고 무릎을 꿇으며 큰절을 했다.

"죄송합니다."

"허허, 지금 열린 것이 극락의 문이라오."

명상 공부를 시작했을 때 스승은 여광여취如狂如醉, 미친 듯이 취한 듯이 하는 것이 도에 쉽게 이르는 자세라고 일러주셨다. 도 닦는다고 얼음처럼 차가운 계곡물에 들어가는 사람들도 있던데, 정신을 바짝 차려야 하는 거 아닌가? 당시에는 그 뜻을 이해할 수 없었다. 그런데 이제 그 말씀의 뜻을 알겠다.

내공이 높아지면 인간 드라마에 휘둘리지 않는다. 눈을 세모꼴로 뜨고 따지고 윽박지르며, 매달리고 울부짖을 일이 없다는 것을 안다. 어떤 상황에서나 마음이 넉넉하니 눈은 초승달처럼 휘고 입술은 귀에 걸린다. 휘둘리지 않으면 지혜가 열리고, 지혜가 열려야 가장 쉽고 빠르고 효율적인 문제 해결 방안이 찾아진다. 자비, 사랑, 포용, 평화가 모두 가능해진다. 휘둘리고 상처를 주고받으면 지옥이고, 어떤 상황에서나 미소로 사랑과 감사를 주고받으면 천국이다. 에헤라 디여~ 그건 모두 내가 만들고 내가 선택하는 것이다.

선식을 만들려고 비닐하우스에 널어둔 감자는 장마가 오래 계속되자 곰팡이가 슬어 못쓰게 되었다. 첫 수확물이 두엄 더미에 들어갔지만, 장마 전에는 갈무리와 관련해 아무 일도 하지 말아야 한다는 교훈을 얻었다.

서울 살다가 2년 전에 이 동네로 이사 오셨다는 할머니가 여름에 심어 서리가 내리면 거둔다는 서리태를 주셨다. 그 할머니도 배워가며 농사를 짓는다는데 워낙 재주가 있는지 콩, 양파 등 소출이 적지 않았

다. 7월 10일 전에 심어야 한다고 하셨지만, 계속되는 비 때문에 기회
를 놓쳤다. 궁여지책으로 포트에 한 알씩 넣었더니 일주일도 안 되어
불쑥 줄기가 솟아나와 부랴부랴 밭 한쪽을 정돈해서 비닐을 깔고 옮겨
심었다. 혹 영글기 전에 서리가 내리면 초록색 깍지째 조리해 먹어도
좋을 것이다.

왼쪽 _ 며칠 만에 생긴 줄기와 뿌리를 보니 씨앗 한 알에 우주가 들어 있다는 말
이 실감 난다.
오른쪽 _ 비닐을 까는 것이 께름칙했지만 전문가인 타샤 아줌마의 조언을 받아
들이기로 했다.

　감자를 캔 뒤 잡풀이 우거진 곳은 김장 배추를 심기 전에 갈아엎어
야겠다. 이번에는 준비한 두엄을 몽땅 넣고 시기도 놓치지 말아야지.
어영부영하다가 호박 심는 때도 놓치지 않았는가. 인터넷에서 농사 일
지를 내려받았다. 입추가 지난 8월 중순, 김장 배추 모종 심기. 달력에
표시하고 빨간 볼펜으로 별을 세 개 그렸다.

비가 그치며 낮은 구름이 성인봉을 감쌌다. 자연은 이렇듯 다양한
모습을 연출한다.

덜 종교적으로 그러나 더 영적으로

만화 《게릴라들 : 총을 든 사제》에 나오는 명대사라며 지인이 메일을
보내왔다.

어느 신앙심이 깊은 남자가 어린아이에게 "꼬마야, 하느님이 어디 있는지
말해주면 1페소를 줄게"라고 말하니 그 꼬마가 "하느님이 없는 곳을 말해주면
10페소를 드릴게요"라고 했다는군요.

종교를 믿을 수 없었다 _

중학교부터 대학교까지 기독교 재단이 운영하는 학교에 다녔지만,
나는 기독교 신자가 되지 못했다. 성경 선생님은 집 근처 교회에 나가
도장을 받아오라는 숙제를 내주었지만, 교회에 나갔을 때 교회 사람들
이 반기며 손을 마주 잡고 '다음에도 꼬옥~ 나오라' 신신당부를 하면
이상스럽게도 내 마음은 멀리 뒷걸음치고 말았다.

유일신을 믿고 그에게 구하라, 그를 찬양하라는 말들이 내게 감동이나 감격으로 다가오지 않았다. 믿으면 천당 가고 믿지 않으면 지옥 간다며 그들이 절박한 표정으로 내미는 인쇄물은 나를 불편하게 했다. 우리 죄를 용서해주시고, 시험에 들게 하지 마시고, 악에서 구해주시고, 나라와 권세와 영광은 영원히 아버지 것이고…… 그들은 하나같이 몸을 흔들고 눈물을 흘리며 간절히 기도했지만, 나는 그들을 따라 할 수 없었다.

서울에 살 때 지인이 내가 일하는 한의원 근처 사찰(천태종)에서 불교대학을 운영한다며, 거기 가서 공부해보라고 강력히 추천했다. 그 공부는 인생에서 큰 광맥 하나를 만나는 것과 같다고 했다. 그러나 2년 남짓 다녀도 나는 불교 신자가 되지 못했다.

천태종에선 음력 정월 초하루와 2월 초하루가 되면 정오까지 출입구에 바리케이드를 치고 여자들이 사찰에 출입하는 것을 금지했다. 1967년 천태종을 중건한 상월조사가 지시한 것이라는데, 그 이유를 제대로 설명해주는 사람이 없었다. 여자는 음이라서 마구니가 끼기 쉽단다. 특히 음달인 2월 초하루는 중요한 날인데, 마구니가 여자 몸에 묻어 절에 들어오면 1년 동안 나쁜 일이 생긴다나 뭐라나…… 이렇게 모호한 설명이 뒤따를 뿐이었다.

매달 음력 초하루에 총본사 게시판 '궁금합니다'에 성차별 철폐를 요구하는 글을 썼다. 종단에서는 묵묵부답. 1년을 기다렸지만 그들에게서 '광맥'을 찾을 수 없기에 정리하는 글을 쓰고 발길을 끊었다. 상월조사가 어느 날 문득 부처의 도를 깨닫고 오도송悟道頌을 지었다기에 나도 1년간 계속한 게시판 글쓰기를 마무리하며 이별송離別頌을 적었다.

佛母古今中　부처님의 원래 마음자리는 예나 이제나 여전한데

天台禁女行　천태는 여자들의 움직임을 제한하는구나.

天心貴微物　하늘마음은 미물도 귀히 여기는 것이니

莫執不知意　뜻도 모르는 것에 집착하여 매달리지 말 일이다.

신이 없는 곳이 없다 _

　그런데 갑사 동네에서 신록에 둘러싸여 새소리, 바람 소리 들으며 흙을 만지고 살다 보니 나 역시 《게릴라들 : 총을 든 사제》에 나오는 꼬마처럼 신이 없는 곳이 없다는 것을 실감한다. 영화 〈스파르타쿠스〉에서 나를 매료한 배우 커크 더글러스가 "나이가 들면서 점점 덜 종교적less religious으로 되고, 오히려 점점 더 영적more spiritual으로 되어간다"고 쓴 글을 본 적이 있는데, 그가 그렇게 살아간다면 팬으로서 참 반갑고 감사한 일이다.

　이곳의 출근길은 서울과 딴판이다. 뒤에 따라오는 차가 없으면 가속페달에서 발을 떼고 핸들만 잡은 채 시속 25킬로미터 정도로 가본다. 도로 양쪽의 푸른 나무, 착실히 자라는 논과 밭의 작물들이 천천히 뒤로 밀려난다. 세상에, 여기가 천국이로구나.

　평상 위 모기장에 누워 나뭇잎으로 가득 찬 하늘을 올려다볼 때, 가속페달에서 발을 떼고 운전하며 주변 경치에 취할 때, 초봄에 꽃을 피운 붉은 인동이 두 달 만에 다시 향기 짙은 꽃을 피우는 것을 볼 때, 누군가를 죽이고 싶다던 할머니가 주스 상자를 들고 와 집게손가락을 입에 대고 예쁘게 웃으며 떠날 때, 어미 닭이 젖은 흙을 파헤치며 새끼들을 돌보는 모습을 지켜볼 때 나는 도처에서 하늘님을 발견한다.

가속페달에서 발을 떼고 느리게 가는 천국의 출근길.

심판하고 벌을 주거나 찬양을 기다리는 하늘님이 아니라 무한한 사
랑과 자유와 평화를 품은 하늘님, 만물에 축복을 보내주는 하늘님. 나
뭇잎에, 꽃에, 할머니의 미소에, 어미 닭에, 어미를 열심히 따라다니는
병아리들에 하늘님이 깃들어 있다. 그러니 내가 머무르는 이곳, 이 시
간이 천국이고 선계다. 내 안에 있는 하늘님이여, 감사합니다. 그대들
안에 있는 하늘님이여, 감사합니다. ^^

닭장에 커튼을 치다 _

우리 집에는 4월둥이, 5월둥이, 6월둥이 병아리들이 있다. 다른 집
에선 병아리가 봄에 한 번 태어난다는데, 우리 집 암탉들은 알을 잘도
품는다. 지금도 동생 백설이가 알을 품고 있으니 8월둥이가 태어날 것
이다. 처음엔 삼복중에 병아리를 품는 것이 좋을 리가 없을 듯해서 통
을 옆으로 세워 백설이를 쫓아냈다. 며칠을 그렇게 쫓아냈건만 알이

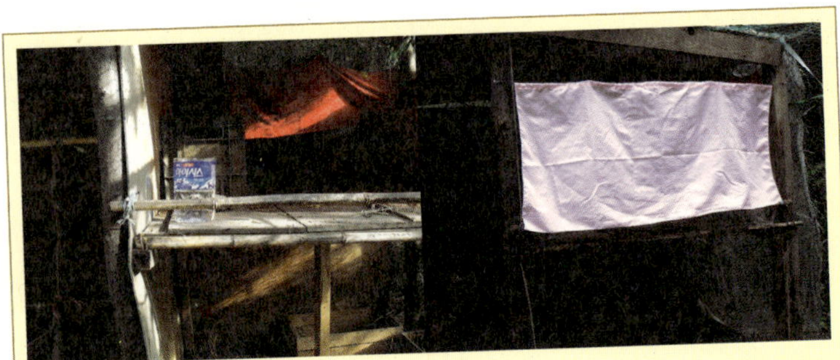

왼쪽 _ 2층에 포란 결심을 단단히 한 겁쟁이가 들어앉은 상자를 올려놓았다.
오른쪽 _ 뻐꾸기 짓을 하는 녀석들 때문에 2층 입구에 커튼을 쳤다. 공동체를 만
들면 나는 양계장을 훌륭하게 꾸려나갈 수 있을 것이다.

없는 빈 통에라도 쭈그려 앉는 백설이의 결심이 가상해서 일곱 개 알에 사인펜으로 표시를 하고 상자에 넣어주었다.

6월에는 뻐꾸기처럼 추가로 들어가 알을 낳는 녀석들을 통제하지 않았더니 꼬꼬왕의 박스에는 알이 서른 개가 넘었고, 꼬꼬왕이 중간에 포기하는 바람에 많은 알이 상해서 어미 세 마리가 품었는데도 일곱 마리(6월둥이)밖에 건지지 못했다. 이번에 백설이는 확실하게 보호해주리라.

이런 날이 올 줄 알고 장맛비가 내리는 와중에도 서울에서 내려온 남편에게 사정해서 닭장 안에 2층을 만들었다. 환하면 알을 품는 데 방해가 되니 헝겊 쪼가리로 빛을 막고, 겁쟁이(동생 백설이)가 들어앉은 박스를 올려놓았다. 이제 아무도 뻐꾸기 짓을 하지 못하리라.

다음 날 겁쟁이가 아래층에 내려와 있기에 박스를 들여다보았더니 웬걸, 못 말리는 뻐꾸기들 때문에 알 네 개가 늘었다. 네 개를 꺼내고 다른 녀석들이 들락거리지 못하게 2층에 커튼을 달았다. 겁쟁이야, 이제 아무도 네가 알 품는 것을 방해하지 않으리라. 나도 너를 건드리지 않을 테니 옆에 놓아둔 먹이와 물을 먹으며 3주를 견뎌보렴.

고슴도치가 물이 되었어요

비가 지독히 내렸다. 반세기 넘어 살면서 이번처럼 오래 계속되는 비는 처음 겪는 듯하다. 황토집이 좋다더니 지속되는 비에 오래 습기를 머금고 있으니 옷장이며, 창고며 여기저기 곰팡이투성이다. 서둘러 작은 제습기를 샀다. 공동체 주택을 지을 때 외부는 방수와 단열이 확실하도록 신경을 써야 한다는 교훈을 얻었다. 고추 농사도, 벼농사도 올해는 쉽지 않은가 보다. 비가 계속 오면 농약도 많이 쳐야 한다는데, 농민들의 시름이 깊어간다.

그 와중에도 바닥에서 힘겹게 한 송이씩 피던 나팔꽃이 줄을 타고 무럭무럭 자라 지붕 밑에서 꽃을 피웠다. 서울에서 내려온 남편이 마당이 지저분하다며 마구잡이로 풀을 뽑는 바람에 뿌리가 뽑히는 수난을 당하기도 했다. 조마조마한 마음으로 다시 심었는데, 한참

아침에 마당을 나설 때마다 평안하게 나를 맞아주는 나팔꽃.

몸살을 앓더니 이렇게 자라 예쁜 꽃을 피우고 있다. 아이구 신통해라, 정말 고맙다.

힘이 넘쳐나는 상구를 들이다

공주 시내에 사는 도반이 친구와 함께 한의원에 놀러 왔다. 기르는 진돗개가 새끼를 아홉 마리나 낳았는데, 여기저기 나누어주고 네 마리가 남았단다. 집 안에서 혼자 웅크리고 잠만 자는 캔디가 떠올라 불쑥 말했다. 캔디 친구 삼게 여유가 있으면 한 마리 달라고.

그렇게 우리 집에 온 2개월짜리 진돗개 수놈. 이름이 살구랬다. 캔디는 여기저기 냄새를 맡으며 처음 만난 살구 등을 타고 반겼는데, 다음 날부터 전세가 역전되었다.

덩치는 비슷하지만 하루가 다르게 성장하는 살구. 봄의 생발지기生發之氣가 넘쳐나는 놈이다. 반면 캔디는 가을의 숙살지기肅殺之氣가 내려앉은 열다섯 살. 개로 치면 환갑, 진갑 다 지난 나이이다. 살구가 캔디의 꼬리를 물고 잡아당기면 캔디는 속절없이 질질 끌려간다. 나대도 너무 나대는 살구. 우선 이름을 바꿨다. 살구보다 상구가 어울리지. 아암, 상구야~

캔디가 쓰던 가슴 줄을 벗겨 상구에게 채우고 끈을 기둥에 매어뒀는데, 잠시 뒤 녀석은 자유로운 몸이 되어 나타났다. 몇 번 힘들게 가슴 줄을 다시 채웠지만 어느 틈엔가 벗어버리고, 녀석은 절대 줄 따위로 자유를 빼앗기지 않으려 한다. 목줄도 아니고 두 다리를 끼운 뒤 등 쪽에 고리를 채웠는데, 헐겁지도 않은 그 줄에서 어찌 빠져나왔을꼬? 두

꺼운 목줄을 구해 매어보려고 했으나, 줄을 이로 악물고 절대 목 아래로 내려가는 걸 허용하지 않으니 목에 걸 재간이 없다. 나, 주인 맞니? 너, 개 맞니?

우리 집으로 온 지 며칠 안 된 살구. 귀가 처진 것이 진돗개 같지 않다.

존재의 관계라는 것이 처음에는 좀 낯설다가 차츰 익숙해지는 법인데, 상구는 처음부터 낯가림 없이 나에게 들이댔다. 대체 주인이 바뀌었다는 걸 알기는 하냐? 퇴근길, 집으로 들어가는데 상구가 자동차를 향해 달려들었다. 최대한 속도를 늦추었는데도 바퀴에 밟혀 비명을 질러대는 상구, 끙끙 앓는 소리를 내며 뒷발을 절룩이더니 사나흘 지나 원상회복됐다. 그 뒤로는 시동이 걸린 차 가까이 다가오지 않는다. 산책 나갔다가 앞에서 오는 차를 만나면 혼자 집까지 줄행랑을 친다. 그래, 그렇게 지혜로워지거라.

캔디와 상구에게 각각 집을 마련해주었으나 상구가 성가신 캔디는 틈만 나면 집 안으로 들어오려 했고, 열흘쯤 지나자 지쳐가는 모습이 역력했다. 생이 얼마 남지 않은 캔디야, 네가 밖에서 자연과 친구와 더불어 살기를 희망했지만 정 집 안에서 살고 싶다면 그러려무나. 목욕을 시키고 쿠션 바구니를 내어주니 온 세상을 가진 듯 바구니에 뛰어들어 쿠션에 코를 박는다. 너로 인해 상구를 만났고, 상구로 인해 너의 조용함을 알았구나. 조용한 캔디, 영리한 상구, 모두 나의 고마운 친구들이다.

금계포란 지형이 여기인가 _

계룡산에는 비룡승천, 금계포란 지형이 있다고 한다. 옛사람들이 용이 하늘로 올라가고 금빛 닭이 알을 품는 상서로운 지형을 찾아다닌 것은 땅의 기운을 빌려 영화로운 삶을 지속하고 싶거나, 삶의 팍팍함에서 벗어나보려고 그랬을 것이다. 우리 집 닭장 자리가 바로 금계포란 지형 아닐까?

처음엔 모든 토종닭이 우리 닭들처럼 수시로 알을 품는 줄 알았다. 그런데 주변 사람들에게 들으니 봄에 한 번 품고, 잘하면 가을에 한 번 더 품는단다. 우리 닭들은 4월둥이, 5월둥이, 6월둥이를 생산했다. 8월둥이가 태어났으며, 지금 커튼 방 안에서 꼬꼬왕과 언니 백설이, 까오가 알을 품고 있으니 곧 9월둥이가 태어날 것이다. 한의원 때려치우고 본격적으로 '사랑 품는 병아리' 장사를 해야 할까나?

고슴도치가 물이 되었어요 _

갑사 동네로 이사 온 것은 1년이 되어가지만, 이곳에서 본격적인 명상을 시작한 것은 만 3년이 되었다. 그간 인연을 맺은 도반들과 명상학교(ㅅ) 입학 전후 달라진 점에 대해 돌아가며 이야기했다. 참석자는 대부분 여성이고, 부부도 다섯 쌍 함께했다.

분노가 사라졌다, 감사하는 마음이 많아졌다, 안 하던 청소를 하고 평소 지니는 물건이 간소해졌다, 가족에게 서비스하는 것이 힘들지 않다, 지치고 힘든 직장 생활이 재미있어졌다, 머리로 알던 것을 가슴으로 느낄 수 있다, 채식을 하게 되었다, 우울증이 치유되었다, 몸에 붙은 모기를 때리면서 고민하게 되었다……. 조금씩 다르긴 하지만 모든

눈에 들어오는 풍경은 온통 초록이다. 초록이 가장 풍요로운 색이
라는 걸 이제야 깨닫다니.

변화를 비슷하게 경험하고 있구나. 감사한 일이다.

부부가 온 경우 배우자를 통해 얼마나 달라졌는지 검증(^^)해보았는데, 어느 남자 분은 아내의 변화를 "고슴도치가 물이 된 것 같다"고 표현했다. 이들은 시민운동을 하는 부부로 아내는 정의감이 넘쳐 공분이 많고 고슴도치 가시처럼 주변을 날카롭게 찔러댔는데, 어느 틈엔가 물처럼 변해 있더라는 얘기다. 둥근 그릇에 담기면 둥글게, 모난 그릇에 담기면 모나게 변하여 까칠함이 사라졌단다. 브라보!

참석한 남편과 아내들이 공통적으로 비슷한 말을 했다. 전엔 한번 틀어지면 냉기가 일주일 혹은 열흘이 지나야 풀렸는데, 이제는 일부러 찔러봐도 둥글둥글 빙글빙글 별 탈이 생기지 않는단다. 오호라, 모두 내공이 깊어져 휘둘리지 않는구나. 휘둘리지 않으며 각자 맡은 일을 열심히 하는구나. 우리가 잘 가고 있구나. 나도 감사하고 너도 감사하다. 감사하고 또 감사하다.

통하면 안 아프다

밖에서 친구들과 저녁을 먹고 들어갔는데, 휴대폰이 울리고 액정에 타샤 아줌마가 떴다. "네, 아주머니……." 그런데 저쪽에서 들리는 목소리는 타샤 아줌마가 아니다. 타샤 아줌마가 누워 꼼짝을 못하니 빨리 와달라는 이웃 아줌마. 여러 차례 전화했는데 내가 전화를 안 받더란다. 얼마나 속이 탔을까.

급히 가보니 해가 떨어지는 것이 아까워 죽겠다며 늘 환한 표정으로 밭에서 일하던 타샤 아줌마가 자리를 깔고 누워 계신다. 하루 종일 수돗가에 쭈그리고 앉아 찬장에서 꺼낸 그릇을 씻었단다. 저녁 무렵 일을 마치고 일어서려는데 하늘이 핑 돌더라고. 얼른 들어와 옷을 갈아 입고 누웠는데, 천장이 빙빙 돌면서 전화할 기운도 정신도 없어지더라고 했다.

"아줌마, 일하실 때 청바지를 입었나요? 하루 종일 찬물에 손 담근 채로?"

"네, 밖에서 일할 때는 청바지를 입어야 모기가 덜 무니께……."

얼른 기혈이 돌도록 침을 놓았다. 통즉불통 불통즉통通卽不痛 不通卽痛이라, 통하면 안 아프고 통하지 않으면 아프다.

허리에 딱 맞는 청바지는 탄력성이 없어 쭈그리고 앉으면 허리를 심하게 압박한다. 허리가 조이는 상태에서 오랫동안 찬물에 손을 담그고 있으면 오장육부도 쭈그러들고, 좌우상하 기혈이 돌지 못한다. 그러니 어지럽고, 메스껍고, 구토가 난다. 대변을 잘 보았다니 불행 중 다행. 통하지 않아 병이 났으니 통하게 하면 낫는다. 기혈이 제대로 돌기 시작하면 원상회복될 것이다. 죽는 줄 알았다던 타샤 아줌마는 이틀 만에 다시 밭에 나와 밝게 웃었다.

널널하고 따듯하게 _

여성의 패션 중에 건강을 해치는 건 뾰족구두, 배꼽과 어깨를 드러내는 옷, 나일론 속옷 등이다. 구두는 높은 굽도 척추를 괴롭히는 원인이 되지만, 좁은 볼이 발가락을 조여 더욱 건강을 해친다. 길이가 다른 발가락 다섯 개가 벌어져 있는 건 다 이유가 있는데 말이다.

신체의 말단인 손과 발을 항상 따듯하게 유지해야 하는 이유는 그래야 기혈이 잘 통하기 때문이다. 어깨를 드러내면 풍사風邪가 들어와 감기에 걸리고, 복부가 차가워지면 소화기 질환에 걸린다. 그래서 땀을 잘 흡수하면서도 보온이 되고, 공기의 소통에 걸림이 없는 면은 가히 기적의 옷감이라 할 수 있다. 신이여, 목화를 주셔서 감사합니다. 목화에서 실을 뽑아 옷감을 만드는 모든 분들에게 감사드리나이다.

나는 현재 버선부터 바지, 상의, 모자에 이르기까지 모두 면으로 된 것을 입는다. 허리에 고무줄이 들어간 면바지를 입다가 잠깐이라도 합

성섬유로 된 바지를 입으면 끈적거리고 불편하기 그지없다. 합성섬유
가 섞인 티셔츠를 입으면 피부에 아주 작은 발진이 생겨 얼른 면 옷으
로 갈아입는다.

새 구두를 길들인다고 발가락이 아픈 것을 참고 견디던 어리석은 시
절을 반성하며 굽이 낮고 앞은 군화처럼 넓적한 구두를 신는다. 짧게
자른 머리에 구멍이 숭숭 난 얇은 모자를 쓰니 염색이나 파마하려고
미장원에 갈 일이 없다. 내 영혼이 자유로워지는 만큼 몸에도 자유를
주었다. 타인의 시선에서 자유롭고, 불통의 불편함에서 해방되었다.
에헤라 디여~

겨울 준비가 시작되다

입추, 처서가 지나고 산모퉁이 도로에는 어느새 떨어진 잎사귀들이
바스락거린다. 벌써 누렇게 색이 바랜 것도 있다. 8월 중순에 김장 배
추를 심어야 한다고 달력에 표시해두었지만, 비 때문에 하순에야 심었
다. 닭이 공략할 것을 염려해 반짝이 리본으로 울타리를 쳤는데, 닭들
은 어느 틈에 들어가 어린 싹들을 초토화했다.

7월에 단호박을 사 먹고 씨를
심었더니 두 달 만에 열매를
맺었다.

타샤 아줌마네 집에 분양한 병아리들
도 커가며 감나무를 타고 울타리를 넘나
들며 밭을 망가뜨리는 통에 모두 다른
집에 시집보냈단다. 너희가 스스로 발목
에 족쇄를 채우는구나. 다시 모종을 구
해 심고 닭장에 빗장을 채웠다.

새벽마다 닭장에서 나와 넓은 풀밭을

내 인생 후반의 패션.

자유롭게 노닐던 닭과 병아리들이다. 큰 닭 일곱 마리에, 4월부터 태어난 병아리들이 여기저기 분양하고도 열한 마리 남았다. 지금도 알을 품고 있으니 조만간 어린것들이 깨어날 것이다. 저녁에 자러 들어갈 때는 식구가 많아도 문제없지만, 갇혀 있으면 자기들끼리 스트레스가 보통이 아닐 것이다. 장닭은 벌써 4월돌이를 집중 공격하고 있다. 아들이라도 덩치가 커가며 자기처럼 울어대는 4월돌이를 참아내지 못하는 모양이다. 4월돌이는 좁은 닭장에서 아비를 피해 도망 다니느라 바쁘다.

배추를 포기하고 빗장을 열어줄까? 아니야, 석 달만 견디렴. 대신 퇴근하고 와서 잠시 열어주마. 내가 망을 보는 한두 시간만이라도 자유를 누릴 수 있을 거야. 통즉불통 불통즉통. 닭장 문을 열어둘 때는 좋았겠지만, 문을 잠그니 영문도 모르고 아프겠구나. 너희가 아프니 나도 아프다. 에효, 통즉통痛卽痛이다.

다시 가을,

브라보 마이 라이프

얍삽한 그녀가 미워요

현관 왼쪽에 희고 노란 꽃을 피우는 금은화(인동)는 봄에 잠깐 피었지만, 현관 오른쪽에 봄부터 우아한 꽃과 향기를 선물한 붉은 인동은 가을이 깊어가는 요즈음에도 꾸준히 피고 있다. 같은 인동이지만 왼쪽과 오른쪽의 인동은 달라도 참 다르다.

여름에 비가 많이 와서 농사짓는 이들은 걱정이 많았다. 늦더위와 따가운 햇살이 도시인에게는 반갑지 않을지 몰라도 시골에서는 고맙기 짝이 없다. 하루 쏟아지는 따가운 햇살을 돈으로 환산하면 작은 도시라 해도 수억 원 어치가 된다던가. 남들보다 늦게 심었지만 쪽파와 김장 배추가 일주일 사이에 자라난 것을 보면서 햇볕의 위용을 실감한다.

봄부터 계속 꽃을 피우고 향기를 풍기는 붉은 인동에게 감사할 따름.

쪽파와 배추뿐일까. 우리가 먹는 모든 것은 알고 보면 태양의 사랑을
먹는 것이다. 사랑해요, 감사해요, 태양님~

상구를 보내다 _

상구와 밖에서 지내던 캔디를 씻겨서 집 안에 들여놓고 나서야 코
옆 상처에 문제가 있다는 걸 알았다. 그래서 집 안으로 들어오고 싶어
했구나. 병원에 가서 털을 깎고 보니 상처가 만만치 않았다. 상처를 긁
지 못하게 목도리를 씌우고 파란 연고를 발랐다. 하루에 넉 대씩 이틀
동안 주사를 맞았는데, 보험이 안 되니 치료비만 10만 원이 훌쩍 넘어
간다. 게다가 7월부터 애완견을 치료할 때는 부가세까지 내야 한단다.
아니, 개들을 위해 정부에서 해주는 게 뭐가 있는데? 부자에게는 감세
해주더니 얼마나 돈이 궁하면 개 치료하는 데도 세금을 뜯는 겨?

캔디가 집 안으로 들어오니 상구는 엄청 무료한 모양이다. 퇴근해서
돌아오면 전에 없이 닭 깃털이 마당에 뒹굴었다. 좀처럼 빠지지 않는
장닭의 꽁지깃도 있다. 내가 없는 동안 무슨 일이 벌어지는지 그림이

221

그려진다. 마당으로 나가면 상구는 내 허리까지 뛰어오른다. 이리도 반가울까. 태생이 부산스러운 놈이다. 다리 사이를 오가니 걷기도 힘들 지경이다. 상구, 너 정말 이럴 거냐.

애당초 혼자 있는 캔디에게 벗이 되라고 입양한 것이지만, 수의사 말이 집 안에 살도록 적응된 시추는 집 밖에 사는 진돗개와 친해지기 힘들다고 한다. 마침 동네에 사는 사진작가가 오랜만에 집에 들러 상구를 버거워하는 나를 보고는 자기가 키우겠다고 하기에 반가운 마음으로 그에게 맡겼다. 그 집에는 암컷 진돗개가 있다니, 에너지 넘치는 상구가 우리 집에서 심심하게 지내기보다 연상의 누이지만 함께 지내는 것이 훨씬 좋을 거야.

그건 누구의 문제인가요? _

한 노총각이 편두통이 심하다며 찾아왔다. 벌써 8년째란다. 직장에서 많이 부대끼는 모양이다. 최근에는 유산한 동료의 일을 자기가 떠맡았는데, 또 다른 여자 동료가 일을 못 할 사정이 생겨서 그 일도 떠안았다고 한다. 성격이 이상하고 폭력적인 남자 상사는 자기에게 익숙한 일을 빼앗아 다른 사람에게 주었다. 이중 삼중으로 괴로운데다, 자기에게 일을 미루고 수당은 이것저것 다 챙기는 그녀가 정말 얄밉다.

"얍삽한 건 참 문제네요. 그런데 그게 그녀의 문제인가요, 당신의 문제인가요?"

"물론 그녀의 문제지요."

"그렇다면 그녀의 문제로 당신이 괴로울 필요는 없겠네요. 문제가 있는 건 당신이 아니니까요."

"어…… 그러네요. 얍삽한 건 그녀가 해결할 문제지 내 문제는 아니
로군요."

"성격이 이상하고 폭력적인 것도 남자 상사의 문제고, 당신의 문제
는 아니지요?"

"예, 나의 문제는 아니지요."

"그렇다면 그건 그가 고민할 문제지, 당신이 고민하고 괴로워해야
할 문제는 아니네요."

"아, 예…… 그러네요."

당신이 해야 할 일은 그녀가 정의롭고 양심적일 수 있도록 그녀의
가슴속에 있는 아기 부처, 아기 예수가 커지도록 빌어주는 거예요. 또
남자 상사의 심성이 평화롭고 따듯해지도록 그의 가슴속에 있는 아기
부처, 아기 예수가 커지도록 빌어주세요. 그런 생각을 하고, 그런 눈빛
으로 그들을 쳐다보세요. 당신에게 그런 문제가 있지 않은 것에 늘 감
사하고 고마워하세요.

당신은 절대로 그들의 문제를 당장 고쳐놓을 수 없어요. 그러나 당
신의 생각과 눈빛은 바꿀 수 있지요. 그리되면 나중에 그들도 달라질
거예요. 지금 여기에서 당신이 할 수 있는 걸 해보세요. 괴로워하는 것
은 당신이 할 일이 아니랍니다.

웃으면서 이별할 준비가 된 사람들

가을이 성큼성큼 지나가고 있다. 잎에 가려졌던 감이 하루가 다르게 주홍빛으로 물들고, 감나무 낙엽이 마당에 쌓여간다. 마당 가장자리에 이름도 없이 자라던 풀들은 가을이 되니 꽃을 피우고 씨앗을 만드느라 분주하다. 6월부터 핀 나팔꽃은 꽃송이를 아주 작게 만들어 계속 꽃을 피우고, 꽃이 진 자리마다 씨앗이 영글어간다. 작아도 꽃을 피워야 씨앗을 하나라도 더 맺을 수 있으니 나팔꽃은 마지막 안간힘을 쓴다. 풀 한 포기 한 포기가 이렇게 스스로 정성을 다하는구나. 자신은 죽어 사라지지만 다음을 위하여.

생장염장 무위이화生長斂藏 無爲而化. 생겨나고 자라서 갈무리하고 저장하여 다음을 기약하는 것은 일부러 하지 않아도 저절로 된다. '저절로'라고 하지만 신의 사랑의 힘이고, 우주의 사랑의 힘일 것이다. 소멸하는 것은 없다. 다만 달라질 뿐.

4월에 태어난 수평아리 4월돌이는 이제 완전히 성장했지만, 아비의 텃세에 못 이겨 횃대 위에서 산다. 아비가 한눈팔 때 잠깐 내려와 모이

비슷비슷하게 보이던 풀꽃은 이렇게 다른 아름다움이 있다.

를 쪼아 먹을 뿐이다. 기골이 쇠해가는 아비를 이길 날이 올 것이다. 그날을 꿈꾸고 있을까. 4월돌이의 표정에는 긴장과 분노가 서린 것 같다. 배추를 뽑아 김장하는 날 너희를 닭장에서 풀어줄게. 올해는 김장을 서둘러야겠다.

까오는 봄부터 세 번 알을 품었지만 늘 마무리가 시원찮아서 병아리를 키우지 못하다가, 막판에 한 마리를 건졌다. 외동 병아리 사랑이 대단하다. 닭들은 자기와 새끼의 털색이 달라도 전혀 고민하지 않는다. 닭들이 고맙고, 그렇게 창조한 우주가 감사할 따름. ^^

부질없는 욕심을 버리다 _

가을이 되면서 옷장을 한 번 더 정리했다. 고맙게도 졸업 전에 취업한 큰 녀석이 회사에서 지정한 필독서라며 마쓰다 미쓰히로舛田光洋의 《청소력》을 사다놓았는데, 그 책을 보고 대오 각성한 덕분이다. 가지고 있는 물건을 가볍게 줄일 것, 쓸고 닦아 주변을 상큼하게 할 것. 우선

두 박스가 넘는 옷을 내다놓았다. 요양사 선생님이 교회를 통해 필요한 곳에 보낸다니 나도 좋고, 받는 이들에게 도움이 되었으면 좋겠다. 입지도 않으면서 어쩌자고 이렇게 몇 해를 끼고 살았는고. 실크라서, 순모라서, 가죽이라서…… 다 부질없는 욕심인 것을.

어머니가 입으시던 연분홍, 진분홍 면바지들을 함께 보내려다가 염색을 해서 내가 입기로 했다. 어쩌다가 어머니의 분홍 바지를 입으면 남사스러웠다. 그려, 내가 아직 분홍 바지를 입을 나이는 아니지. 염색을 해가며 옷을 주저앉혔으니 이제 내 평생 새로 구입하는 바지는 없으리라 다짐한다. 염색하는 길에 풀물이 들어 지저분한 긴팔 작업복이랑 흙물이 빠지지 않아 버릴까 하던 양말도 넣었다.

어머니는 이불 홑청을 떼어 빨 때 이불 꿰맨 실을 재활용하실 정도로 절약의 여왕이었다. 두 분이 따로 아파트에 사실 때도 마지막 설거지물은 항아리에 모아놓고 걸레를 빨 때 썼다. 어머니의 지나친 절약 정신을 흉보기도 했는데……. 어머니, 나도 어머니 딸이네요.

더 환한 빛으로 _

수년간 암과 싸워온 도반이 있다. 가족을 떠나 이곳 갑사 동네에 살며 위험한 고비를 잘 넘겼다. 그녀가 이번에는 아주 힘든 모양이다. 앞으로 만들 공동체 마을에 함께 들어가지 못하는 것이 서운하지만, 자기에겐 미움 한 톨 남아 있지 않으니 이번 생은 감사하게 잘 살아냈다며 미소 지었다.

얼마 전 면접에서 낙방했다는 아들이 직장과 학교 때문에 못 내려오는 남편과 딸을 대표해서 엄마 곁을 살뜰하게 지키고 있다. 아들은 면

염색이 완전치는 않지만, 이전의 흔적이 있는 것도 나쁘지 않으리라.

접에서 떨어진 것이 무척 감사하다고 웃으며 말했다. 아빠는 고슴도치 이상이었는데, 엄마의 투병과 명상 생활을 함께하면서 온 가족이 달라졌단다. 부드럽고, 따듯하고, 사랑으로 감싸는 사람들. 웃으면서 엄마를 돌보고 웃으면서 이별할 준비가 된 사람들.

미소가 정말 아름다운 당신이여, 사라지는 것은 없답니다. 다만 달라질 뿐이지요. 당신은 가족을 훌륭하게 이끌어오셨네요. 당신의 삶도 훌륭하게 지나오셨어요. 50이면 아까운 나이라고 보는 이들도 있겠지만, 인색과 아집에 사로잡혔다면 100세까지 산들 뭐가 부럽겠어요. 마지막 순간까지 환한 천사의 미소를 잃지 마시기를, 신의 따듯한 사랑을 품으시기를……

실패한 혁명은 없다

봄에 닭장 앞에 심은 돼지감자가 엄청 크게 자랐다. 주변에 나무가 많아 일조량이 충분치 않았는데도 잘 자라 해바라기같이 생긴 노란 꽃을 피웠다. '천연 인슐린'이라 불리는 돼지감자는 최근 당뇨 치료와 다이어트 식품으로 사랑을 받는단다. 번식력이 강하다더니 지금껏 깔끔하고 푸른 잎을 자랑하는 것이 아주 예쁘다.

왕고들빼기의 순발력

채소는 시장에서 사 먹는 것인 줄 알던 내게 결혼하고 시어머니가 길가에서 뜯어 상에 올린 왕고들빼기는 참으로 생소했다. 그런데 농촌에 살고 보니 흔하고 흔한 것이 왕고들빼기다. 주변에 먹을 수 있는 풀이 자생한다는 것은 얼마나 고마운 일인가.

소 세 마리를 키우는 아랫집 아저씨는 소에게 여름내 마른 지푸라기와 사료만 주었다. 소 입장에서야 울타리 밖에 뷔페가 있는 것과 같을

텐데 말이다. 하루 종일 1년 내내
좁은 우리에 갇혀서 메마른 지푸라
기만 씹어 먹으니 얼마나 답답할까.
하여 오가는 산책길에 왕고들빼기
를 한 다발씩 꺾어 소에게 주었는
데, 요 며칠 사이에 풍성한 잎사귀
들이 삽시간에 사라졌다. 분명히 이
근처에 많았는데…….

풍성한 잎을 달고 있던 왕고들빼기
는 삽시간에 전혀 다른 모습으로 변
했다.

　키가 껑충 자라더니 아래쪽에 풍성하던 잎사귀는 볼품없이 마르고,
위쪽에 전과 달리 아주 가느다란 잎사귀가 달리고 꽃이 피더니, 삽시
간에 씨를 달았다. 눈 깜짝할 사이에 완전히 변신한 것이다. 왕고들빼
기는 계절이 바뀌자 씨를 맺는 데 집중하기 위해 아래쪽 잎사귀를 모
두 말리는 전략을 구사했다. 식물의 순발력이 이토록 대단할 줄이야.

목조 주택을 들여다보다

　인간도 위기를 감지하면 저렇듯 순발력 있게 대처할 수 있을까. 일
본에서는 지진과 쓰나미 등 갑작스런 재난에 대비하기 위해 4000달러
씩 하는 '미니 노아의 방주'가 인기라는데, 우리도 공동체 마을에서 살
집을 지으면 저런 순발력을 발휘할 장치를 마련해야 하는 거 아닐까.
우리가 공들여 마련한 공동체 마을 집터는 한반도에서 지진이 날 위험
성이 높다고 발표된 지역이다. ㅜ.ㅜ
　지진이 났을 때 가장 안전한 집은 목조 주택이란다. 내년 봄부터는
집을 지어야겠기에 주말을 맞아 도반과 함께 슬슬 목조 주택 짓는 현

장에 다녀보기로 했다. 다행히 목조 주택을 사랑하는 목수들이 싸고 야무지게 집을 짓는 현장이 인터넷에 소개되어 찾아 나섰다. 오래된 동네에서 혼자 목조 주택을 지어 사는 곳, 친구 서넛이 어울려 나란히 집을 짓는 곳, 학교 동기들이 수십 채를 지어 입주가 시작된 곳 등을 둘러본 끝에 몇 가지 바람을 정리했다.

집은 각자 취향대로 다양하게 디자인하더라도 외관은 밝고 따듯한 색으로 통일했으면 좋겠다. 외부는 방수 처리를 철저히 하고, 확실한 단열재를 사용한다. 가능하면 작고 소박하게 짓는다. 지붕의 경사는 완만하게 해서 외관상으로도 부드러운 것이 좋겠다. 무엇보다 계속 마음을 갈고 닦아 서로 천사처럼 품어주면 좋겠다. 그래서 세상 사람들이 모두 따라 살고 싶을 만큼 아름다운 마을을 만들어야지. 상상만 해도 즐거워진다. 내가 전생에 무슨 복을 지어서 이런 기회를 얻었을까. 혹시 나라를 구했을까. 하하 ^^

새 세상을 꿈꾸던 그들 _

집으로 돌아오는 길에 동학농민혁명공원이 있는 보은에 들렀다. 요즘 《개벽의 꿈, 동아시아를 깨우다》를 읽는데, 30년간 독보적으로 동학농민운동을 연구해온 원광대 원불교학과 박맹수 교수가 쓴 책이다. 동학농민운동은 세계사에서 유례를 찾아볼 수 없는 '아래에서 비롯된 혁명'이다. 그는 동학농민운동이 500년 넘게 지속돼온 '조선왕조 지배 체제의 종결'을 알리는 동시에 한국 근현대 민족·민중운동의 정점을 이루는 운동이며, 19세기 동아시아에서 최고이자 최대 규모를 자랑하는 민중 대혁명이라고 그 의의를 규정한다.

흔히 인류 역사에서 정치적으로 가장 의미 있는 사건은 프랑스혁명이라고 한다. 왕권의 독점과 세습은 인간관계를 상하, 지배와 피지배로 단순하게 왜곡했다. 그래서 민중은 왕족과 귀족을 80퍼센트나 처단한 뒤에야 국민이 주인이 되는 민주주의를 일궈나갈 수 있었고, 머나먼 이국땅에서 일어난 사건이지만 오늘 우리도 그 혜택을 누린다. 시대의 모순을 해결하게 위해 고민하고 저항하고 투쟁하고 희생된 이들이여, 전 세계 후손들의 감사를 받으소서.

그렇다면 한국사를 통틀어 정치적으로 가장 의미 있는 사건은 무엇일까. 바로 동학일 것이다. 전화도, 인터넷도, 방송도 없던 시절에 농민 수십만 명이 여기저기에 집결하여 양반과 상놈을 구분 짓는 악랄한 신분제도, 남녀 차별, 서얼 차별, 탐관오리의 횡포, 일본과 서양의 침탈 앞에 휘둘리는 조정의 무력함 등 시대의 모순에 저항했다는 것은 프랑스혁명에 버금가는 아시아의 대사건이다.

공원 입구에는 돌조각 몇 개와 '사람이 곧 하늘이니' '화해와 상생' '자유와 평등' '동학 하늘을 여는 길' 등 낯익은 글귀가 새겨진 장승이 있다. 그런데 고개가 갸웃거려지는 장승도 있었다. 북실 진달래? 저게 뭐지?

석 달 만에 다시 밟은 보은 땅. 덜컥 내려앉은 하늘에서 폭설이 쏟아지고 있었다. 우금치에서 물러나 터지고 찢겨나간 살가죽에 솔잎을 짓찧어 붙인 채 태인, 정읍, 순천, 임실, 전주, 무주, 항간, 청산 지나 보은에 돌아왔다. ……최후의 결전! 골짜기마다 까마귀에게 눈알 뺏기고 심장 파헤쳐진 채 나뒹굴던 벗들이여, 형제들이여. 아, 수많은 농민군이여. 우리의 피와 살과 뼈가 흩어진 이 산하에 고이 잠들라. 그대들을 따라 저 쏟아지는 눈보라 뚫고 왜놈들의 총구

북실 진달래에 대한 해답은 꼭대기의 탑 근처에 쓰인 무명 동학 농민의 일기에 있었다.

를 헤치고 이 깊은 역사의 겨울을 넘어가리니. 기필코 눈부신 봄을 맞으리니. 진달래 되어 조선 산하 굽이굽이 꽃불 밝히리니.

갑오(1894) 12월 무명 동학 농민군

1864년 동학의 창시자 수운 최제우가 사형당하고, 그의 제자 해월 최시형은 30년 동안 경상도와 충청도, 전라도, 강원도를 다니며 동학을 전파했다. 왕이나 양반이 가르쳐주지 않았지만 옳다고 믿는 덕목, 사람이 곧 하늘이라 믿으며 남녀노소, 상하, 귀천이 없는 세상에서 살기 원한 민중을 규합했다. 드디어 갑오년!

최제우 사후 30년 만에 분노한 농민 수만 명이 들고 일어난 사건이지만, 죽창을 들고 총칼로 무장한 상대를 당할 수는 없었다. 공주의 우금치에서 남접과 북접이 관군과 왜군을 상대로 싸웠으나 역부족. 1만여 명은 폭설이 내리는 보은의 북실마을로 힘겹게 돌아와 쉬다가 기습한 적들에게 하룻밤 새 2600명이나 희생되었고, 그들은 인근 야산에 집단으로 매장되었다.

그 생지옥에서 살아남은 무명 동학 농민군이 피울음을 삼키며 기필코 진달래 되어 한반도 굽이굽이 꽃불을 밝히겠다고 쓴 글이로구나. 북실마을에 스러진 당신들, 새로운 세상에 대한 염원을 가슴에 품은 당신들…… 북실 진달래!

실패한 혁명은 없답니다. 실낱같이, 작은 불씨같이 살아남아 언제 어디에선가 반드시 꽃핀답니다. 당신들이 꿈꾼 세상은 아름다운 것이니까요. 고귀한 것이니까요. 우리가 일구는 마을에도 진달래를 심어야겠어요. 당신들을 기억하겠어요. 고맙습니다, 사랑합니다, 감사합니다.

234

멍청한 놈, 그대 이름은 장닭!

겁쟁이(동생 백설이)가 8월 초순에 얻은 병아리 다섯 마리 중 한 마리가 시름시름 앓더니 떠났고, 며칠 뒤 또 한 마리가 떠났다. 봄부터 수십 마리가 태어났지만 이런 사고는 처음이다. 이유가 있을 것이다. 김장 배추를 보호하느라 한 달 이상 가둬 키웠다는 것? 닭장에는 깃털이 난무하고…… 그렇다면 원인은 '간혀 있음' '아비규환'일 것이다.

간힌 공간에서 아비인 장닭은 4월돌이를 가만 두고 보지 않은 모양이다. 추격전이 심한지 4월돌이가 합판과 철망 사이에 끼어 나오지도 못하는 일이 잦아졌다. 세상에, 얼마나 다급했으면…….

장닭은 오로지 경쟁자를 무너뜨려야 한다는 생각에 광분하여 닭장 안을 휘저으며 난리를 치는 동안 암탉이나 어린 자식들이 죽음에 이를 정도로 불안에 휩싸인다는 생각도 못 했을 것이다. 멍청한 놈! 어리석은 장닭이 야기하는 공포 분위기를 해소하려면 새벽부터 닭장 문을 열어 저들에게 자유를 주는 방법뿐일 것이다. 아쉽지만 배추를 포기하는 수밖에.

이러던 배추가……
다음 날 이렇게 되었다. 닭들아, 30포기 정도는 남겨주면 안 되겠니?

몸이 하는 말에 귀 기울여주세요 _

한 달 전쯤 아주머니 한 분이 침을 맞으러 들어오는데 나와 눈을 마주치려 하지 않았다. 긴 손톱에 매니큐어, 짙은 향수 냄새, 번쩍이는 귀고리와 목걸이, 뒤로 넘긴 짧은 머리카락은 스프레이로 고정했다. 음, 보통이 아니네.

다른 곳에서 두 달간 침을 맞았으나 전혀 호전되지 않았다고 한다. 구안와사口眼喎斜(구안괘사口眼喎斜가 옳은 표현이라는데 입에 붙어 고쳐지지 않는다ㅜㅜ). 입과 눈이 달팽이蝸처럼 비뚤어진다. 한쪽 안면신경이 마비되면서 성한 쪽으로 근육이 당겨져, 얼핏 보기에는 성한 쪽에 문제가 있어 보인다. 차가운 다듬잇돌을 베고 자다가 그렇게 되는 경우도 있지만, 대개 육체적으로 고되고 정신적 피로(스트레스)가 도를 넘으면 발생한다.

외모가 화려한 사람에게 선뜻 친밀함을 느끼지는 못하는 성격이지만, 어쩌랴 내 직업이 그러니 슬슬 그녀에게 다가가야지.

"몸이 말하기 시작했네요. 이제는 다르게 살라고요. 고맙고도 감사한 표현입니다. 이제 몸의 말, 몸의 요구에 귀 기울여주세요."

솔직한 그녀는 매일 치료 받으러 오면서 이야기를 다 털어놓았다. 지인이 벌써부터 이곳을 소개했지만, 여자 원장이라는 말에 내키지 않아 이 동네로 이사한 뒤에도 먼 곳으로 다니며 침을 맞았다고 한다.

침을 꽂은 채 조용한 음악을 듣고 충분한 휴식을 취하며 오가는 동안 그녀의 일그러진 얼굴은 서서히 원래 모습으로 회복되고 있다. 사연 없는 인생이 얼마나 되랴. 현재를 충만하게 보내야 밝은 미래가 온다. 매섭고 화려한 첫인상과 달리 그녀는 명상에 관련한 이야기를 스펀지처럼 빨아들인다. 편견에 빠져 있던 나 자신에게 콩! 콩! 콩!

요즘엔 새벽에 나가 별이 가득한 하늘을 보는 것이 행복하고, 없는 반찬이지만 그렇게 맛있단다. 밥을 먹는데 "요즘 나 정말 행복해!" 하는 소리가 절로 나오더라고. 내가 도시락을 가지고 다닌다는 것을 알고는 오징어 젓갈이며 고들빼기김치, 삶은 밤 등을 들고 온다.

그래요. 짜증 내고, 빈틈없이 계산하고, 신경 곤두세우며, 질세라 날카로운 말로 맞받아치는 삶은 당신의 내공을 높여주지 않아요. 당신을 행복하게 만들어주지 않지요. 마음은 '먹는 것'이니 의식의 지도(데이비드 호킨스의 《의식 혁명》) 마음 메뉴판 저 꼭대기에 있는 평화, 고요, 축복, 기쁨, 자비, 존경, 포용, 희망, 낙관 등을 골라 드세요.

간혹 명상한다는 건 현실도피나 고립적 자기 폐쇄, 좋은 게 좋다며 모든 것에 눈감는 태도가 아니냐는 질문을 받는다. 사랑과 감사를 강조하면 정의롭지 못한 일에 눈감는 것 아니냐는 의구심을 표하는 이들도 있다.

우리 몸에는 두 사람(人)이 존재한다. 하나는 겉으로 드러나는(드러내고 싶은) '껍데기 나', 다른 하나는 안에 들어앉아 보이지 않는 '참나'다. 사람들은 겉으로 드러나는 나를 위해 드레스와 턱시도를 입는다. 명품 핸드백을 들고 뼈를 깎는 수술도 마다하지 않는다. 남의 시선을 통해 해석되는 껍데기 나다. 속에 있는 참나는 아기 예수, 아기 부처, 아기 천사다. 신의 속성, 신성을 갖췄다. 생명이 있는 것이나 없는 것이나 모든 존재에 깃들었다니, 신이여 감사합니다. ^^

명상은 껍데기 나에 가려져 있던 참나를 발견하게 하는 것이다. 그 신성을 키우는 것이다. 예수의 속성, 부처의 속성, 천사의 속성을 키우는 것이다. 무한한 사랑과 자유와 평화의 속성을 발견하고 키우는 것이다. 내공과 에너지를 높이고 지혜를 키우는 일이다. 인간의 격이 달라지는 일이다. 격이 달라지면 문제를 보는 관점, 문제를 푸는 해결책이 달라진다. 그러니 현실도피나 자기 폐쇄, 정의롭지 못한 일에 눈감는 것과는 달라도 한참 다르지 않은가.

최근 서울의 한 여자고등학교에서 진행한 명상 수업은 놀라운 변화를 이끌었다. 한 학기가 지났을 뿐인데 학생들의 자존감, 삶에 대한 적극성이 크게 향상되었다. 이처럼 훌륭한 인성 교육이 있을까. 다른 지자체 교육기관에서도 관심을 보인다니 반가운 일이다. 우울증, 화병, 분노, 폭력적 언행…… 자신의 격을 올리면 해결책이 나온다. 격이 달라진 개인이 모인 사회와 국가의 격도 당연히 달라질 것이다. 격이 높아진 대중은 격이 높은 대표를 뽑을 것이다. 사회, 정치, 경제, 문화의 격이 달라질 것이다. 우와~ 이건 조용하지만 힘 있고 아름다운 혁명이 아닌가.

감빛이 점점 더 선연해진다. 이곳에 온 지 벌써 1년이 되었다.

명상, 함께하실래요?

가을비가 천둥 벼락을 치며 요란하게 내렸다. 이제 추워지겠구나. 극성맞던 모기가 자취를 감출 테고 나팔꽃도 못 보겠네. 밤새 바람이 심했는지 파라솔이 옆으로 눕고, 평상 위 모기장도 심하게 일그러졌다.

그런데 이게 웬일인가. 나팔꽃 한 송이가 붉은 인동과 함께 지붕 위에 피었다. 그래, 필 수 있을 때까지 피어보려무나. 고맙고 반갑다.

할머니의 모정이 세계인의 것이 되기를

새벽에 캔디와 산책하러 나가면 모퉁이 돌아 만나는 할머니가 있다. 허리가 많이 굽었는데 요강을 들고 나와 아스팔트 옆 자갈밭, 작은 평상 주변에 심은 호박에 오줌을 부어주신다.

"아유, 죽지도 않고……."

할머니는 내게 살아 있는 것이 미안하다는 듯 수줍게 웃으며 인사를 대신하신다.

평상 옆에는 감나무가 있는데, 가끔 성질 급한 놈이 홍시가 되어 떨어지면 그날은 아침부터 캔디가 호강하는 날이다. 첫서리가 내린 뒤 따야 달다고 해서 동네 사람들은 아직 감을 따지 않는데, 며칠 전 산책하다 보니 하루 사이에 할머니네 감나무에서 주황색이 자취를 감췄다. 오호라, 전날 까만 차 하나가 마당에 서 있고 할머니가 정신없이 호박 어린잎을 뒤져 따시더니 아들인지 딸인지 몽땅 가져갔구나. 어쩌면 하나도 남기지 않았네. 다 내주는 모정이라니……

누군가 새 세상은 모정이 지배하는 세상이라고 했다. '내 것도 내 것이고 네 것도 내 것'이라고 주장하는 세상이 가고, '내 것도 네 것이고 네 것도 네 것'이라고 하는 세상이 와야 새 세상이 된다고. 할머니처럼 감도 내주고, 호박잎도 내주는 모정은 지금까지 '엄마들에게만 흔한 아름다움'이었다. 여자들에게만 강요되는 희생과 헌신이 아닌 진짜 '아름다움'이 남녀노소에게 흔해지는 날이 올까?

금융자본주의의 탐욕에 휘둘리던 세계인이 타락한 자본주의에 대항하는 시위가 연일 보도되고 있다. 1퍼센트의 부귀를 위해 99퍼센트가 희생되는 세상에서 사람들은 1퍼센트가 되기 위해 죽기 살기로 경쟁의 바다에 내몰린다. 1퍼센트에 속한 자들은 경쟁에서 살아남았다고 우쭐대고, 경쟁만이 살길이라며 채찍을 휘둘러왔다. 이제 각성한 세계인이 부정의한 자들이 휘두르는 채찍을 빼앗기를, 그리하여 남녀노소 모두 '모정'을 갖는 그날이 오기를!

공동체 마을을 만들려고 마련한 부지 아래쪽에 저수지 공사가 한창이다. 완공되면 건축 허가가 더 까다로워질지도 모르니 건축 허가를 얼른 받아놓는 게 좋지 않을까. 설계사를 만나기 전에 내가 원하는 구조를 그려보았다.

한의원과 내가 살 집을 결합시키되, 경제 사정을 고려해서 크기는 최소화할 것. 목조 주택의 외벽과 창호는 단열을 최우선으로 하여 정성을 들일 것. 외관은 단순하게, 인테리어도 소박하게 할 것. 명상을 위해 멀리서 찾아오는 사람들이 있을 테니 방은 작아도 최대한 많이 만들 것. 명상할 수 있는 공간을 최대화할 것. 집 쪽에는 거실을 만들지 말고, 주방을 신경 써서 넓힐 것……. 몇 날 며칠을 고민해서 134제곱미터(40평)에 한의원과 집을 우겨넣었다. "더 이상 설계는 없다!"고 부르짖으며. ^^

가장 전망이 좋은 곳에 가장 넓게 명상 치유방을 배치했다. 폭이 넓은 창으로 산 아래 저수지를 내다보며 찾아오는 벗들과 따듯한 시간들을 보낼 수 있을 것이다.

명상을 잘 모르거나 어려워하는 이들이 있다. 그

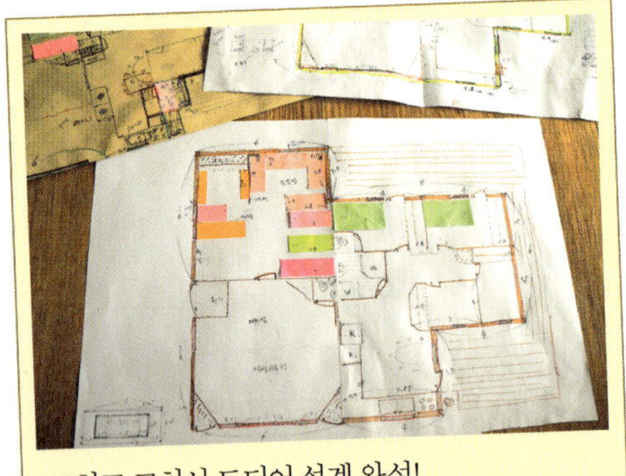
고치고 고쳐서 드디어 설계 완성!

들을 위해 최근 우리 명상 모임에서 만든 브로슈어의 글귀를 소개한다. 잔잔한 음악과 함께하면 더욱 좋다.

'참나'로 돌아가 행복을 얻는 길

우리 안에는
천사처럼 아름다운
우리의 순수한 참모습이 있습니다.
이 참모습을 '참나'라 부릅니다.

참나를 찾으면,
가슴에 사랑과 평화가 넘칩니다.
햇빛처럼 밝은 지혜를 얻습니다.
걸림 없는 내면의 자유와 참 행복을 누리게 됩니다.

우리는 모두 천사처럼
고귀하고 아름다운 존재들입니다.
세상의 어려움에 부대끼며
우리의 참나는
깊이 숨어 고요히 잠들었습니다.

우리 안에 잠자는 참나를 깨우면
우리 모두 천사처럼
찬란하게 빛나는 삶을 누리게 됩니다.

'참나'를 찾는 명상

1.
고요히 눈을 감고
잠시 자신이 누구인지 생각해보세요.

천사처럼 눈부시게 아름다운
자신의 참모습 '참나'를 떠올려보세요.

지금 이 순간 천사처럼
찬란한 존재가 되었다 생각하며 기뻐해보세요.

세상의 그 무엇도
자신을 괴롭힐 수 없다 생각하며
무한한 행복을 느껴보세요.

자신을 존귀하게 여기며
자신에게 큰 사랑을 보내주세요.

자신을 사랑하듯
가족, 이웃, 친구, 주변의 모든 존재를
존귀하게 여기며 큰 사랑을 보내주세요.

2.

고요히 눈을 감고
사랑하는 이들이 모두 천사처럼
고귀한 존재가 되도록 축복을 보내주세요.

사랑하는 이들이 모두 천사가 되어
자신에게 큰 사랑을 보내준다 생각하며
기뻐해보세요.

주변의 모든 존재가 사랑하는 이들처럼
고귀한 존재가 되도록 축복을 보내주세요.

주변의 모든 존재가 천사처럼
아름다워졌다 생각하며 기뻐해보세요.

주변의 모든 존재가 자신에게
큰 사랑과 축복을 보내준다 생각하며
행복에 젖어보세요.

모두 천사가 되었다고 실감하며
깊은 평화에 잠겨보세요.

갈라진 아스팔트의 틈도 이들에겐 소중한 공간이다.

브라보 마이 라이프!

가을이 깊이깊이 익어간다. 감나무는 잎을 거의 다 떨어뜨렸고, 갑사 주차장은 단풍을 구경하러 나온 사람들로 북적인다. 나뭇잎은, 자연은 죽어가면서도 아름답다. 이별을 서러워하지 않는다. 조용하고 의연하다. 내년에 또 생겨날 테니 죽어도 죽는 게 아니다.

그동안 뜨거운 태양 아래, 짓궂은 장맛비에 잘 견뎠어요. 고마워요, 안녕! 내년에 또 만나요~

변기를 고민하다 _

집 지을 지역의 군청 앞에 있는 설계사와 계약을 했다. 신고부터 준공까지 모든 서류 절차를 대행해줄 것이다. 시공자와도 1차 미팅을 했다. 설계사도, 시공자도 좋은 인연이 닿아 만난 사람들이다. 인상이 선하고 성실해 보인다. 이게 웬 복이람. 앞으로도 집을 짓는 동안 좋은 사람들을 계속 만나기를. ^^

시골에 살다 보니 농사를 지으려면 거름이 진짜 중요하다는 것을 알게 되었다. 대소변을 물에 흘려보내면 안 될 텐데…… 〈KBS 스페셜〉 '변기야, 지구를 부탁해' 편을 찾아보았다. 애써서 정수한 물이 4분의 1이나(!) 수세식 변기를 통해 소비된다고 한다. 도시에서 단수가 되면 사람들이 제일 급하게 찾는 것이 수세식 변기에 부을 물이라고 한다. 수세식 화장실은 인류 최고의 발명품이라는 찬사를 받지만, 최근에는 최악의 발명품이라는 소리도 듣는다.

수세식 변기의 오물을 여러 단계를 거쳐 정화해서 계속 재활용하는 곳도 있다지만, 앞서 가는 나라에서는 발효해서 퇴비로 만드는 퇴비 변기, 연소해서 재로 만드는 연소 변기 등을 개발하여 대소변의 재활용에 눈을 돌리고 있다. 그들의 창의성과 미래를 준비하는 마음 씀씀이에 박수를 보낸다.

찾아보니 적은 물과 거품을 이용하는 포세식 화장실, 물과 전기가 전혀 필요 없는 원심력 화장실도 있다. 예전 같으면 편리함이 최우선 관심 요소가 되었겠지만, 밭농사를 위해서라면 기꺼이 불편함을 감수하고 밖의 화장실을 애용할 수도 있다. 질 좋은 거름을 확보하기 위해서라도 대소변의 효과적인 처리 문제는 공동체 마을 사람들이 계속 궁리해야 할 부분이다.

지나온 세월을 생각해보다

이곳에 한의원을 개원한 지 얼마 안 되었을 때, 외지인으로 보이는 젊은 남자 환자가 내게 서울에서 살다가 이곳으로 내려온 것에 대한 소회를 물었다. 그의 질문에는 '대도시에서 밀려난 루저loser'에 대한 연민 같은 것이 묻어 있었다. 나는 웃으며 말했다.

"앞으로 다시 이곳을 떠나 공동체 마을에 들어가 살 거예요. 모든 것이 계획대로 차근차근 진행되고 있어요. 내가 전생부터 지금까지 크게 잘못하지 않고 살아온 거 같아요. 이렇게 복된 삶을 누리는 걸 보면 말이에요."

나는 20세기 중반, 남아 선호 사상이 극심하던 한국 땅에서 4녀 2남 중 귀하지 않은 막내딸로 태어났다. 내가 차별을 많이 경험하기도 했지만, 한국 땅에 사는 여자들이 대부분 2등 인간으로 취급당하던 시절이기에 간접적으로 겪는 차별에 대한 분노도 컸다.

영화나 드라마, 소설, 광고 속의 여자들은 모두 숨어서 울거나, 가족 뒷바라지에 허덕이거나, 남자에게 매달렸다. 어머니도 여자라서 더럽고 치사한 꼴을 많이 겪는다고, 다음 생엔 대장부로 태어나고 싶다고 하셨다. 나 역시 잘못된 세상에 조금씩 길들여지면서도 한편으로는 강한 의문이 생겼다. 도대체 왜 이렇게 살아야 하지?

1998년 호주제 폐지 운동을 시작하여 폐지되기까지 7, 8년 동안 나는 거의 미쳐 있었다. 아침에 눈떠서 잠들기까지, 아니 꿈속에서도 어떻게 하면 대중에게 보다 쉽게 호주제 폐지의 당위성을 설명할까, 남자에게만 씨가 있다고 생각하는 대중의 무지를 어떻게 효과적으로 깨뜨릴까, 양성 평등이 사회를 진화시키는 데 얼마나 중요한 요소인지 설득할 좋은 방법이 없을까 생각했다.

엄청나게 많은 글과 강연, 인터뷰를 통해 '권력을 가진 거짓말'과 싸웠다. 부산의 어느 기자는 강연하고 인터뷰가 끝나자, "입안에 겨자 덩이를 문 것처럼 기분이 얼얼하다"고 말했다. 보수적인 많은 남자들이

1955년 늦여름의 사진일 것이다. 어머니 아버지, 좋은 인연에 감사합니다.

자기가 받들던 가치와 상식이 가차 없이 깨질 때 비슷한 기분을 느꼈을 것이다. 더 나아가 극심한 불쾌감에 시달렸을 터.

그러나 세월이 흐른 뒤에 대중은 '어쩌면 그렇게 불합리한 제도와 문화가 지배하는 세상이 있었을까' 생각할 테고, 더 많은 세월이 흐르면 사람들은 남녀 차별로 가슴앓이하던 모든 기억을 잊을 것이다. 고려 시대에 망이, 망소이 같은 노비들이 채찍을 휘두르는 양반 사회에 저항하며 싸우다가 희생되고, 조선 시대에 동학 농민군 수천 명이 살을 에는 눈보라 속에 피눈물을 쏟으며 관군과 왜군에게 학살당한 것을 지금 우리가 기억하거나 마음 아파하지 않듯이……. 그래, 후대 사람들이 가부장제의 폐해에서 벗어나 웃으며 살 수 있다면 참 감사한 일이다.

이제 나를 위해, 또 다른 세상을 위해 _

그동안 세상의 부조리와 싸워왔으나, 이제 나 자신의 진화와 성장을 위해 애쓸 때가 되었다는 생각을 했다. 그리고 내가 경험한 것과 영혼의 성장을 이야기하는 많은 책, 명상을 통해 만난 메시지들이 하나로 꿰뚫어지는 순간을 맞았다.

아, 그래서 그렇게 되었구나! 아, 그래서 그렇게 해야 하는구나! 아, 내가 태어났을 때부터 지금까지 필요 없는 시간은 하나도 없었구나! 모든 시간이, 모든 경험이 의미 있었구나! 그래서 이렇게 공동체를 준

담쟁이 잎사귀도 이별을 준비하고 있다.

비하는구나! 아, 나는 그렇게 살도록 타고난 거구나! 브라보, 마이 라이프! 감사합니다!

공동체를 통해 어떤 세상이 펼쳐질지 아직 모른다. 다만 수행에 힘쓰는 명상 도반들끼리 살 것, 천사들의 마을이 되도록 힘쓸 것, 호연지기가 넘치는 헌걸차고 지혜로운 인물들을 키워낼 것, 사랑과 감사와 축복의 마음이 어우러지는 평화로운 세상을 만들 의지를 각자 가슴에 품고 살 것은 확실하다. 그래서 많은 사람들이 비슷한 마을을 꿈꾸고, 일구어 살면 좋겠다.

꿈을 꾼다고? 하하, 역사는 꿈을 꾸는 자들에 의해 나아간다고 하지 않던가. 브라보 아워 라이프 Bravo Our Life!

어쩌다가 공동체에 꽂혔느냐고?

서울에서 큰아들과 남편이 내려와 감을 따주었다. 내가 딸 수도 있지만 어릴 때 말고는 도시 밖 생활을 해보지 못한 큰아들에게 시골 맛을 느껴보라고 굳이 내려오라고 했다. 이런 추억이 나중에 녀석들을 전원생활로 이끌 수 있다면 감사한 일이다. 오랜 비 때문에 감이 훨씬 덜 달렸지만, 작년처럼 어머니를 위해 비축할 필요가 없으니 모두 깎아서 곶감을 만들기로 했다.

아침에 감을 따기 위해 타샤 아줌마네로 사다리를 빌리러 갔다가 뜰 안에서 양파 모종을 보고 얼른 양파 모종을 사왔다. 마늘이나 양파는 가을에 심어 내년 장마 전에 수확한다. 모종은 물을 충분히 주었다가 해가 질 무렵 밭에 옮겨 심는 게 좋단다. 아침에 심으면 바로 햇

감 껍질을 깎고 어설픈 솜씨로 비닐하우스 안에 매달았다.

볕을 쬐니 모종이 힘들고, 오후에 심고 물을 주면 밤사이에 뿌리가 안정적으로 자리 잡을 수 있다는 것이다. 옳거니!

내 운명 속의 공동체

호주제 폐지가 장년기 나의 과제였다면, 노년기의 과제는 공동체 일구기다. 어쩌다가 공동체에 꽂혔느냐고?

10년 전에 창간된 《녹색평론》은 종전 잡지들과 좀 달랐다. 사람과 사람, 사람과 자연 사이의 분열을 치유하고 공생적 문화가 유지될 수 있는 사회의 재건을 꿈꾸며, 생태의 관점에서 지속 가능한 미래의 대안을 찾는 잡지다. 《녹색평론》에 가끔 외국의 공동체와 관련된 글이 실렸다.

내가 초등학교에 입학한 해(1961년) 박정희는 군사 쿠데타로 정권을 잡았고, 중·고등학교를 졸업하고 대학에 다닐 때도 대통령 자리에 앉아 있었다. 통치 기간 18년 중 절반 가까이 계엄령, 위수령, 긴급조치를 발동해 억지로 유지된 군부독재.

박정희가 작사·작곡했다는 '새마을 노래'는 아침부터 저녁까지 사방에서 울려 퍼졌는데, 그가 건설하고자 하는 새 마을은 "초가집 없애고 마을 길 넓히고 소득 증대 힘쓰는 부자 마을"이었다. 새 집들은 동서남북 방향과 상관없이 모두 고속도로를 향해 지어졌다. "싸우면서 일하고 일하면서 싸워서 살기 좋은 새 조국을 만들자"고도 했다. 이어진 전두환, 노태우, 현재 이명박 정부까지 일관되게 떠받드는 가치다. 그들에게 중요한 것은 높이 올라가는 빌딩, 콘크리트댐, 사방팔방으로 뚫린 도로지 그 속에서 사는 사람과 사람, 사람과 자연의 상호 존중,

따스한 배려, 나눔, 사랑, 평화 따위가 아니었다.

《녹색평론》에 등장하는 공동체는 달랐다. 그들은 경쟁보다 협동과 사랑, 번쩍거림보다 소박함, 육체의 편안함과 쾌락보다 영혼의 진화를 소중히 여겼다. 어! 이게 진짜 행복하게, 사람답게 사는 거잖아.

오로빌 공동체를 둘러보다

2008년 설 연휴, 맏며느리인 나는 20년 넘게 차려온 차례상을 팽개치고 혼자 인도의 오로빌로 향했다. 오로빌은 40년 역사를 자랑하는 공동체 도시. 대체 공동체를 어떻게 꾸려 살고 있나?

- 국적을 묻지 않는다. 현재 40개국에서 온 주민 2000여 명이 살고 있다.
- 종교를 믿을 수 있으나 전파할 수는 없고, 종교 기관을 세울 수 없다.
- 대표가 없다.
- 혈통, 가문, 대 잇기는 의미 없는 것이므로 성姓을 쓰지 않는다. 즉 가부장제가 없다.
- 돈이 없다. 일한 것은 통장에 기록되고 필요할 때 통장에서 빠져나간다.
- 풍력·태양열 에너지를 이용한다.
- 땅을 사서 오로빌 재단에 기부하고 사용 허가를 얻어 집을 짓는다. 평생 그곳에서 살 수 있으나, 그 집을 사적으로 판매하지는 못한다. 일정 기간 거주하다가 면접을 통해 거주자로 인정받는다.
- '종의 재탄생'을 기원하는 유네스코에서 재정 지원 등 관심과 지지를 받는다.
- 학교에서는 경쟁 교육을 하지 않는다.

• 세상에서 갈등과 대립의 원인이 되는 것들은 애초에 발붙이지 못하게 한다.

• 일주일에 한 번꼴로 수준 높은 연주회 등 문화 행사가 열린다.

• 노동을 통해, 의식을 진보시키며 새로운 인간으로 진화하기 위해 노력하고, 신성에 가까워짐으로써 진정한 자유를 획득하기 위해 노력해야 한다.

• 하루 5시간 정도 노동이 끝나면 오로빌의 성소인 마트리만디르에서 명상하고, 아침에도 명상으로 하루를 연다.

• 바깥 사회로 나가는 것은 언제나 자유다.

40년 역사를 자랑하는 오로빌에 다녀온 뒤 나는 낙심했다. 대체 한국 땅에서 누가 나와 함께 이런 일을 할 수 있단 말인가. 공동체의 수명이 보통 15년이라는 소리도 들렸다. 살다 보면 이런저런 이유로 찌그럭찌그럭 마찰이 일어난다는 것이다. 아름다운 공동체를 만들어 사는 건 꿈도 꾸지 말아야 할까?

반년 뒤인 그해 8월, 지인의 소개로 갑사 동네에서 열리는 명상 모임에 참여했다. 그리고 그곳에서 만나야 할 사람들을 만났다. 천사처럼 자신을 갈고 닦아서, 그런 사람들과 함께 공동체를 만들 과제를 운명처럼 여기는 사람들을!

오로빌의 나무, 공동체 마을의 마음 씀씀이는 이렇다.

유토피아를 꿈꾸게 하신 리영희 선생님

단풍이 절정이던 지난 주말에는 집을 몇백 미터 앞에 두고 길옆에 주차하고 집에 들어가야 할 정도로 도로가 꽉 막혔다. 몇 시간 보자고 전국의 사람들이 찾아오는 곳에서 24시간을 산다는 건 얼마나 감사한 일인가. ^^

목조 주택을 짓는 건 좋은 인연으로 알게 된 밴쿠버 목수님의 도움으로 한결 진도가 빨라지고 있다. 준비한 돈이 넉넉지 않은데 밴쿠버 목수님이 캐나다에서 목재를 직접 들여오면 훨씬 싼값에 살 수 있고, 관세만 물면 된다니 이보다 좋을 순 없다. 마침 일이 생겨 내년 봄에 한국에 올 예정이란다. 그분이 편하게 일을 보면서 공사도 할 수 있으면 그분을 위해서나 나를 위해서

가을엔 단풍이 꽃이다.

나 반갑기 짝이 없는 일이다. 내 뒤에 집을 짓는 도반들을 위해서도 좋은 길이 열린 셈이다. 에헤라 디여~

리영희 선생님과 유토피아 _

선주스쿨(〈한겨레〉 논설위원을 지낸 김선주 님 회갑을 맞아 후배들이 만들어 선물한 사이트) 선배들의 주선으로 리영희 선생님 부부와 1박 2일 동안 놀기도 하고, 함께 김성녀의 모노드라마 〈벽속의 요정〉을 보기도 했다. 선생님은 우리 '오빠부대'와 함께하실 때마다 이렇게 즐거운 적이 없었다며 좋아하셨다. 아내 윤영자의 발을 마사지해본 것도 처음이고, 연극을 감동적으로 즐긴 것도 처음이라고 하셨다. 연극이 끝난 뒤에는 뒤편의 숲으로 자리를 옮겨 우리가 마련한 작은 학예회, 오락회도 즐기셨다.

2008년 추석, 리영희 선생님이 추석을 맞아 여기저기 안부 전화를 하고 있다며 내게 전화를 주셨다. 뭐 재미있는 일 없느냐고……. 나는 설 연휴에 오로빌 공동체에 다녀온 것, 늦여름에 공동체를 과제의 하나로 여기는 명상 모임을 만난 것 등을 말씀드렸다. 선생님은 이것저것 꼬치꼬치 물으셨다. 전화 통화는 40분 남짓 이어졌는데, "오늘 참 좋은 이야기를 들었다"고 흡족해하셨다.

선생님은 토머스 모어가 500년 전에 쓴 《유토피아》를 꼭 다시 정독해볼 것을 여러 차례 권하셨다. 다들 그것이 허구이며 공상 사회라고 하지만, 그렇게 넘길 것이 아니라는 말씀이다. 다음 날 팩스로 《유토피아》에 끼워두신 거라며 《가디언 위클리》 기사를 보내주셨다.

《Utopia Fact of Fiction》 by Larainne Stobbart. 《가디언 위클리》
의 편집자 리처드 가트는 로레인이라는 여자가 쓴 책에 대해 유토피아
가 허구의 사회가 아니라는 견해를 소개하고 있었다. 로레인은 남편을
따라 멕시코에 살게 되었는데, 우연히 멕시코에 있던 유카탄반도의 마
야문명이 유토피아와 같은 문명이라는 것을 알았다. 그래서 도서관에
서 뒤져가며 사실을 밝히고 이 책을 썼다는 것이다.

그동안 세상은 유토피아가 실재한 사회라는 걸 왜 극구 부인하려고
했을까? 스페인의 정복자 에르난 코르테스는 1519년 멕시코로 쳐들어
가 마야·아즈텍 문명을 파괴하며 엄청난 금을 약탈하고 가톨릭을 전
파했는데, 그것은 토머스 모어가 《유토피아》를 발표하고 3년 뒤의 일
이다.

공동체 연합, 유토피아 _

한 달 뒤인 10월 18일, 대학로 민들레영토에서 리영희 선생님 부부
를 모시고 《유토피아》 강독회'를 열었다. 참석자는 주부, 학생, 종교개
혁가, 언론인, 공동체 마을 대표, 여성학자, 소설가 등 다양했다.

대학 시절 과제를 위해 《유토피아》를 읽어본 적이 있지만, 다시 보니
놀랍게도 유토피아는 공동체 연합이었다. 모어는 유토피아를 사유재
산이 없으면서 필요한 만큼 노동하는 나라, 천하게 여겨 욕심을 부추
기지 못하도록 금으로 죄수들의 족쇄를 만드는 나라, 도시와 농촌 사
람들이 2년에 한 번씩 교류하며 집을 바꿔 사는 나라, 윤리적으로 엄격
하면서도 지극한 쾌락을 추구하는 나라로 묘사한다. 500년이 지난 현
재까지 유토피아가 이상적 사회의 상징으로 여겨지는 것은 지배하거

나 지배당하지 않으며, 더불어 행복한 세상을 만들어가는 창의적인 삶을 보여주기 때문일 것이다.

"자본주의에 매몰되어 경쟁으로 치닫는 현대는 멈춤이나 공생, 옆을 돌아보는 여유가 없다. 이런 때일수록 시대를 지혜롭게 넘어설 '유토피아적 상상력'과 '발상의 전환'

유토피아는 54개 공동체가 연합한 것이라는 사실에 나는 새삼 놀랐다. 사진 이명옥

이 필요하다. 삶을 길게 보고 자신을 성숙시키면서 시대의 한계를 넘어서라!"

"이렇게 천박한 자본주의가 100년을 넘길 수 있겠는가. 지혜로운 대중은 새로운 대안을 찾아 나설 것이다."

리영희 선생님은 2010년 12월 우리 곁을 떠나셨다. 떠나시기 몇 달 전인 6월, 우리는 아드님 자택의 잔디밭에서 '마지막 학예회'를 열었다. 선생님은 며칠 전부터 이 시간을 기다리셨다고 했다. 복수 때문에 힘들어하실 선생님을 생각해서 한 시간만 진행할 생각이었지만, 선생님이 무척 흥거워하셔서 학예회는 해가 저물 때까지 진행되었다.

"병석에 누워 오랫동안 여러 번 묻고 또 물었어요. 내가 정말 바르게 살아왔나, 나의 인생은 과연 무엇이었나, 게으르거나 잘못한 일은 없었나. 그런데 좀체 해답이 나오지 않았어요. 오늘 여러분을 보고 비로소 생각해요. 그다지 잘못 산 것은 아니구나 하고 말이지요."

꽃 중의 꽃, 리영희 꽃. 삼천만의 가슴에 피었네, 피었네, 영원히 피었네.
사진 이바닥

배운 지 한 달 된 해금 솜씨로 부끄럼도 없이 '우리의 소원' '섬집 아기'를 켰다. 사진 이바닥

선생님의 눈가에 이슬이 맺혔다.

선생님, 우리의 사랑을 넘치도록 받아도 부족한 선생님, 탁한 세상의 바람을 온몸으로 막아내고자 고초를 마다하지 않은 선생님! 선생님이 말씀하신 천박한 자본주의를 뛰어넘는 새로운 세상, 다른 이들의 행복이 내 행복이 되는 세상, 약삭빠르게 계산하지 않고 더불어 살아가며 사랑을 나누는 세상, 만물에 감사와 축복을 보내는 세상…… 우리가 발을 내디딜게요, 꼬옥.

공동체 성공하려면? 뒷말하지 마라!

산에는 찔레며 이름 모를 풀, 나무들의 씨앗과 열매가 영글어가느라 조용히 분주하다. 자연이 우리에게 익숙한 대로 이렇게 고요히 변해갔으면…….

타샤 아줌마는 벌써 김장을 끝냈다는데, 나는 마땅히 보관할 곳도 없고 날씨도 따듯해서 아직 김장은 계획하지 않고 있다. 닭장 문을 열어주면 닭들이 쪼르르 달려 내려와 배추밭으로 들어간다. 양계장의 닭들이야 무공해 배추를 생전 맛이나 볼 수 있을까. 너희는 참 복 많은 닭들이로다. 배추는 속속들이 파 먹히면서도 한 달이 지나니 다시

한 달 전 초토화된 배추. 완전히 망가진 줄 알았는데, 부지런히 재생산하여 이렇게 되었다.

속에서 새 잎사귀를 키워냈다. 참으로 장한 배추들이다. 참으로 감사
한 생명력이로구나.

　주위에서 공동체 계획을 듣고 함께 참여하기를 희망하는 분들이 있
다. 남보다 많이 가지라고 부추기는 사회, 남보다 높이 올라가야 한다
고 믿는 사람들의 세상을 떠나 더불어 아름답게 살기를 희망하는 분들
은 물론, 노후를 혼자 보내야 한다는 불안에 고민하는 분들에게 공동
체는 좋은 해법이 될 수 있다.
　그러나 공동체의 평균수명이 15년이라는 이야기가 있는 걸 보면 깨
지기도 무척 쉬운 모양이다. 서로 완전히 신뢰하고 존중하는 관계가
지속될 거라는 확신이 드는 사람들과 함께하는 것이 중요하다는 말도
이 때문에 나왔을 것이다. 아름다운 공동체가 지속적으로 진화하려면
무엇이 필요할까?
　영국의 유명한 다벨 브루더호프 공동체의 가장 중요한 철칙은 "어떤
이로 인해 불평이 생기면 절대로 뒷말하지 말고 직접 본인에게 이야기
하라"는 것이라고 한다. 이 말을 "뒷말로 친해진 천박한 공동체, 뒷말
로 천박하게 파토 나리라"고 달리 표현한 사람도 있다. 뒷말은 누군가
를 소외하고 왕따로 만든다. 진지한 인격과 인격의 만남을 방해하고,
진정 어린 이해와 소통을 방해한다.
　명령하고 통제하는 것에 익숙한 사람과도 공동체를 함께하기 어렵
다. 짐작하고, 유추하고, 왜곡해서 해석하고, 판단하고, 결정을 내리는
태도 역시 위험하다. 우리는 부단히 자신을 맑고 밝게 갈고 닦아야 할
것이다.

수년 전 한국에 온 텐진 팔모 스님(영국 태생 티베트 승려)과 함께하는 명상 프로그램에 참여한 적이 있다.

숲 속으로 아침 묵언 명상 산책을 나서며 스님은 참가자들에게 당부했다. 마음의 거장 maestro of mind이 되려면 판단하지 말고 단지 의식하라고. 나무가 보이면 나무라고 의식하고 꽃을 보면 꽃이라고 의식하되, '아, 아름다운 꽃이다'라고 생각하는 것은 괜찮지만 '아, 왜 내가 아름다운 꽃이라고 의식과 수행의 범위를 넘어섰지?'라고 꼬리를 무는 생각은 하지 말라는 것이다. 새소리가 들리면 들리는 것을 의식할 뿐 '왜 저렇게 슬프게 들리지?'라고 판단하지 마라. 낙엽이 떨어지면 떨어진다는 것을 의식할 뿐 '아, 올해도 속절없이 지나가는구나'라고 생각을 이어가지 말라는 것이다.

의식하되 판단하지 말라는 말이 처음에는 이해되지 않았으나, 숲길 산책 이후 살면서 수시로 나를 다잡는 지침이 되었다. 오호라, 사람들이 부대끼는 많은 이유가 바로 이것, 쓸데없는 판단과 해석, 유추 때문이로구나.

"우리 마음속에는 탐貪(욕심), 진嗔(분노), 치癡(어리석음)가 있어 '대단한 나'로 생각하고 주변에서도 그렇게 인정받고 싶어하는 욕구가 있다. 거기에 더하여 현대사회는 광고를 통해 자연적 욕망을 뛰어넘는 인위적 욕망, 헛된 욕구(더 많은 옷, 음식……)를 부추겨 욕망이라는 불에 기름을 붓는다. 그러나 탐, 진, 치를 씻어 내리고 우리 마음을 사랑, 지혜, 이해로 채우면 평화로워져서 주변에도 평화를 나눌 수 있다.

우리의 마음은 유리잔의 흙탕물과 같다. 고요히 두면 먼지와 흙이

가라앉아 맑은 물이 되지만, 끊임없이 흔들면 탐, 진, 치가 가득한 흙탕물이 되어 결국 세계가 시끄러워진다. 세계가 시끄러운 것은 그런 인간들 때문이지 사자나 코끼리, 호랑이 때문이 아니다.

명상으로 마음속 쓰레기(탐, 진, 치)를 정화하라. 집착을 버리고 깨어 있어라. 호흡이 진정되면 마음도 진정되는데, 마음은 자비롭고 친절한 상태로 두어라. 혹 부정적인 정서가 일어나면 놀라거나 싸우지 말고 인정한 뒤 버려라.

질투와 분노 같은 부정적 감정이 일어나는 것은 당연하다. 문제가 되지 않는다. 그러나 그것에 먹이를 주어 키우는 것은 문제다. 그러므로 마음을 들여다보고 지켜볼 수 있게 깨어 있어라. 여유롭고, 느긋하고, 자비롭게."

그렇다. 탐, 진, 치를 던져두고 고요한 마음에 자비만 담으면, 내 안에 귀한 신성이 들어 있음을 감사히 여기고 이웃과 세상 만물에도 귀한 신성이 들어 있음을 의식하면, 무한한 자유와 평화와 사랑이라는 하늘의 속성이 우리 안에 있음을 알고 언제 어디에서나 끄떡없다는 호연지기로 태산처럼 휘둘리지 않는 존재로 산다면 그것이 인류가 꿈꿔 온 최고의 삶이 아니겠는가.

아름다운 공동체를 이루는 일이 쉽지는 않을 것이다. 그러나 한술에 배부르랴. 바람에 흔들리지 않고 피는 꽃이 어디 있으랴. 뚜벅뚜벅, 가고 싶은 곳을 향하여 기쁘게 걸음을 옮길 뿐이다.

대추 한 알

장석주

저게 저절로 붉어질 리는 없다
저 안에 태풍 몇 개
저 안에 천둥 몇 개
저 안에 벼락 몇 개

저게 저 혼자 둥글어질 리는 없다
저 안에 무서리 내리는 몇 밤
저 안에 땡볕 두어 달
저 안에 초승달 몇 날

대추 한 알에 태풍, 천둥, 벼락이 들어 있다.

캔디와 이별을 준비하다

기온이 영하로 떨어진다기에 어제 부랴부랴 배추를 절이고 오늘 김장을 했다. 100포기를 심었지만 닭들과 나눠 먹다 보니 밭에서 거둔 배추는 20여 포기. 그나마 닭들을 위해 겉은 남겨두고 속만 거두었더니 결과물은 김치통 네 개다. 그래도 생전 처음 내가 기른 배추로 김장을 하다니 신기하기 짝이 없다. ^^

하루를 꼬박 절인 배추.

밭이 꽁꽁 얼어붙은 겨울에도 우리가 먹을 수 있는 채소 반찬이 있다는 건 얼마나 감사한 일인가.

한 동네에 사는 도반과 함께 배추를 씻고 양념해서 배추에 소를 넣었다. 여름에 심은 쪽파, 이웃에게 얻은 무와 갓, 집에 있는 고춧가루와 액젓, 마늘, 양파를 넣었더니 점심에 짜장면을 주문해 먹은 것 외에는 들어간 돈이 없다. 친구와 두 통씩 나누어도 내년 여름까지 먹을 수 있을 것이다.

가장 홀가분한 일은 이제 아침부터 닭장 문을 열어도 된다는 것이다. 아비와 아들은 밖에 나와서도 쫓고 쫓기며 어리석은 짓을 하지만, 좁은 닭장 안에서는 모두 치명적인 스트레스를 받았을 것이다. 올 4월에 태어난 줄리엣은 추위가 다가오는 이때 겁도 없이 알을 품고 있다. 새알처럼 작은 알 한 개지만, 며칠 방해해도 결심이 태산 같으니 놔둘 수밖에. 올해 태어난 녀석이 또 다른 생명을 탄생시키는 모습을 보는 것도 경이로운 일이 아닌가.

천수를 다한 것 같다고……

캔디가 시원찮다. 사료를 한 톨도 먹지 않은 것이 보름은 되었나 보다. 미칠 듯이 좋아하던 빵도, 고구마도, 사과도 먹지 않는다. 오늘은 제일 좋아하는 떠먹는 요구르트도 모른 척하고 물만 먹는다. 수의사는 캔디가 천수를 다한 것 같다고 했다. 배에 만져지는 작은 혹들은 암종이 아닐까 싶단다. 하루아침에 깨끗이 떠나는 경우도 있다는데, 뼈만 앙상해지는 캔디가 안쓰럽다.

어릴 때 잘 울지 않는 나를 울리려고 짓궂은 사내아이들이 강아지를 들이대곤 했다. 털 밑에서 꿈틀대는 뜨듯한 감촉이 싫었다. 나이가 들어서도 마찬가지. 초등학교에 다니던 둘째 녀석이 앉아 있는 내게 슬

며시 다가와 엄마의 어깨나 등에 고추를 비비면 기분이 좋아진다고 걱정스러운 발언을 하던 14년 전, 강아지가 우리 집에 왔다. 그리고 둘째의 이상한 버릇은 삽시간에 사라졌다. 우와~ 고마워 강아지야! 외로워도 슬퍼도 너는 안 울 거지? 울지 마라, 캔디! 그래서 녀석의 이름은 캔디가 되었다.

캔디가 오고 나서 우리 가족의 인품 서열이 일거에 드러났다. 캔디가 좋아하는 순서가 인품 순서였다. 캔디는 둘째 오빠를 제일 좋아했다. 그다음 첫째 오빠, 남편, 내가 마지막이다. 둘째는 사료 외에 주지 말라는 수의사의 주의 사항을 무시하고, 뭐든지 제가 먹던 것을 나눠주었다. 내가 수돗물을 주면 말없이 생수로 바꿔주었다. 겨울에 휴가 나왔을 때는 거처를 옮기면 침대에 오줌을 쌀 수도 있으니 방에 데리고 들어가지 말라고 했더니, 캔디가 함께 있고 싶어 끙끙댄다며 추운 단독주택 거실에서 캔디와 함께 잤다. 나는 캔디 덕분에 '인정머리'가 부족한 사람이었음을 제대로 알았다. 맞다. 캔디, 네 평가는 정확하구나.

요즘 나는 거실에서 캔디와 함께 잔다 _

아이들이 커가고 식구들이 밖에서 보내는 시간이 많아지니 캔디의 활동량도 많이 줄었다. 하루 종일 아무도 없는 집에서 코를 박고 잘 뿐. 그나마 나를 따라 이곳에 내려와서 아침저녁 산책길에 소도 보고, 산도 보고, 들꽃과 붉게 물드는 저녁 하늘도 보았다. 산책하며 떨어진 홍시를 기쁘게 주워 먹던 게 불과 한두 달 전의 일인데……. 캔디는 지금 자기 앞에 닥친 일이 무엇인지 알까?

마지막 가는 길이라도 챙겨주고 싶어 요즘 나는 거실에서 캔디와 함께 잔다. 내가 살갑게 대해주지 않았는데도 이불 밑으로 기어들어 내 팔을 베고 자며 혀로 손등을 핥는다. 기력이 완전히 고갈되는 와중에도 너는 내게 사랑을 나눠주는구나. 이토록 사랑이 많은 녀석이었구나. 고맙고 또 고맙다.

치매도 나타날 수 있다더니 녀석은 발걸음 옮길 때마다 여기저기 오줌 방울을 떨어뜨린다. 묶어놓으면 관리(ㅠ.ㅠ)가 편하겠지만, 그동안 잠깐씩이라도 묶어둔 줄이 너에게 얼마나 폭력적인 것이었겠느냐. 그게 얼마나 미안한 일인지 이즈음에야 사무친다. 미안하다, 정말 미안해.

숨이 꺼져가는 생명에게 내가 해줄 수 있는 건 "그래, 이 정도면 나쁘지 않게 산 거야. 다음 생엔 더 행복하게 살려무나. 그동안 함께 있어주어 고맙다"는 말 정도다. 캔디야, 제발 가는 길에 고통이 많지 않았으면 좋겠다. 내가 옆에 있을 때 자는 듯이 떠나렴. 함께 있어주어 정말 고맙다. 사랑해.

캔디야, 좋은 인연에 감사한다. 행복한 추억만 안고 떠났으면 좋겠구나.

나는 태산이다

명상 캠프, 건강 캠프에 쓰라고 제주도 도반이 보낸 저농약 밀감으로 효소를 담그기로 했다. 씻은 밀감을 통째로 담고 설탕을 켜켜이 넣는 것이 좋다니 이번에는 그렇게 해봐야지. 밀감을 통째로 넣으면 잘라서 넣는 것보다 효소가 훨씬 맑고, 나중에 쪼그라든 밀감을 건져 잼을 만들면 그것이 밀감 마멀레이드가 된단다.

무가 싸다기에 타샤 아줌마의 조언에 따라 무장아찌도 만들었다. 정미소에서 쌀겨를 사다가 물을 약간 넣어 촉촉하게 한 뒤 소금을 넣고 무와 버무린다. 아주 짜게 해서 밀봉했다가 해를 넘겨 여름쯤에 꺼내면 그 맛이 일품이란다. 오늘 추가로 무장아찌를 담그면서 쌀겨에 고추씨도 섞었다. 구수한 쌀겨에 칼칼하고 개운한 맛이 첨가되면 더 좋을 것이다. 서울에서 오랫동안 수동적이고 무기력한 소비자로 살다가 (비록 극히 작은 부분의 자급자족을 위한 것이지만) 이렇게 생산자와 제조자의 경험을 하는 것은 얼마나 신나는 일인가.

요즘 우리 도반들에게 초·중·고등학교에서 명상 수업 지도 요청이 부쩍 늘었다. 보육 교사를 위한 스트레스 해소 명상 강의 요청도 있다. 어린이, 청소년 할 것 없이 자연에서 뛰어노는 시간이 많으면 앞에서 이끄는 선생님도 힘이 덜 들 텐데…… 명상을 통해서라도 학생, 교사 모두 휴식을 취하며 영혼의 성장을 꾀할 수 있다는 건 감사한 일이다.

이곳에서 내가 그동안 배운 명상을 굳이 종류별로 이름을 붙여보면 '참나명상' '참너명상' '천사명상' '감사명상' '축복명상' '호연지기 명상' '몸사랑명상' '이완명상' 등으로 표현할 수 있을 것이다. 모두 최상의 마음과 정신, 생명력을 길러 고귀한 존재로 더불어 행복하게 사는 마음을 기르기 위한 것이다. 고요히 쉬면서 더 맑고 밝고 또렷하게 깨어 있는 상태가 되는 것, 오염된 현실에 뿌리박고도 아름답고 지혜롭고 품격 있게 사는 것이 궁극적 목표다.

소리에 놀라지 않는 사자처럼, 그물에 걸리지 않는 바람처럼, 진흙에 더럽히지 않는 연꽃처럼 혼탁한 인간 드라마에 휘둘리지 않고 의연하게 살 수 있다는 건 얼마나 근사한 일인가.

오래된 두통 때문에 한의원에서 꾸준히 치료를 받는 노총각에게 8년 전 어떤 상황에서 두통이 시작되었느냐고 물었다. 당시 직장을 구할 수 없는 상태에서 굉장한 스트레스를 받았단다. 대상포진이 생길 정도로 면역력도 현저히 떨어졌다. 지인의 장례식장에서 담배를 피우는 순간, 혈관이 막히는 느낌이 들고 정신이 멍하더니 심한 두통이 생기더란다. 그렇게 시작된 두통은 시간이 흘러도 좀체 가시지 않았다.

여러 대학 병원에서 정밀 검사를 받아보았지만 특별한 이상은 발견

되지 않았다. 처방 받은 항우울제와 뇌경색 치료제 등을 장기간 복용했는데, 집중이 안 되고 정신이 멍해지더니 결국 환각 상태까지 생겨 복용을 중단했다. 극심한 통증 때문에 머리를 들기도 힘들었다고 한다. 힘들게 직장을 구했지만 컴퓨터를 들여다보기도 힘들 만큼 두통이 심했다. 동료들은 이래저래 힘들게 하고, 나이는 들어가고…….

선본 아가씨들은 결혼한 뒤에도 친정을 먹여 살려야 한다거나, 힘들어서 직장을 그만두고 싶다거나, 아이는 낳지 않겠다고 하더란다. 서비스가 불만스럽다고 종업원을 혼내는 모습을 보니 살다가 쉽게 이혼할 수도 있겠다는 불안감에 관계를 지속할 수 없었다. 어영부영 마흔이 되었다. 아파트도 장만했고 곧 진급할 예정이지만, 몸이 신통찮고 마땅한 배우자도 구할 수 없으니 스트레스만 늘어간다.

호연지기명상 _

스트레스는 교감신경을 예민하게 하고 면역력을 떨어뜨린다. 혈액 속의 과립백혈구와 활성산소가 증가하면 암 같은 질병도 발생할 수 있다. 단기적인 스트레스는 일시적으로 심장박동을 늘리고 혈압과 근육의 긴장성을 높여, 위와 장의 운동이 감소하고 혈당이 증가한다. 장기적인 스트레스는 면역 활동을 억압하고 콜레스테롤을 증가시켜, 고혈압을 초래하고 두통을 악화한다. 소화력을 떨어뜨리며 뼈의 칼슘을 줄인다.

뉴욕 의대의 수잔 코바사에 따르면 스트레스에 약한 사람이 질병에 걸릴 확률은 93퍼센트로 소외감, 무력감, 적개심으로 고통 받는다. 반대로 스트레스에 강한 사람이 질병에 걸릴 확률은 8퍼센트 이내로 헌

나는 큰 산이다!

신성, 도전성, 통제력이 뛰어나다. 그러니 닥치고 '스강'(스트레스에 강한 사람)이 될 일이다!

그에게 호연지기명상을 권했다.

당신은 완전한 사람입니다. 당신은 아주 귀한 사람입니다. 당신은 태산같이 큰 사람입니다. 나 자신뿐만 아니라 세상 만물이 그렇게 귀한 존재입니다. 당신이 못마땅하게 여기는 사람 속에도 아주 작지만 신성(아기 부처, 아기 예수)이 있으니, 그것이 커지기를 빌어주세요.

그가 진료실을 나설 때는 "자, 이제 태산이 나가십니다"라고 말하며 배웅해주었다. 초기에는 긴장, 초조, 불안한 낯빛으로 못마땅한 상황에 대한 이야기를 풀어놓던 그가 이제는 항상 웃는 낯이다. 두통도 거의 사라지고, 아주 특별한 경우 한쪽 귀 옆이 살짝 아픈 정도라고 한다.

"참 이상해요. 전에는 볼링 하면서 점수가 안 나오면 초조하고 긴장되고 불쾌했거든요. 며칠 전에 볼링장에 갔는데 점수가 나빠도 그런 생각이 전혀 들지 않더라고요. 잠도 잘 자고, 이제 직장에서 사람들이 나를 귀찮게 하거나 불편하게 하지 않아요. 거참 이상하지요?"

자기가 태산 같은 존재라고 생각하는 순간, 작은 풀잎이나 곤충도 하늘의 기운을 받아 위대한 존재가 되는 상상을 하는 순간, 그들 안에 있는 위대한 신성을 인식하고 감동하는 순간, 그는 휘둘리지 않는 존재가 된다. 상처 받지 않는 존재가 된다. 상처 주지 않는 존재가 된다. 문제가 생기면 제대로 풀 수 있는 지혜가 열린다.

이것은 최면의 힘이 아니다. 마약 같은 일시적인 자극이 아니다. 신이 우리에게 끊임없이 일러주신 지혜다. 태산에 의지하지 말고 네가 태산이 되어라! 신에게 빌지 말고 네가 신이 되어라!

대한민국 최고 부부의 삶을 보았다!

거의 2주 가까이 물만 먹던 캔디는 이틀 밤을 고통스러워하다가 떠났다. 봄에 떠나신 어머니에 이어 오래 투병하다가 가을에 떠난 도반, 그리고 캔디…… 올 들어 세 번째 가까이에서 겪는 죽음이다. 그중에도 캔디의 죽음이 가장 허망하게 여겨진 이유는 천수를 다했다 해도 캔디가 참으로 답답하고 외롭게 살았을 거라는 생각이 들었기 때문이다.

눈시울이 빨개진 남편이 다른 짐승이 건드리면 안 된다고 깊게 파놓고 간 구덩이에 캔디를 묻었다.

가장 하고 싶은 일, 가장 보고 싶은 것, 가장 답답한 것, 가장 불편한 것들이 있었겠지만 나는 캔디와 소통하지 못했다. 환경이 서울보다 조금 나았으리라는 건 나에게 위안이 되었지만, 캔디도 정말 좋아했을까. 별로 상대해주지 않는 무심한 아줌마하고 사는 것이 캔디에게 행복하지만은 않았을 것이다. 해준 게 없으니 미안하다는 말밖에 할 말이 없다.

눈물이 흐른다. 그러다가 문득 깨닫는다. 내가 행복하기 위해서라도 쉼 없이 모든 존재에게 사랑과 감사와 축복을 나눠야 한다고.

죽기 전 고통이 심한 것은 그 고통을 기억해 다시 태어나지 않기 위해서라고 한다. 그래, 너는 바람이 되고 눈송이가 되고 햇살이 되어라. 다시는 줄에 매이는 신세가 되지 말아라!

내 잘못이라고 자책하는 할머니 _

허리가 자꾸 굽는다고 침을 맞으러 오시는 할머니가 있다. 할머니 연세에 보기 드문 '조신형'이다. 말씀도 조심조심, 행동도 조심조심, 눈빛도 조심조심. 늘 웃기는 하지만 움츠러드는 웃음이다. 심성이 무척 고우신 건 알겠는데, 저렇게 살다가 막을 내릴 일은 아니다. 나는 슬슬 옆구리를 긁었다.

"할머니, 할아버지가 좀 엄하시지요?"

"뭐, 다 내 잘못이지요……."

말끝을 흐린다. 고등학교를 졸업한 할아버지는 풍채도 좋단다. 할머니는 그냥 조금만 배웠다고 하신다. 시집과 남편에게 치이면서도 항상 자기가 못나서 다른 사람을 불편하게 한다는 죄책감과 열등감에 사로잡혀 사신 모양이다. 그래도 이제는 많이 나아져 동네 외출도 자유로워졌다고 한다. 예전엔 못 했지만 가끔 큰 소리로 '말대꾸'도 하신단다. 전과 달리 큰소리를 친다고 해서 상황이 나아졌다고 볼 수 있을까.

KBS-1TV 〈인간극장〉 '백발의 연인' 편은 대한민국 최고 부부의 삶을 보여주었다. 강원도 횡성 오두막에 사시는 94세 조병만 할아버지와 87세 강계열 할머니. 73년을 함께 살아왔고, 어딜 가나 손을 잡고 다니는 부부다. (못 보신 분은 꼭 보시길!)

"나, 화장실에서 일 볼 동안 밖에서 노래 부르고 있어요."
할머니 부탁대로 화장실 옆에서 전등을 들고 노래 부르는 할아버지.

KBS-1TV 〈인간극장〉 캡처

산에 나무하러 갈 때도, 시장을 보러 갈 때도, 여행할 때도, 빨래할 때도, 아궁이에 불을 지필 때도, 무 밭에서 무를 뽑을 때도 함께 다닌다. 할머니는 수시로 음식이 간이 맞는지, 맛이 있는지 물어보고, 할아버지는 수시로 사랑한다, 고맙다 고백한다. 죽어서도 함께 살자는 부부, 다시 태어나도 상대의 배우자가 되겠다는 부부. 세상에…… 이렇게 예쁘게 해로할 수도 있구나.

어떻게 저 할머니에게는 조금도 그늘이 없는가? 어떻게 저 할아버지에게는 조금도 권위 의식이 보이지 않는가?

할아버지는 10대 소년일 때 일자무식, 천애 고아로 딸 부잣집에 들어가 머슴을 살았다. 5년 뒤 그 집 맏딸을 신부로 얻었다. 오호라, 애당초 할머니에겐 '시집살이'가 없었구나. 그래서 할아버지는 새로 생긴 가족이 소중했구나. 해와 해바라기처럼 상대를 보면 그저 반갑고 감사하고 고마웠구나. 그러면 그렇지. 가부장제의 굴레에서 벗어난 부부였기에 저 모든 것이 가능했겠구나.

우리 어머니를 비롯해서 대한민국 여성이 겪는 불행은 대부분 '시집' 가면서 시작되었다. '백발의 연인'처럼 주변의 간섭과 요구에서 해방된 부부가 '결혼'한다면 가능할 수도 있는 일을 '시집'으로 들어온 며느리와, 아내를 '지배'해서 가부장의 면모를 보여야 사내다운 존재를 증명할 수 있는 아들은 이룰 수 없었다. 아내는 새로운 가정의 주인공이 된 한 사람이 아니라 남자 가문에 편입된 '졸개'로 끊임없이 복종과 섬김의 의무를 다해야 했고, 남편은 유능한 '관리자'가 되어야 했다. 그러니 어떻게 남편이 곱게 보일 수 있었겠는가. 어떻게 아내를 곱게 볼 수 있었겠는가.

눌려 살다가 큰소리치는 게 관계의 진화는 아니다 _

한의원에 오시는 그 할머니는 이제는 가끔 큰소리도 친다고 하시지만, 그건 관계의 진화라고 할 수 없다. 어떻게 사는 것이 인생 후반을 제대로 마무리하는 것인가. 어떻게 해야 얼마 남지 않은 기간이라도 바람직한 부부 관계로 살다 갈 수 있을까.

"할머니, 앞으로는 '내가 잘못해서'라는 말은 절대 하지 마세요. 할

KBS-1TV 〈인간극장〉 캡처

가부장제 속의 부부는 절대로 이렇게 손잡고 아름다운 노년을 보낼
수 없다.

머니가 잘못하신 게 아니에요. 잘못된 시대가 여자들에게 그렇게 생각하도록 강요했을 뿐이지요."

할머니의 눈빛이 초롱초롱해진다.

"매일 조용히 있을 때, 수시로 이렇게 생각해보세요. '나는 완전하다. 나는 아주 귀한 존재다. 나만 귀한 게 아니라 세상 만물이 모두 귀한 존재다. 내가 미워하던 존재, 나를 두렵게 하던 존재도 알고 보면 약하기 짝이 없는 사람들이다. 내 가슴속의 천사가 커지기를, 그들 가슴속의 천사도 커지기를, 커지기를……' 그렇게 빌어보세요."

이렇게 말하면서도 과연 할머니가 이 말의 의미를 제대로 이해하실지, 잊지 않고 실천하실 수 있을지 반신반의했다. 할머니가 다시 한의원에 오셨을 때, 지나가는 말로 여쭤보았다. 혹시 전에 말씀드린 대로 하고 계시냐고.

"예, 그거 매일 하고 있어요!"

씩씩하게 대답하는 할머니는 내 생각보다 훨씬 진도가 잘 나간다. 시간이 흐르면서 어떤 변화가 생길지 두근두근 기다려진다. 연꽃이 봉오리만 맺었다가 스러지면 되겠는가. 활짝 피어 자기 아름다움으로 세상이 아름다워지는 것을 보면 좋을 것이다. '조신한 할머니'가 '당당하고 멋진 할머니'로 변신하시기를…….

그리고 겨울,

오직 감사하다

신이여, 이것이 정녕 제가 만든 메주인가요?

드디어 건축 신고 필증이 나왔다. 198제곱미터(60평) 이상은 허가, 미만은 신고 사항이란다. 군청 1~3층을 오르내리며 건축 등록 면허세, 토지 형질 변경 등록 면허세, 농지 전용 등록 면허세, 국민주택 채권, 지역개발 공채, 농지 보전 부담금, 공사 이행 보증금 고지서 등을 받아 신용증권을 사고 은행에 납부하는 절차를 거친 뒤에야 신고 필증을 받을 수 있었다. 채권은 사자마자 되팔 수 있어서 400만 원 남짓한 비용을 150만 원 정도로 충당했다. 복잡하지만 오랫동안 거주할 시설물을 짓는 것이니 주변 환경을 손상시키지 않고 법을 준수하면서 짓기 위해 필요한 절차일 터, 기꺼이 내가 감당해야 할 부분이다.

　시작이 반이라고 했으니 2월에 토지측량을 거쳐 땅이 녹는 3월 말부터 본격적으로 공사에 들어가면 여름 무렵에는 이사할 수 있을 것이다. 내 인생의 후반부, 또 다른 삶이 시작되는 셈이다. 지상에서 낙원을 꿈꾸는 일은 순전히 우리 의지와 능력에 달렸다. 가능할 것이다.

　지금 사는 집에서 보낼 마지막 겨울이다. 이 집에 있는 황토방과 아궁이, 커다란 무쇠솥은 아주 귀한 시설물. 이곳을 떠나기 전에 그것을 이용해서 메주를 쑤어보기로 했다. 만드는 과정이 복잡하니 내년 봄에 메주를 사도 좋겠다고 생각했지만, 인터넷에서 가격을 찾아보니 콩 값의 거의 세 배다.

　동네 할머니들도 만드시는 걸 내가 못 하랴. 타작한 지 얼마 안 된 국산 해콩을 네 말 사서 인터넷에서 배운 대로 만들어보기로 했다. 출근 전 두 말을 씻어 물에 불렸다가 퇴근하고 아궁이에 불을 때서 붉은색이 날 때까지 충분히 익혔다. 물이 넘치면 안 된다고 해서 첫날은 뚜껑을 수십 번 열었지만, 다음 날엔 요령이 생겨 끓기 전까지 불을 때고 아궁이 입구를 닫고 오래 뜸을 들였더니 넘치지 않고 잘 물렀다.

　절구통이 없어 들통에 옮겨 방망이 믹서로 갈았는데, 그것도 하다 보니 요령이 생겼다. 5센티미터 정도 높이로 콩을 담고 갈다가 그 위

물이 넘치지 않게 관리하면서 콩에 붉은빛이 돌 때까지 삶는 것이 관건이다.

신이여, 이것이 정녕 제가 만든 메주란 말입니까.

에 다시 5센티미터 담아 가는 식으로 하니 깊이 뒤적거리지 않고도 수월하게 갈 수 있었다. 방으로 들어와 손으로 다듬어서 모양을 만들었다. 오호, 전에 어머니가 만드시던 그 메주, 이제 모양이 갖춰지는구나. 에헤라 디여~

아침에 씻어 불려놓고 퇴근 뒤 불을 때어 삶고, 방망이 믹서로 갈고, 모양을 만드는 것……. 혼자서도 하루에 두 말은 일도 아니구나! 공동체 마을을 시작하면 메주와 된장을 만드는 수익 사업을 해도 좋겠는걸. ^^

노쇠를 부정하는 할머니 _

참 부지런하게 사는 부부가 있다. 남편은 소를 수십 마리 키우고, 아내는 비닐하우스에 호박과 방울토마토, 깻잎 등을 재배한다. 비닐하우스에 농사를 지으니 1년 내내 농번기다. 낮에는 시간이 없다며 밤에 집으로 침을 맞으러 오곤 했는데, 어제는 불쑥 한의원에 침을 놓아달라며 할머니를 모셔다놓고 갔다.

82세 노모가 동네 한의원은 못 미더워하신다며 없는 시간에도 멀리 모시고 다녀야 한다고 힘들어하더니, 어제는 어지간히 바쁜지 한의원에 모셔다놓고 간 것이다. 할머니는 침을 맞으면서도 요구 사항이 많았다. "내 다리를 고쳐주면 동네에 널리 소문을 내서 사람을 많이 끌어주겠다"는 달콤한 멘트도 수차례 하신다. 조용히 할머니를 보내드리려고 했지만, 밤낮없이 일하는 아들 며느리가 노모 때문에 힘들어할 것을 생각하면 그래선 안 될 듯싶었다.

"할머니, 예전처럼 씩씩하게 걷고 뛰고 싶으시지요? 그렇지만 이제 그러실 수는 없어요. 80년 넘게 써먹었으니 기계가 낡을 때도 되었지요. 세상에 80년 넘게 쓰는 기계가 어디 있어요. 그러니 이 정도도 아주 감사한 거지요. 저는 할머니 다리를 예전처럼 튼튼하게 고쳐드리지 못해요. 할머니 연세에 나가서 소를 키우시겠어요, 농사를 지으시겠어요. 그럴 거 아니니까 튼튼한 두 다리가 꼭 필요한 것도 아니지요. 아들 며느리가 열심히 일하면서 할머니께 따뜻한 음식, 잠자리 마련해드리니 그게 얼마나 감사한 일인가요. 아들 며느리에게 다리 고쳐달라고 하지 마세요. 이만하면 건강하게 잘 지내오신 거예요. 젊게 되돌릴 수 있는 병원은 없는데, 할머니가 자꾸 병원에 데려가라고 하면 바쁜 아들 며느리는 얼마나 마음이 아프겠어요.”

할머니는 아들 며느리가 얼마나 착한지 급히 설명하신다. 그리고 오늘 한의원에 오기를 잘했다고, 정말 고마운 말을 들었다고 인사하며 모시러 온 아들과 함께 집으로 가셨다. 할머니가 태도를 바꾸지 않는다면 아들 며느리는 노모가 빨리 돌아가시기를 바랄 수밖에 없을 것이다. 노인들이 쇠약해지는 육신을 되돌리려는 욕망을 품으면 수발을 드는 자식에게 큰 짐이라는 걸 아시면 좋을 텐데.

죽음은 옮겨감이거나 깨어남이니……

40~50줄에 들어선 우리 또래는 자식들 막바지 건사하는 것도 힘들지만, 부모의 노화와 질병, 죽음도 감당해야 한다. 늙고 쇠약해지는 것은 자연의 이치. 부모가 쇠약해지는 육신에 자꾸 미련을 두거나, 닥쳐올 죽음을 두려워하고 불안해하는 것은 자식을 힘들게 한다. 부모가 노쇠와 죽음 앞에 의연하다면 우리는 그분들이 떠난 뒤에도 감사와 사랑의 에너지를 주고받을 수 있을 것이다. 그분들이 죽음 앞에 두려워

초라해진 모습으로 떠난다면 우리는 애써 그 모습을 떠올리고 싶어하지 않을 것이다. 한국인의 평균 기대 수명이 점점 늘어난다고 한다. 건강하게 오래 살아 스스로 감당할 수 있다면 모르지만, 스스로 감당할 수 없는데 오래 사는 것은 여러 사람을 난처하게 만드는 일이다.

이해인 수녀의 시 '여정'에 나오듯 "몸이 아파 삶이 더욱 무거워지더라도 마음은 산으로 가는 바람처럼, 호수 위를 날아가는 흰 새처럼" 가볍게 살면 얼마나 좋을까. 길 위에서 만난 모든 이에게 울어야 할 순간도 사랑으로 안아 행복했다고, 고마웠다고, 아름다웠다고 말하고 떠날 수 있다면 얼마나 좋을까. 스콧 니어링처럼 죽음을 '무한한 경험의 세계'로 인식하고, 힘이 닿는 한 열심히 충만하게 살아왔으므로 기쁘고 희망에 차서 갈 것이며, 죽음은 옮겨감이거나 깨어남이니 삶의 다른 일처럼 어느 경우든 환영해야 한다고 씩씩하게 유언할 수 있다면 얼마나 고마울까.

할머니 간첩단을 만들다

올 4월에 태어난 줄리엣의 품속에서 병아리 소리가 나기 시작한 지 열흘 정도 지났다. 살짝 보니 두 마리인데 다가가면 어미는 경계하라는 신호를 보내며 새끼들을 보여주지 않으려고 기를 쓴다. 4월에 태어난 녀석이 12월에 새 생명을 탄생시키다니 참으로 신기한 일이 아닌가. 다가올 추위를 잘 견디기를……

처음에 알 하나를 품고 있었는데 누군가가 끼어들어 추가로 낳은 모양이다. 병아리 생김새로 보면 아마도 뾱뾱이 짓인 것 같다. 그런데 최근 뾱뾱이가 사라졌다. 뾱뾱이는 지난겨울 꼬꼬왕을 사올 때 품고 있던 병아리 다섯 마리 중 유일한 생존자다. 얼마 전 까만 고양이가 건너편 밭에서 얼쩡대더니 그놈 소행인 듯. 몸짓이 날래고 다른 녀석이라 방심했는데, 고양이도 겨

4월순이 줄리엣이 애지중지하는 병아리 두 마리.

울이 되니 굶주렸나 보다. 아니면 그놈도 챙겨 먹여야 할 새끼들이 있는 걸까. 지난 1년간 병아리였던 **뾱뾱**이가 커가며 어미에게서 독립하는 모습, 사춘기 지나 알을 낳고 품으며 성장하는 모습을 모두 지켜보았는데 녀석이 갑자기 사라지니 참 허망하다. 부디 가는 길에 고통이 적었기를……

여성 작가라서 줄 수 있는 감동 _

서울에 있는 큰아들이 드라마 〈뿌리깊은 나무〉를 보라고 몇 번이나 옆구리를 찔렀다. 빈말을 하지 않는 녀석이 이럴 땐 틀림없이 뭔가 있는 것이다. 콩 한 가마니(열 말) 메주 쑤기를 끝내고 1편부터 보았다.

우와, 어쩌면 이렇게 기가 막힌 드라마가 있단 말인가. 원작 소설의 저자는 남자지만, 짐작대로 드라마 극본을 쓴 건 여자다. 한 번도 생각해보지 않은 훈민정음 창제와 반포에 이르기까지 굽이굽이 역경을 실감 나게 그려준 작가가 감사하다. 여자가 아니라면 저렇게 섬세한 대사와 장면을 끌어낼 수 있었을까.

세종대왕이 만든 한글 28자가 기원전 218년에 만든 고조선 가림토 문자 38자와 많이 겹친다고는 하지만, 중국을 벗어나 독자적으로 설 수 없던 조선 시대에 왕이 백성에게 손쉬운 소통 방법을 알려주고자 오랫동안 글자를 연구하고 고민하고 절규하며 사대부의 반대와 장애를 넘어서는 모습은 참 감동스러웠다. 사극을 보며 눈물 훔치는 일은 좀체 없었는데……

재미를 위해 창조한 허구라는 거품을 모두 없애고 보더라도, 드라마는 분명히 우리가 교과서에서 배운 것 이상으로, 거리의 동상이나 화

폐 속 인물을 보면서 느끼던 것과는 비교할 수 없이 많은 것을 상상하게 해주었다. 중국과 당대의 권력자인 양반을 거스르며 독립된 문자를 만들어 백성에게 유포한다는 것은 지금 우리가 생각하는 것보다 훨씬 위험하고 힘든 일이었겠구나.

訓民正音, 백성을 가르치는 바른 소리. 못난 군주에게 백성은 멍청할수록 좋았을 것이다. 그러나 지혜로운 지도자라면 백성도 지혜로워져 수시로 소통이 가능해야 함께 살맛나는 세상을 만들 수 있다는 것을 알았으리라. 까다로운 지식을 권력 삼아 휘두르며 그것을 통해 자자손손 독점적으로 부귀를 세습하고자 한 양반의 훼방과 맞서며, 백성에게 소통의 도구를 쥐여주고자 한 세종대왕의 바람은 그 후로도 500년이 지나 일제에게서 해방되고 초등교육이 의무교육이 되고 나서야 이루어졌다.

오호, 내가 이렇게 왼손 오른손으로 자판을 치며 내 생각을 전하고 글을 통해 상대의 생각을 이해할 수 있는 것은 500여 년 전 백성의 무지를 안타까워한 훌륭한 지도자가 목숨을 건 모험을 감행했기 때문이로구나.

투쟁과 저항의 주역들에게 감사를…… _

감사한 선조들이 그들뿐이랴. 주인의 손에서 해방되기를 갈망하며 저항한 스파르타쿠스와 동료 노예들, 사악한 신분 질서에 항거한 고려 시대의 망이·망소이, 사람이 하늘이다人乃天, 죽은 자에게 제사 지내지 말고 자기 안에 하늘과 조상과 스승의 정령이 들어 있으므로 자신을 향해 정성껏 상을 차리라向我設位던 최제우, 스승 사후 30여 년간 삼천리

293

방방곡곡을 다니며 그 뜻을 전파하고 조직 사업을 벌인 최시형, 왕족
의 80퍼센트를 처단하고 권력의 세습을 끝장낸 프랑스혁명, 달리는 왕
실의 경주마를 가로막고 여성의 참정권을 외치려 한 영국의 에밀리 와
일딩 데이비슨, 자유와 평등을 외치며 일어선 수많은 투쟁과 저항의
주역들…….

내가 언제 어디에서나 두려움 없이 고개를 들고, 어떤 사람과도 눈
맞추고 웃으며 말과 글로 소통할 수 있는 것은 수많은 사람들이 오랜
세월 피를 토하며 애썼기 때문이다. 물질문명과 영혼을 진화시킨 이들
을 모두 품은 천지신명이여, 감사하고 또 감사하나이다.

<h3 style="text-align:right">마을 회관의 뒷말, 험담하기 _</h3>

한 동네에서 형님 아우로 지내는 70대와 80대 할머니는 거의 늘 같
이 침을 맞으러 오신다. 오실 때마다 조금씩 감사명상, 축복명상, 호연
지기명상, 웃음명상을 일러드렸다. 성당에 나가는 아우 할머니는 인품
이 좋고 이해력도 빠르다. 형님 할머니는 담대하고 낙천적이다. 그런
데 마을 회관에 가면 기분이 언짢아질 때가 많다고 한다. 뒷말, 삐치
기, 험담하기…….

거기뿐일까. 어느 동네는 전체가 친인척 관계로 얽혀 있는데, 모이
면 살벌하게 싸운다고 한다. 주로 종중 재산을 둘러싸고 벌어지는 일인
데, 그런 일은 세월이 간다고 묻히지 않는 모양이어서 사사건건 부딪히
더란다. 한 동네에서 수십 년 살면서 그런 이웃들과 함께 지내야 한다
면 거기가 바로 지옥 아닐까. 할머니 왕언니들에게 부탁을 드렸다.

"왕언니들이 이제부터 간첩 노릇을 좀 해주세요. 천사 간첩 말이에

요. 누가 험담하면 관세음보살 까르르…… 할렐루야 까르르…… 얼른
다른 이야기로 돌리시고요, 누가 삐죽거리면 잘한 거 얘기하고 칭찬하
면서 까르르…… 누가 화내면 낙엽 굴러가는 거 보라며 까르르……
두 분이 그렇게 천사 간첩이 되시는 거예요. 계속 그렇게 하시면 마을
회관 분위기가 달라질 테니 두고 보세요. 절대로 천사들이 보낸 간첩
인 걸 잊어버리시면 안 돼요."
　"그려, 낙엽 굴러가는 거 보면 우습지. 하하하."
　왕언니들은 기꺼이 천사 간첩이 되겠다고 하셨다.

밤이 되면 술 마시고 방망이를 드는 할아버지

평소 낙천적이던 할머니가 축 늘어져서 들어오신다. 머리를 부딪혀
정신이 멍하다는데 자세한 설명을 하시지 않는다. 뒤따라 들어온 할아
버지에게 꼬치꼬치 물었다. 아뿔싸! 평소 도박을 한다고 믿는, 온갖 문
서를 가져다가 잡혔다고 믿는 아들 방 유리창을 깨고 들어가 혼을 내
주려다가 몽둥이로 막아서는 아내의 머리를 때렸단다. 자기는 전혀 기
억에 없으나 이틀 뒤 외국에서 시집온 며느리에게 듣고 나서 아내의
증세가 걱정되어 찾아온 것이다. 이런 일은 처음이고, 며느리가 말하
기 전에는 전혀 몰랐다는 것이 할아버지의 설명.

　그러나 며칠 전 할머니에게서 들은 얘기는 다르다. 치매인지 저녁이
면 술을 먹고 아들이 무얼 훔치러 방에 들어올지 모르니 문단속을 해
야 한다며 온갖 끈으로 이중 삼중 방문을 잠근다고 했다. 자세한 정황
은 알 수 없으나 할아버지는 이틀 전에도 술기운을 빌려 아들을 혼내
려다가 난리굿이 벌어진 모양.

알코올성 치매일까. 정확한 진단이 필요하겠지만 우선 할아버지에게 절대 폭력으로 사람을 변화시킬 수 없고, 오직 사랑과 믿음으로 변화시킬 수 있는 거라고 수차례 말씀드렸다. 아들에게 사랑한다는 말을 언제 해보셨느냐고 물었더니 아들이 어려서 해보고 안 해봤단다. '사랑해요! 고마워요! 감사해요! 믿어요!'라고 프린트한 종이를 드리면서 방에 붙여놓고 아내에게, 아들에게, 며느리에게 수시로 그렇게 말씀하시라 했다. 한쪽에는 소주병을 그려놓고 크게 가위표를 쳤다. 할아버지는 수줍어하며 틀림없이 그렇게 하겠다고 다짐하며 가셨다.

할아버지가 종이에 프린트한 글 따위로 쉽게 바뀌지는 않을 것이다. 평소에 순하기로 동네에서 소문났다는 할아버지. 제대로 된 소통 방법을 모르시는 거다. 그러나 술기운에 분출되는 폭력은 삽시간에 어떤 불행을 초래할지 모른다. 힘센 아들이 거칠게 반격할 수도 있고, 할머니나 며느리가 그 소동 속에 크게 화를 당할 수도 있다. 이웃에서 관심을 기울여주면 좋을 텐데…….

세종대왕의 한글이 역병처럼 퍼져 지식의 소통을 보다 쉽게 했다면, 천사 마음 갖기 수행도 역병처럼 퍼져 지혜로운 소통으로 평화롭고 사랑이 넘치는 가정과 마을, 나라, 세상이 되었으면 좋겠다. 학교에 입학하자마자 한글과 더불어 이런 걸 가르치고 배워야 하는 거 아닐까. 학교에서 교육하기까지 우선 곳곳에서 천사 간첩단이 활발하게 암약하기를…….

아이들아, 내 제사는 지내지 마라

70대 중반의 할머니, 전날 제사를 준비하다가 허리를 삐끗해서 힘들게 일을 마쳤다며 침을 맞으러 오셨다. 중풍 후유증으로 몸이 불편한 남편은 아내가 힘들어해도 뾰족하게 도울 방법이 없다. 시집와서 50년 넘도록 1년에 수차례 지내는 제사다. 목숨이 붙어 있는 한 조상 제사는 지내야 하고, 성하든 아프든 당연히 아내가 감당해야 할 몫이려니 생각하는 남편이 얄밉더란다. 한편으로는 '내가 조상한테 잘못한 게 있나?' 두려움도 생기더라고.

"조상한테 잘못해서 제사 앞두고 허리를 삐끗한 게 아니고, 이제는 제사 그만 지내라고 조상님이 삐끗하게 하신 거 아닐까요? 하하."

나는 할머니에게 조상 제사는 우리의 전통도 아니고, 오래된 미풍양속도 아니라고 이야기해드렸다. 조상 제사를 제일 먼저 시작한 중국에선 혁명기를 거치며 다 없애서 이제는 아들딸 막론하고 형편이 되는 자식이 1년만, 길어야 3년 지내고 끝낸다고 했더니 깜짝 놀라신다.

"중국도, 일본도, 베트남도 세계 어디에도 조상 제사를 이렇게 끈질

기게 지내는 나라가 없다는 게 참말이유? 아, 나도 죽으면 무덤 만들지
말고 화장하고 뼛가루는 죽에 개어 새가 먹도록 하라고 자식들에게 말
하고 싶어유."

"할머니, 그거 좋은 아이디어네요. 나도 그거 한번 생각해봐야겠는
데요. 나는 아이들에게 살아 있을 때 뽀뽀 한 번 더 하고, 사랑한다는
말 한 번 더 하는 게 제사 지내는 것보다 낫다고 했지요. 어두운 죽음
을 기리는 것보다 살아 있을 때 좋은 추억 쌓고, 나중에 그것을 미소로
기억하는 게 낫지 않아요? 망자가 찬란한 빛의 세계에서 세상 만물에
게 사랑과 축복을 보내고 있다고 수시로 생각해주는 것이 제사보다 망
자를 위해서도, 살아남은 사람들을 위해서도 좋은 거래요. 저도 부모
님 제사 안 지내고 그렇게 하고 있어요."

얼마 전 서울에서 내려오는 버스에 동승한 비구니 스님도 망자가 살
아 있을 때 여한 없이 잘 살았다면 천도재를 지낼 필요가 없다고 했다.
사찰이 무속 신앙을 끌어안아 삼신각을 내부에 들인 것도, 망자를 위
한 제를 대신 올린 것도 조선 시대에 살아남기 위한 방편으로 시작된
것이란다. 억불 정책을 쓴 조선 시대에 산속으로 후퇴한 사찰은 호구
지책을 위해 대중을 깊은 산으로 끌어들여야 했고, 효를 으뜸 덕목으
로 삼던 대중은 망자를 위해 무언가 해주고 싶었는데 그 이해관계가
맞아떨어진 것이다.
조직을 유지하기 위해 돈이 필요한 종교 기관과, 두려움에서 벗어나
고 복을 빌고자 하는 기복祈福 신앙에 길들여진 겁 많은 대중은 '죽음'
과 '사후 세계'에 필요 이상으로 관심을 쏟으며 짝짜꿍이 되었다. 그런
문화는 일상에서도 가부장적 문화와 결합되어 죽은 자를 오래도록 대

접함으로써 죽은 자들에게서 복을 받고자 하는 대중의 유약하고 수동적이고 비이성적인 태도를 유지해왔다.

골탕 먹는 것은 그것을 '귀중한 의무'로 떠맡게 된 여자들이다. 살아 계신 부모의 생일보다 보지도 못한 남편의 조상 제사를 중하게 여기도록 강제당한 한국의 여자들……. 남자의 죽은 조상들은 뱃속에서 꿈틀대는 여자 태아보다 훨씬 막강한 권력이 있기에 여자 태아들은 1년에 수만 명씩 감별 후 살해당했다. 양성 평등을 불가능하게 만드는 호주제가 폐지된 뒤에도 한국의 양성 평등이 속도를 내지 못하는 것은 가부장적인 문화가 관혼상제 문화를 통해 계속 여자를 2등 인간으로 억압하기 때문이다. 제사 지낼 떡시루에 김이 오르지 않는다고 목맨 며느리를 아름답다고 칭송하는 이 시대의 괴기스러운 남성 중심 문화를 그냥 두고 어떻게 양성 평등을 이룰 수 있을까.

대한민국역사박물관건립추진단 김시덕 과장은 여자들이 제사에 대해 문제를 제기하는 것을 '귀차니즘' 때문이라고 단정 짓고, 조상에게 정성과 예를 다해야 청소년도 바르게 자랄 것이라 말한다. 경찰대학 법학과의 정기웅 교수도 "인간은 누구나 자기 혈통이 면면히 이어가기를 원하며, 제사를 계승하는 등 자기 부계 혈통을 관습적으로 제도화한 민법상의 '家制度'를 통해 이를 달성한다"며 호주제 폐지 반대 주장을 폈다.

시어머니와 맏며느리에게 집안의 경제와 회계를 책임지는 막중한 임무와 지위가 있었다지만, 그것은 남성 권력을 대신 수행하는 명예 남성의 권리였을 뿐이다. 저들은 떡시루에 김이 오르지 않는다고 목맨 며느리에 대해서는 다른 며느리가 '남자 집안 사람인 그녀'를 위해 제사상을 차려주면 된다고 믿는다. 양기가 사라져가는 노인에게 '보온용'으로 하녀를 들여보내고, 친정 부모의 생일에도 못 가는 며느리가 제사 준비로 꼼짝 못하는 것을 '효'와 '예'라고 포장한다. 그들은 종의 재생산이라는 신의 역할을 대행하는 여자를 남자 집안의 대를 잇게 하는 수단과 도구로 여길 뿐, '인간'으로 여기지 않는다.

그러면서 어찌 '예禮'를 입에 담는단 말인가. 이런 와중에 청소년인들 어찌 따듯하고 정의롭게 자랄 수 있을까. 단언컨대 남성 중심의 이기적이고 무례한 모든 제도와 문화가 사라지지 않는 한, 이 땅에서 상호 존중의 진정한 민주주의는 진화할 수 없다. 가부장제는 성차별은 물론이고 인종차별, 지역 차별, 학력 차별 등 여러 종류의 무례와 절대로 무관하지 않다.

'내 제사 거부 운동'이 확대되기를 _

맏며느리인 나는 2009년 말에 인터넷 카페를 만들고, '내 제사 거부 운동－아이들아, 내 제사는 지내지 마라!'를 시작했다. 남자는 물론 명예 남성화된 시어머니들에게 이런 며느리들의 행태가 반가울 리 없겠지만 어쩌겠는가. 변화의 길목에서 부딪히는 파도는 누구라도 견뎌야 하는 것. 마음이 가볍지 않지만 누군가는 시작해야 하는 길, 함께 넘어야 할 산이다.

리영희 선생님이 작년 초에 신년 인사 차 엽서를 보내주셨다. 왜 엽서를 봉투에 넣어 보내셨지?

새해 아침에
두 손 모아 빕니다.

뉴시스

몸은 늘 건강하시고,

마음이 언제나 즐겁고

뜻하는 일 두루 이루어지길.

＊ 나도 여러 해 전에 나의 제사는 하지 말라고 했지요.

앞의 글자들은 볼펜으로 적었는데, 마지막에 쓰신 글은 연필로 엽서 귀퉁이 공간에 간신히 적었다. 엽서 앞면을 보니 반송 도장이 찍혔다. 오호라, 선생님이 중풍 후유증으로 글씨를 삐뚤삐뚤 쓰신 것을 집배원이 제대로 읽지 못해 주소 불명으로 엽서를 반송한 모양이구나. 선생님이 '내 제사 거부 운동'을 한다는 기사를 보셨는지 반송된 엽서에 연필로 나도 제사를 하지 말라고 했다는 메시지를 추가로 적어 다시 봉

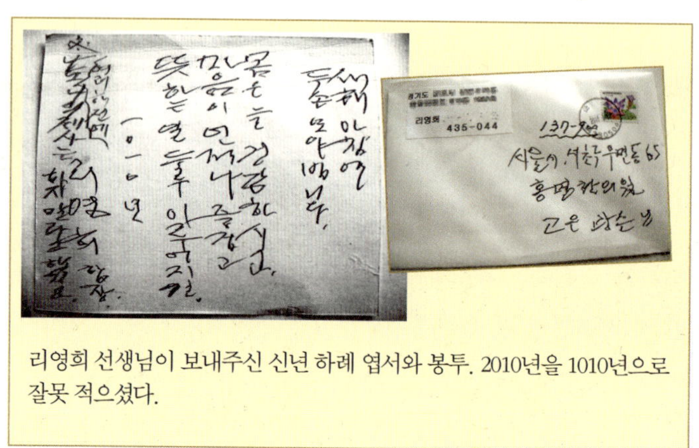

리영희 선생님이 보내주신 신년 하례 엽서와 봉투. 2010년을 1010년으로 잘못 적으셨다.

투에 담아 보내신 거네! 아이고, 반가워라.

(주소를 찬찬히 읽지 않고 성급히 반송한 집배원 아저씨, 고마워요~ 제사에 관해 이성적인 멘트를 추가로 적어 보내주신 리쌤, 감사합니다. 선생님은 언제 어느 사안에 대해서나 항상 이성적이고 합리적이고 진취적이시니 얼마나 감사한지요. ^^)

여성운동 단체들이 '웃어라 명절' 캠페인을 벌이며 남자도 전 부치고 설거지하라는 운동을 하기도 했지만, 근본적으로 사대주의적 가부장제의 악취가 짙게 배어 있는 제례를 거부하는 운동을 해야 할 때라고 생각한다. 물론 수구적인 노인들의 반대가 심할 테니 '내 제사 거부 운동'으로 돌파구를 마련하면 될 것이다.

제사를 핑계로 가족이 만나는데 제사마저 없어진다면? 이렇게 묻는 사람도 있다. 호주제 폐지는 봐줄 만했지만, 제사 폐지는 못 봐주겠다고 말하는 '지식인'도 있다. 이런 바보들이 있나!

제사가 있기에 사람들은 그 외 시간에 다른 방식으로 만날 생각을 하지 않는다. 1년에 한두 차례 가족 오락회, 가족 운동회, 가족 야유회를 해보라. 살아 있을 때 눈 맞추고 사랑하는 데 많은 시간과 노력을 쏟아보라. 모여서 1분 스피치, 3분 스피치를 통해 나를 알리고 너를 알려고 해보라. 형수 생일도, 조카 입학식도, 삼촌 직장 생활에도 관심을 기울여보라.

죽음의 그림자 밑에서 서로 뒤통수만 쳐다보지 말고, 생동하는 삶에서 따듯하게 손잡고 미소를 나눠보라. 윽박지르지 말고 들어주고, 움츠리지 말고 소통하라. 격려하고 위로하고 칭찬하고 축복하라. 그렇게 살다가 이별할 때가 되면 웃으며 떠나고, 박수 치며 보낼 수 있을 것이다.

매일 잠자리에 누워 "오늘 하루 잘 살았습니다. 죽어도 후회나 회한이 없습니다" 하고 웃으며 잠들고, 다음 날 아침 눈뜨면 "새로운 생을 받았으니 이번 생도 열심히, 행복하게 살겠습니다" 다짐하며 자리에서 일어나기를…… 저승도 두렵지 않고, 이승도 불행에 휘둘리지 않기를…… 태산처럼, 헌걸차게 자유롭기를…….

매사에 감사하라

새해 첫날 오후, 해 지기 전에 닭장으로 들어가던 닭들이 어찌 된 일인지 모두 밖에 나와 들어갈 생각을 하지 않았다. 추운 날씨 때문에 여간해서 나오지 않는 줄리엣과 병아리 두 마리도 그랬다. 닭들을 이리저리 몰아서 안으로 넣으니 모두 횃대 위로 올라갔는데, 줄리엣은 여전히 밖에서 병아리와 함께 서성거렸다.

웬일인가 해서 박스 가까이 가보니 아뿔사! 털이 누런 것이 뒤에 있는 바구니 가득 웅크리고 앉아 있다.

"야, 너 누구야! 빨리 못 나가?"

녀석은 꾸물대며 나갈 생각을 하지 않는다. 고양이는 아니구나. 기다란 괭이로 박스를 치니 넉살 좋은 녀석은 슬금슬금 바구니에서 나와 합판과 철망 사이 비좁은 틈으로 들어갔다. 닭장 밖으로 나가보니 녀석은 철망과 합판 사이에 꼼짝없이 갇혔다. 괭이로 수차례 때리며 쫓아보았지만 죽었는지 살았는지 반응이 없다. 날도 어두워지는데 이 녀석을 어쩐담.

근처에 사는 남자 도반이 와서 보고 오소리라고 했다. 그는 궁리 끝에 밖에서 삽으로 흙을 퍼내고 철망을 들어 오소리를 탈출시켰다. 내가 죽은 뒤에도 30년 천수를 누려야 할(^^) 닭들을 잡아먹으러 들어온 오소리를 나는 '적'으로 간주하고 소리 지르며 공격했지만, 오소리가 행여 놀라거나 다칠까 봐 조심조심 달래가며 작업을 하는 도반을 보니 할 말

갈퀴처럼 생긴 오소리 발자국. 이놈 저놈이 다 닭들을 넘보고 있다. 겨울 동안 닭장 문을 꽁꽁 닫아두어야 하나 보다.

이 없어졌다. 그렇지, 날은 춥고 눈이 쌓이는데 춥고 배고픈 너희라고 무슨 수가 있겠느냐. 산에 들에 들쥐가 돌아다니는 것도 필요한 일이로구나.

천사 할머니들의 활약 _

천사 간첩 할머니들은 임무를 잘 수행하고 계신다. 모임에서 벌어진 이런저런 활약상을 이야기해주신다.

"하하하, 정말 잘하셨어요. 한 가지 더 말씀드리자면, 천사 언어를 쓰시면 더 좋지요. 천사들은 말할 때 '반성하라'거나 '그래선 못 쓴다'거나 '안 된다'는 말은 하지 않을 거예요. '그런 땐 이렇게 하는 게 더 좋을 거 같아' '담에는 이렇게 해보면 더 나을 껴' …… 이런 식으로 말씀해보세요."

"그려, 근디 원장님 여름에 이사 가면 섭섭해서 어떡혀?"

"아, 천사 노릇 잘하나 못 하나 제가 가끔 보러 오지요. 그러니 제가

가기 전에 부지런히, 확실하게 천사가 되세요."

"그려, 하하하. 사람이 맘만 먹으면 못 할 게 어디 있겠어?"

사람들은 가끔 사람이기 때문에 어쩔 수 없이 한계가 있다고 말하지만, 그래도 닭이나 개보다, 소보다 나은 게 사람이다. 사람이기에 할 수 있고, 극복할 수 있는 게 훨씬 많다는 건 얼마나 감사한 일인가.

기도를 들어주는 건 나 자신이다

캔디가 아플 때부터 중단한 아침 산책을 다시 시작했다. 6시 55분에 출발하면서 근처 사는 도반에게 카톡으로 알리면 갑사 주차장 입구에서 그녀를 만날 수 있다. 함께 뒷짐을 지고 어스름한 하늘에 비치는 검은 나무 그림자를 보며 갑사로 들어간다.

어릴 때 어머니를 따라 절에 다닌 기억이 있다. 무서운 사천왕 앞이나 법당 안에서 어머니가 절하는 걸 보았지만 따라 하지는 않았다. 중학교부터 대학교까지 기독교 재단이 운영하는 학교에 다니며 의무적으로 예배드리고 기도했지만, 무엇을 해달라고 비는 기도는 자존심이 허락지 않았다.

10여 년 전 송광사 묵언 수행에 참여했을 때 "절하며 빌지 마라. 절하는 것은 하심下心 하려는 것이지 무얼 해달라고 하는 것이 아니다"라는 스님의 말이 얼마나 반갑고 고맙던지. 그 뒤로는 절에서나 교회에서나 손을 모으는 것이 자유로워졌다.

작은 법당에 조용히 앉아 묵상을 한다. 기도를 들어주는 것은 자기 자신이구나. 기도는 절대자, 신에게 하는 것이 아니구나 다시금 생각한다. 자기에게 상처 준 사람, 미워하는 사람을 위해, 그들의 가슴에 신성이 커지기를 서원하는 기도를 해보라. 마음이 편해지는 것은 자기 자신이다. 내공이 높아지고 지혜가 열리는 것도 자기 자신이다. '이타 利他'를 강조하는 가르침이 귀하게 여겨지는 것은 그것을 통해 너와 내가 함께 성숙할 수 있기 때문이다. 함께 잘 사는 세상, 새로운 세상의 열쇠는 이타가 쥐고 있다. 미련한 교육은 경쟁을 가르치지만, 지혜로운 교육은 이타를 가르칠 것이다.

《CEO와 직장인을 위한 스트레스 솔루션》을 쓴 심장 연구가 닥 췰드리, 하워드 마틴 박사는 심장에도 지능이 있다는 놀라운 사실을 발견했다. 심장에도 두뇌처럼 뉴런(신경세포) 4만 개가 있어 두뇌로 메시지를 보낸다는 것이다. 심장이 받아들인 중심 감정은 신경계로 전달되어 호르몬 분비에 관여한다.

행복, 감사, 연민, 배려, 사랑 같은 긍정적인 정서는 스트레스 호르몬인 코르티솔의 분비를 억제한다. 노화 억제 호르몬이 증가하고 두뇌 기능이 활성화되며, 혈압이 낮아지고 면역 기능이 강화되며, 스트레스 대항 호르몬 분비가 증가한다. 특히 '감사'는 아주 강력해서 마치 아침 식사를 하듯 스트레스를 먹어 치운다고 한다. 진정으로 감사하면 그 에너지 파장이 전신에 미쳐 신경계와 모든 세포 활동이 원활해진다는 것이다.

수천 년 전에 쓰인 한의학의 원전 《황제내경》에는 '恬憺虛無 眞氣從之 精神內守 病安從來'라는 말이 있다. '마음이 허허롭고 담담하고 맑고 밝으면 하늘 기운이 다다르고 정신이 안으로 지켜지니 어찌 병이 올 수 있을까'라는 뜻이다. 그러니 마음을 담담하고 맑고 밝게 가져라.

벗을 쓴 용의 모습을 했다고 계룡산이라 부르지만, 내 눈에는 잘생긴 남자의 옆얼굴이다. 할머니 모습 같다는 이도 있다.

매사에 감사하라. 시력이 좋지 않은 이가 안경을 쓰면 비로소 세상이 밝고 안전한 곳이 되듯, 세상살이에 이리 치이고 저리 치여 가슴 아픈 우리가 감사에 익숙해진다는 것은 시력이 약해진 마음의 눈에 안경을 씌우는 것과 같다. 강해진 마음과 심장은 몸도 강하게 만들어준다. 태산과 같은 내가 된다. 휘둘리지 않는 큰 산, 상처를 주지도 받지도 않는 큰 산, 사랑으로 세상 만물을 보듬어 안는 지혜로운 산……. 우리 모두 그런 산이 되면 좋겠다.

시골 한의사 고은광순의 힐링

초판 1쇄 인쇄 2012년 5월 10일
초판 1쇄 발행 2012년 5월 15일

지은이 고은광순
펴낸이 우좌명
펴낸곳 출판회사 유리창
출판등록 제406-2011-000075호(2011.3.16)
주소 413-756 경기도 파주시 교하읍 문발리 파주출판도시 535-7
　　　세종출판타운 402호
전화 031)955-1621
팩스 0505)925-1621
이메일 yurichangpub@gmail.com

ISBN 978-89-966804-5-1 03810

고은광순과 함께하는
〈여성건강교실〉 할인권

30,000원

이 책을 구입하신 분께는 10% 할인 혜택을 드립니다. 책이나 할인권을 가져오세요.

명상^{瞑想}은 왜 하나?

명상의 목적은 최상의 마음과 최상의 정신, 최상의 생명력을 기르는 것입니다. 내 안에는 천사처럼 아름다운 나의 순수한 참모습, '참나'가 있습니다. 참나를 찾으면 가슴에 사랑과 평화가 넘치고, 햇빛처럼 밝은 지혜를 얻으며, 걸림 없는 내면의 자유와 참 행복을 누리게 됩니다. 명상을 통해 내공과 에너지가 높아지면 나의 품격이 달라집니다.

명상하는 방법, 마음가짐

조용한 곳에 허리를 곧게 펴고 앉아 눈을 감고 머리끝부터 발끝까지 몸을 이완시켜 긴장을 푼 뒤 안내대로 생각을 따라가면 됩니다. 명상을 시작할 때부터 마칠 때까지 가장 즐거웠던 기억을 떠올리고 얼굴 전체에 미소를 띠고 하면 좋습니다. 자기 전에 누워서 명상을 하다가 잠들어도 좋습니다. 차차 익숙해지면 시간과 장소를 가리지 않고 일상생활 중에도 할 수 있습니다. 조용히 눈을 감고 마음을 텅 비운 뒤 그 자리에 우주의 진기(사랑, 자유, 평화, 감사, 축복, 신성……)를 담는다고 생각합니다.

명상하는 동안 다른 생각들이 치고 들어와 방해할 수 있습니다. 흔히 일어날 수 있는 일이니 자책하거나 실망하지 말고 그냥 흘러가게 두거나 자기만의 간단한 만트라(신성한 힘이 있는 말. 관세음보살, 할렐루야, 나마스테, 세상 만물을 축복합니다, 모든 존재에 감사합니다 등)를 반복함으로써 다른 생각들을 중단하고 다시 명상에 몰입하면 됩니다.

다음에 제시된 일주일 명상을 그대로 따라 해도 좋고, 그날의 상황에 따라 바꿔도 상관없습니다. 감사, 축복, 사랑, 평화 등을 담은 자기만의 문장을 만들어도 좋습니다. 천천히 쉬엄쉬엄 문장을 충분히 음미하고 실감하면서 따라가세요. 품격이 달라진 내가 주변 사람들과 함께 세상을 행복하게 만들어가는 모습을 상상하며 열심히 기쁜 마음으로 실천해보시기 바랍니다. (예전부터 성자들이 해온 방법이고, 우리에게도 권한 방법입니다.)

- 고요한 마음으로 나의 탄생을 생각해보고, 그것이 기적의 연속이었음에 감사하며 기뻐합니다.

- 내 안에 존재하는 천사처럼 아름다운 나 자신의 모습을 떠올리며 기뻐합니다.

- 지금 현재 천사처럼 아름답고 고귀한 존재라고 실감하며 즐거워합니다.

- 환하게 미소 지으며 마음속으로 "나는 천사처럼 아름다운 사람이다" "나는 천사처럼 소중한 사람이다"라고 말합니다.

- 천사가 된 내 모습에서 환한 빛이 나와 세상을 아름답게 만든다는 생각을 하며 즐거워합니다.

- 천사처럼 아름다운 나를 보고 주변의 많은 사람들이 기뻐하는 모습을 생각하며 즐거워합니다.

- 사람들뿐만 아니라 많은 식물과 동물, 물건도 아름다운 나를 보고 기뻐한다고 생각하며 즐거워합니다.

- 내 몸 세포 하나하나에서 눈부신 하늘의 빛이 뿜어져 나와 온 세상을 밝게 비춘다고 상상하며 즐거워합니다.

- 하늘의 생명력, 사랑, 축복이 나의 모든 걱정·근심거리를 없애준다고 실감하며 무한한 평화 속에 잠깁니다.

- 눈을 감고 잠시 세상에서 가장 아름다운 천사가 된 기분을 즐깁니다.

- 즐거운 마음으로 사랑하는 사람들을 떠올립니다.

- 사랑하는 가족의 천사처럼 빛나는 모습을 떠올리며 기뻐합니다.

- 사랑하는 가족도 나처럼 세상에서 가장 아름다운 천사라고 생각하며 기뻐합니다.

- 사랑하는 사람들뿐만 아니라 별 관심이 없던 사람들(학교, 직장, 지하철……)도 똑같이 생각합니다.

- 서로 무관심하던 친구들도 하나하나 떠올리며 세상에서 가장 아름다운 천사 같은 존재라고 생각합니다.

- 싫어하던 사람들까지 천사처럼 아름다운 그들의 참모습을 떠올리며 귀하여 여깁니다. 그들 안에 있는 아기 부처, 아기 예수, 아기 천사가 커지는 것을 상상합니다.

- 주변의 모든 사람들이 천사처럼 아름다운 존재가 된 모습을 떠올리며 기뻐합니다.

- 우주의 모든 존재가 하늘의 천사 같은 존재라 생각하며 눈부신 그들의 모습을 상상합니다.

- 나라는 인간 하나 만들기 위해 태고부터 얼마나 많은 인연이 작용했는지 참으로 감사합니다.

- 어머니와 아버지, 할머니와 할아버지, 또 그들의 부모…… 모두에 감사합니다.

- 우리를 먹이고 살린 하늘과 땅에 감사합니다. 빛과 그늘, 구름과 비와 바람…… 모두에 감사합니다.

- 하늘 아래, 땅 위에 태어난 짐승과 풀과 곡식, 그들의 양분이 되어준 작은 생물과 무생물…… 모두에 감사합니다.

- 내 언니와 동생들에 감사합니다.

- 내 삶의 동반자와 아이들, 친구, 이웃들에 감사합니다.

- 나를 믿어주고 사랑한 이들과 내게 고통과 고난을 준 이들에게도 감사합니다.

- 나도 모르게 나와 이어진 모든 인연들에 감사합니다.

- 그들을 밑거름 삼아 지금의 내가 존재하니 감사합니다.

- 지난날 내가 느낀 원망, 미움, 죄스러움…… 모두 내려놓고 지금 여기에 내가 존재한다는 것에 감격합니다.

- 나라는 존재가 수많은 손길과 수고로 이루어졌다는 것에 감탄합니다.

- 나는 이 우주가 공들여 빚어낸, 하늘의 축복을 받을 만큼 귀하디귀한 존재입니다.

- 당신도 그러합니다. 모든 존재에 감사합니다.

- 새소리가 아름다우니 감사합니다.

- 꽃이 아름다운 빛으로 즐겁게 해주어 감사합니다.

- 아이들이 밝게 재잘대니 감사합니다.

- 아침에 일어나 눈을 뜨면서 천장에 축복을 보냅니다. 고마워요, 감사합니다.

- 보이는 것마다 황금빛으로 빛나는 고귀한 존재라는 것을 생각합니다. 이불도, 침대도, 문고리도, 수도꼭지도, 변기도, 휴지도, 걸레도…… 고마워요, 감사합니다.

- 등굣길에, 출근길에, 동네에서 만나는 사람들에게 속으로 축복합니다. 당신 안에 있는 아기 부처, 아기 예수, 아기 천사가 커지기를…… 고맙습니다, 감사합니다.

- 병원에서 마주치는 환자들에게 빨리 완쾌되기를, 나보다 먼저 치유되기를 빌어줍니다.

- 개, 고양이, 닭, 소…… 주변에 있는 짐승, 빨갛고 노란 꽃, 이름 모를 풀…… 그들에게도 축복을 보냅니다.

- 거미줄에 맺힌 이슬에도 축복을 보냅니다.

- 나는 원래 빛이고 천사입니다. 내가 그렇듯 이 세상 모든 존재가 빛이고 천사입니다. 지금 떠올릴 수 있는 모든 존재에게 빛이고 천사라고 이름 붙여줍니다.

- 같은 공간에 있는 사람과 사물, 그들에게 모두 본디 빛과 천사의 성품이 있음을 상상하고, 그것이 세상을 아름답게 빛나게 한다고 상상하며 축복합니다.

- 온 우주에 빛과 천사의 에너지가 가득 차 있다고 상상하며 축복합니다.

- (마음을 편안히 하고 몸을 충분히 이완시킵니다.)

한 손을 가슴에 대고 "나 자신을 사랑합니다"라고 마음으로 말합니다.

- 손을 심장 부위에 대고 "나의 심장이여, 감사합니다. 사랑합니다"라고 말합니다.

(내가 걸을 때나 쉴 때나, 비가 오나 눈이 오나, 기쁠 때나 슬플 때나 한순간도 쉬지 않고 나의 생명을 유지해준 심장이여……)

- 손을 폐 부위에 대고 "나의 폐여, 감사합니다. 사랑합니다"라고 말합니다.

(공기가 맑거나 탁하거나, 뛸 때나 잠들었을 때나 한순간도 쉬지 않고 혈액에 산소를 공급하는 나의 폐여……)

- 손을 간 부위에 대고 "나의 간과 쓸개여, 감사합니다. 사랑합니다"라고 말합니다.

(피로를 풀어주고, 소화액을 만들고, 해로운 물질을 해독하는 소중한 나의 간담이여……)

- 손을 명치 아래 대고 "나의 비장과 위여, 감사합니다. 사랑합니다"라고 말합니다.

(질기거나 거친 음식도 모두 소화하고 혈액에 에너지를 실어주는 나의 비위여……)

- 손을 허리 뒤에 대고 "나의 신장과 방광이여, 감사합니다. 사랑합니다"라고 말합니다.

(혈액에서 몸의 폐기물을 걸러내는 까다로운 작업을 하고, 그 찌꺼기를 시원하게 배출해주는 신장과 방광이여……)

- 손을 아랫배에 대고 "나의 소장과 대장이여, 감사합니다. 사랑합니다"라고 말합니다.

(영양분과 수분을 흡수하고 찌꺼기를 깔끔하게 배출해주는 나의 소장과 대장이여……)

• (여자) 손을 아랫배에 대고 "나의 자궁과 난소여, 감사합니다. 사랑합니다"라고 말합니다.

(종의 재탄생을 위해 신의 역할을 대행하는 나의 소중한 자궁과 난소여……)

• (그 밖에 피부, 머리카락, 손톱, 뼈, 혈관과 근육, 세포 하나하나를 떠올리고)

각 장부가 자신의 사랑을 받고 생명력으로 가득 찬 모습을 상상합니다.

조용히 온몸이 행복해하는 것을 느껴봅니다.

내 몸이 행복에 가득 차 천천히 이완됩니다.

내 몸의 경계선이 약해지면서 천천히 흩어져 퍼져나간다고 생각합니다.

나는 아주 자유롭고 가볍고 편안합니다.

푸른 하늘처럼 텅 비어서 맑고 밝게……

텅 비어 있으므로 아무런 경계도, 부딪힘도 없이 지극히 평화롭게……

텅 비고 환한 나는 하늘 그 자체입니다. (그 상태로 잠시 휴식)

- 고요히 눈을 감고 심호흡을 하며 내 몸이 점점 커지는 상상을 합니다.

- 코끼리만큼 커졌다고 상상하며 심호흡을 합니다.

- 빌딩만큼 커졌다고 상상하며 심호흡을 합니다.

- 산봉우리만큼 커졌다고 상상하며 심호흡을 합니다.

- 지구만큼 커졌다고 상상하며 심호흡을 합니다.

- 우주만큼 커져서 하늘과 한 몸이 되었다고 상상하며 심호흡을 합니다. 몸이 커진 만큼 마음의 기운(에너지)도 강해진다고 상상합니다.

- 코끼리를 번쩍 들어 올릴 만한 기운을 하늘이 내게 부어주신다고 상상하며 심호흡을 합니다.

- 빌딩을 번쩍 들어 올릴 만한 기운을 하늘이 내게 부어주신다고 상상하며 심호흡을 합니다.

- 지구를 번쩍 들어 올릴 만한 기운을 하늘이 내게 부어주신다고 상상하며 심호흡을 합니다.

- 온 우주를 번쩍 들어 올릴 만한 기운을 하늘이 내게 부어주신다고 상상하며 심호흡을 합니다.

- 나를 괴롭히는 존재들이 아주 작아진 것을 상상 속으로 봅니다.

- 나를 두렵게 만드는 존재들이 좁쌀만 하다고 생각하며 고요히 심호흡을 합니다.

(좁쌀처럼 작은 물건을 손에 쥐고 그것이 나를 괴롭히는 존재라고 생각하면 좀더 실감이 납니다. 내가 두려워하던 존재가 지금 내 손 안에 있다고 실감하며 심호흡과 함께 명상을 해도 좋습니다. 나처럼 작고 약한 존재들과 함께 용기와 호연지기를 나누면 더 큰 용기가 생깁니다.)

- 작은 풀잎들이 나와 함께 하늘의 큰 기운을 받아서 위대한 존재가 되는 모습을 상상하며 명상에 잠겨 심호흡을 합니다.

- 위대한 존재가 되는 모습을 상상하며 명상에 잠겨 심호흡을 합니다.

- 작은 곤충들을 그렇게 생각하며 명상에 잠겨 심호흡을 합니다.

- 작은 아기들을 그렇게 생각하며 명상에 잠겨 심호흡을 합니다.

- 약한 어린이들을 그렇게 생각하며 명상에 잠겨 심호흡을 합니다.

- 약한 동물들을 그렇게 생각하며 명상에 잠겨 심호흡을 합니다.

- 불쌍한 사람들을 그렇게 생각하며 명상에 잠겨 심호흡을 합니다.

- 불쌍한 동식물을 그렇게 생각하며 명상에 잠겨 심호흡을 합니다.

- 하늘이 나와 우주의 작고 약한 모든 존재에게 무한한 기운을 쏟아 부어 하늘처럼 위대한 존재로 만들어주신다고 생각하며 명상에 잠겨 심호흡을 합니다.

- 일상생활에서도 작고 약하여 무시당하고 괴롭힘을 받는 존재를 나와 같이 우주만큼 큰 존재라고 자꾸 생각합니다.

- 괴롭힘을 받는 다른 이들의 고통을 나의 고통으로 여기고 그들을 도우면 하늘은 더 큰 기운으로 나를 돕는다는 것을 생각합니다.

- 두려움에 떠는 나보다 약한 존재를 내가 많이 사랑할수록 더 많은 이들이 나를 돕는다는 것을 생각합니다.

- 내가 미워하는 존재, 나를 괴롭히는 존재 안에도 작은 부처, 작은 예수, 작은 천사가 잠들어 있다고 생각합니다. 그들 내부에 있는 작은 신성이 커지기를 빌어줍니다.

- 나를 건강하게 만들고 행복하게 할 우주의 생명력이 햇살처럼 내 몸으로 쏟아진다고 생각하며 즐깁니다.

- 눈부시게 빛나는 생명력이 하늘에서 하염없이 쏟아져 내려 정수리가 활짝 열리는 모습을 상상합니다.

- 정수리에 둥근 통로가 생기고 하늘의 생명력이 쏟아져 들어와 온몸에 가득 채워지는 모습을 즐겁게 상상합니다.

- 손가락 끝과 발가락 끝까지 하늘의 생명력이 가득 차서 눈부시게 빛나는 내 모습을 떠올리며 심호흡을 합니다.

- 숨이 들어올 때는 아랫배와 온몸이 풍선처럼 부푼다고 생각합니다.

- 숨이 나갈 때는 내 안에 들어온 우주의 생명력을 온 우주에 남김없이 보내준다고 생각합니다. 숨이 나가면 풍선이 꺼지듯 아랫배와 온몸이 줄어든다고 생각합니다.

(이것을 여러 번 반복한 뒤) 이제 내 몸의 생명력이 충만해졌다고 생각합니다.

- 나는 무한한 평화, 무한한 자유, 무한한 사랑으로 가득 찬 하늘을 닮은, 하늘과 한 몸인 존재, 완전한 존재라고 생각하며 휴식을 취합니다.

자허 류인학의 《숨 명상 깨달음》《성자들의 시대》 참조